# Petra Weinberger

# Der Schnüffler von New York

*Erster Band:*

**Der Atem der Mafia – Wie alles begann**

© Copyright 2002 by Petra Weinberger
Alle Rechte bei der Autorin
Titelbild: http://www.freeimages.co.uk
Lektorat und Cover-Erstellung mit BoD-Cover-CD:
M. Rademacher, Vechta (http://www.literad.de)
Herstellung: Books on Demand GmbH, Norderstedt
ISBN 3-8311-3106-6

Infos und mehr über die Autorin:
http://www.jweinberger.de

*Spezieller Dank:*

*Ich möchte allen danken, die mir dabei geholfen haben, diese Serie zu verwirklichen.*
*Vor allem meiner Familie, für das Verständnis und die Zeit, die sie mir dafür 'gegönnt'*
*hat, sowie Richy, der mir ein wirklich guter und wichtiger Kritiker war.*
*Aber ich danke auch allen deutschen Akte X Fan Fiction Autoren, durch deren Storys*
*ich sehr viel lernen konnte. Und natürlich auch den 'Machern' dieser wunderbaren Serie.*
*Diesen ersten Band meiner Krimiserie widme ich daher allen FF Autoren und im beson-*
*deren Kristin und Claudia, für ihre Freundschaft und ihre wirklich wunderbare Hilfe,*
*durch die ich erst bis zu diesem Punkt gelangte. \*HUG\**

*Petra Weinberger*

## Wie alles begann

Schicksal. Nur ein Wort. Im Lexikon zu finden unter 'S'. Doch was ist dieses Wort? Was bedeutet es? Für viele Menschen ist es der Weg, der ihnen vom Zeitpunkt ihrer Zeugung an vorgegeben ist. Ungeachtet dessen, daß dieser Mensch zu diesem Zeitpunkt nicht mehr als ein Zellhaufen ist, entstanden aus einem Ei und einer Spermie, doch gefüllt mit den Genen und der Veranlagung aus ihm ein menschliches Wesen entstehen zu lassen. Unabhängig davon, welche Erziehung, welche Schulbildung, welchen Lebensstandard dieser Mensch hat. Nach der Überzeugung vieler wird der Mensch ganz ungeachtet all seiner Wünsche und geplanten Ziele seinen, ganz speziell für ihn bestimmten Weg gehen. Den Weg, den das Schicksal für ihn so vorgesehen hat.

Und für die Anderen ist das Schicksal einfach ein Teil, der das eigene Leben bestimmt und verändert. Das zuschlägt und einen Menschen von seinem geplanten Ziel abweichen und eine andere Richtung als die gewünschte einschlagen läßt. Das alle möglichen Variablen, Höhen und Tiefen eines Menschen berücksichtigt und doch scheinbar aus heiterem Himmel zuschlägt, um alles über den Haufen zu werfen, was bisher seine Gültigkeit hatte.

Mich traf das Schicksal in einem Augenblick, als ich mir über dieses einfache Wort noch keine großen Gedanken gemacht hatte. Als ich gerade 14 Jahre in New York City lebte, nachdem ich mit drei Jahren aus Frankreich in die Staaten emigriert hatte. Als ich die Columbia University besuchte und mit meinen Freunden eine noch unbeschwerte Zeit verbrachte. Zwischen College und unserem Lieblingstreff, Martas Snackbar in Greenwich Village, hin und her pendelte und mit meiner ersten großen Liebe, Caren Bernstein, mehr Zeit verbrachte, als bei meinen Eltern zu Hause.

Es traf mich als ich gerade 18 Jahre alt und mir noch nicht sicher war, ob die Faszination für einen der Kommilitonen nur von pubertärer Ideologie hervorgerufen wurde, oder doch etwas mit homosexueller Begierde zu tun hatte. In einer Zeit, in der das neue Bewußtsein allgemein mit 'make love, not war' bezeichnet wurde und lange Haare auch bei Männern üblich waren. Als der Central Park zum Tummelplatz für Hippies wurde, die dort ganz offen gegen den Vietnamkrieg demonstrierten und LSD die Modedroge Nummer 1 war. Einer Zeit, in der es unüblich war, über Sex zu reden und in der Homosexualität noch als etwas abartiges, verbotenes und krankes angesehen wurde. Als Schwule, Lesben und Transsexuelle noch wie Verbrecherbanden behandelt und von der Polizei bespitzelt und angeprangert wurden. Als Sex zwischen zwei Männern noch gesetzlich verboten war. Zumindest wenn einer der beiden seinen 21. Geburtstag noch nicht gefeiert hatte.

Mein Schicksal traf mich völlig unvorbereitet und ließ mich einen Weg einschlagen, von dem ich niemals erwartet hätte, ihn zu gehen. Ein Tag, der mich von meinem geplanten ruhigen Leben ins Abenteuer stürzte und in den tiefsten Sumpf der Großstadt. Der mich den eisigen Hauch der Hölle spüren ließ, des Bösen, des übelsten Abschaums der Gattung Homo Sapiens.

## 18. Mai 1967; 8 Uhr abends

**P**ünktlich stand ich bei Caren Bernstein vor der Tür. Wir waren verabredet. Wollten erst zu Marta gehen und danach etwas tanzen. Doch Caren war nicht da. Ihre Mutter erklärte mir, daß sie bereits das Haus verlassen hätte. Ich stürmte also die Stufen wieder hinunter und sah mich suchend um, doch Caren war nirgends zu entdecken.

War sie vielleicht alleine losgezogen? - Nein, das paßte nicht zu Caren. Noch einmal suchte ich den ganzen Block ab. Wieder vergebens. Als ich zurück ins Haus wollte, sah ich am Bordstein etwas Rotes liegen. Ich trat näher heran und bückte mich.

Es war ein Halstuch und es gehörte Caren. Noch am Mittag hatte sie es getragen. Ich hatte es ihr ein Jahr zuvor zum Geburtstag geschenkt.

Erneut eilte ich ins dritte Stockwerk und klopfte heftig an die Tür.

"Alain, hast du Caren denn nicht gefunden?", fragte ihre Mutter erstaunt.

"Nein. Aber ich fand ihr Halstuch unten am Straßenrand. Hat sie gesagt, daß sie noch irgendwohin wollte?"

Mrs. Bernstein verneinte: "Vielleicht haben Jack oder Phil sie schon abgeholt. Sie sagte, daß ihr euch heute Abend mit ihnen bei Marta treffen wolltet. Versuche es doch bei ihr. Ich bin sicher, daß sie dich dort bereits erwartet", schlug sie vor.

Ich nickte, steckte das Halstuch ein und stapfte verwirrt hinunter. Der Bus brachte mich schnell ins Village.

Die Freunde saßen bereits am Tresen und unterhielten sich angeregt, als ich eintrat. Suchend sah ich mich in der Runde um. Caren war nicht dabei. Vielleicht war sie kurz ...?

Ich warf einen Blick in den Ladies' Room, doch er war leer. Caren war also auch hier nicht.

"He, Kleiner, was suchst du denn da?", rief Phil lachend hinter mir her.

"Verdammt, nenn mich nicht immer Kleiner!", fauchte ich gereizt und stapfte mürrisch nach draußen. Knirschend schlug die Tür hinter mir zu.

Im Lokal hörte ich die Freunde schon wieder flachsen. Kens Baß dröhnte laut bis auf die Straße hinaus. Ken Carston war erst im letzten Jahr zu unserer Clique gestoßen. Er war ein lieber Kerl, etwas zurückhaltend, dafür jedoch mit einem um so lauteren und tieferen Baß. Eine solche Stimme traute man ihm gar nicht zu, wenn er einem begegnete. War Ken doch groß gewachsen und sehr schlank. Beinahe schon hager. Er studierte Jura und wollte sich später als Anwalt versuchen.

Ich gab einer leeren Cokedose einen Tritt und sah wütend die Straße entlang. Ich verstand Caren nicht. Weshalb hatte sie mich versetzt? Sie wußte, daß ich sie abholen würde. Weshalb war sie alleine losgezogen? Das war doch sonst nicht ihre Art.

Hinter mir knirschte erneut die Tür. "He Al, was ist los? Du siehst verdammt mies aus." Es war Jack.

Ich warf ihm einen kurzen Blick zu und schüttelte betrübt den Kopf. "Nichts.

Vergiß es."

"Nichts? Junge, so wie du dich benimmst, sind nicht nur die USA am untergehen. - Na komm erst mal mit rein und dann erzähle."

Ich seufzte und sah Jack voll an. Er ist ein prima Kerl, auf den man sich 100%ig verlassen kann und mein bester Freund. Ich kenne ihn, seit ich mit meinen Eltern in die USA kam. Mit ihm zusammen habe ich meine Kindheit verbracht. Wir sind wie Brüder. "Hast du Caren abgeholt?", fragte ich leise.

Jack verstand: "Sie hat dich versetzt, stimmt's?"

Ich schwieg und sah noch einmal die Straße entlang.

Jack legte mir seine Hand auf die Schulter und schob mich in die Snackbar. Dort drückte er mich auf einen Barhocker und bestellte mir einen Kaffee. Ich schüttelte den Kopf und warf Marta einen verstohlenen Blick zu. "Kann ich ein Bier haben?" Normalerweise trinke ich keinen Alkohol, zumal er für Jugendliche unter 21 ja auch noch verboten ist. Doch an diesem Abend hatte ich irgendwie das Gefühl, daß mir Alkohol helfen würde.

Marta sah mich überrascht an und auch Ken und Phil wurden nun aufmerksam. "Alain, was ist los?", forschte Marta sanft und musterte mich. Sie war die Einzige, die mich immer mit vollem Namen ansprach. Meine Freunde nannten mich damals fast alle nur Al - oder 'Kleiner', was ich haßte, sie aber nicht kümmerte. Sie fanden es spaßig, mich so anzureden und mir damit klar zu machen, daß ich jünger als sie war und es besser sei, auf sie zu hören.

"Caren ist weg", sagte ich leise.

"Vielleicht hat sie jemanden gefunden, der ihr besser gefällt?!", konnte sich Phil nicht verkneifen.

"Ach, hör schon auf. Verarschen kann ich mich selbst. Sagt mir lieber wo Caren jetzt ist."

"Hier war sie nicht mehr, seit du heute mittag mit ihr fortgegangen bist", erklärte Ken ernst.

Marta schob mir einen Kaffee zu, den ich seufzend annahm. Mitfühlend legte sie mir ihre Hand auf den Unterarm. Marta ist eher der mütterliche Typ, der immer ein offenes Ohr für die Probleme der Gäste hat. Doch so mancher hat sich aufgrund ihrer mammyhaften Erscheinung schon gewaltig in ihr getäuscht und fand sich dann auch, glaubte er, sie an der Nase herumführen zu können und seine Rechnung nicht begleichen zu müssen, schneller auf der Straße wieder, als ihm lieb war. Dies hatte schon bei den Gästen, die sie kennen, für einige Lacher gesorgt, denn Marta bekam stehts, was sie verlangte und sie verlangte nur das, was ihr zustand.

Ich warf ihr einen dankbaren Blick zu und wußte, daß sie mich verstand.

Gemeinsam rätselten wir, wo Caren stecken könnte. Als ich die Sache mit dem Halstuch erzählte, wurde Jack schweigsam. Phil runzelte ebenfalls die Stirn, doch dann grinste er wieder. "Vielleicht wurde sie von Räubern entführt, die nun ein dickes Lösegeld fordern? Oder sie wurde von der Mafia verschleppt, weil die interne Geheimnisse aus dem College wissen wollen?"

Ich warf ihm einen vernichtenden Blick zu. "Phil, du bist ein Arsch!"

Marta tadelte ihn ebenfalls. Doch so richtig ernst nahm niemand die Sache. Außer Jack. Auch wenn er sonst nur Frauen im Kopf hat und ständig zu überlegen scheint, wie er das weibliche Geschlecht am besten für sich gewinnen kann, so hat er doch ein Gespür dafür, wenn er gebraucht wird. Und jetzt brauchte ich einfach seine ernsthafte und bedachte Art.

"Ich suche sie jetzt", brummte ich nach der dritten oder vierten Tasse.

"Warte, ich helfe dir. Mit dem Wagen geht es schneller und einfacher", bot Jack auch sofort an. Er schob mich in den Impala seines Vaters, den er sich wieder mal geborgt hatte, und trat das Gaspedal durch.

Ich überlegte, was geschehen sein konnte. Doch mir fiel nichts vernünftiges ein.

"Hattet ihr heute mittag Streit?", riß mich Jack aus meinen Gedanken.

"Nein. Wir haben uns ganz normal verabschiedet. Caren wollte auf mich warten. Ich sollte sie zu Hause abholen, doch sie war nicht mehr dort."

"Vielleicht glaubte sie, daß du nicht mehr kommst?", schlug Jack vor.

"Quatsch. Wir hatten uns für 8 Uhr verabredet und ich war Punkt 8 Uhr bei ihr."

"Hat sie ihren Eltern nicht gesagt, ob sie vorher noch woanders hinwollte?"

"Nein. Mrs. Bernstein meinte, daß Caren schon früher gegangen ist. Jack, ich weiß nicht was da schief gelaufen ist. Das ist doch nicht Carens Art. Du kennst sie doch. - Glaubst du, ihr ist etwas passiert?"

Jack lächelte kurz: "Nein, das glaube ich nicht. Caren weiß sich zu verteidigen."

Ich seufzte: "Hoffentlich behältst du recht."

### 19. Mai 1967; 5 Uhr morgens

Jack und ich hatten die ganze Nacht, vergeblich, nach Caren gesucht. Als mich Jack dann zu Hause absetzte, erwartete mich mein Vater schon mit bösem Gesicht: "Darf man fragen, wo sich der Herr die ganze Nacht herumgetrieben hat?"

Müde und deprimiert stolperte ich in die Küche, angelte mir eine Coke aus dem Kühlschrank und ließ mich damit auf einem Hocker nieder.

"Ich habe dich etwas gefragt. Vielleicht antwortest du mal?", knurrte Dad unfreundlich. Er war schon immer sehr streng. Sein Motto: Es gibt Regeln, an die muß man sich halten, egal wie. Und eine solche Regel hatte ich verletzt, indem ich die ganze Nacht unterwegs war, ohne mich zu melden. Allerdings gibt es immer die Chance, sich zu rechtfertigen, solange man dabei ehrlich bleibt und keine faulen Ausreden gebraucht. Denn nichts haßt mein Vater mehr, als Unehrlichkeit.

"Ich hatte mich gestern Abend mit Caren verabredet. Wir haben uns verpaßt. Ich weiß auch nicht was los ist."

"Und weshalb treibst du dich dann die ganze Nacht auf der Straße herum?", blaffte Dad weiter.

"Sorry! Jack und ich sind die ganze Nacht herumgefahren und haben sie gesucht."

Dad musterte mich kurz und wechselte schnell seinen Gesichtsausdruck. Ich habe nie verstanden, wie seine Stimmung von einer auf die andere Sekunde von Wut in Gutmütigkeit umschlagen konnte. Aber Dad schaffte es. "Vielleicht war sie beim Tanzen oder bei Freunden."

"Wir haben alles abgesucht. Dad, ich mache mir Sorgen. Vielleicht ist ihr ja etwas passiert."

"Das glaube ich nicht. Warte mal ab, sie ist sicher später im College. Du kennst doch die Girls. Vielleicht war es ja nur eine Laune von ihr."

Nein, ich kannte die Girls nicht, da ich, außer mit Caren, sonst noch keine Erfahrungen auf diesem Gebiet gesammelt hatte. Mit Jack als Freund hat man bei den Girls kaum Chancen. Er verkörpert den von Mädchen so begehrten südländischen Typ und schnappt sie einem damit reihenweise vor der Nase weg.

Caren war meine erste Freundin. Doch ich kannte Caren und ich wußte, daß sie nicht einfach so verschwand. Sie hätte mich nicht einfach versetzt. Dessen war ich mir sicher.

Ich seufzte und hoffte, daß Dad recht hatte und wir uns doch nur irgendwie verpaßt hatten. Daß sie längst zu Hause im Bett lag und friedlich schlief.

Mit der Coke zog ich mich in mein Zimmer zurück und warf mich auf mein Bett. Ich hätte noch etwas Schlaf gebrauchen können. Doch ich konnte nicht schlafen. Nicht jetzt. So lag ich nur da, starrte Löcher in die Luft und versuchte nachzudenken.

Als ich um 7 Uhr unter die Dusche sprang, hatte Mum bereits das Frühstück gemacht und ich noch immer keine plausible Erklärung für Carens Verschwinden gefunden. Außer der, daß ihr etwas zugestoßen sein mußte. Irgend etwas, daß sie davon abgehalten hatte, unser Treffen einzuhalten.

Aber was? Caren war absolut zuverlässig. Sie hätte mir irgendwie mitgeteilt, wenn sie aus irgendeinem Grund unser Treffen platzen lassen mußte. Und wenn sie es mir durch ihre Mutter hätte ausrichten lassen.

Caren war auch nicht so naiv, daß sie sich von irgendeinem Typen hätte abschleppen lassen. Und gezwungen haben mitzukommen, konnte sie auch niemand. Caren konnte sich nicht nur mit Worten sehr gut verteidigen. Notfalls schrie sie um Hilfe. Sie war auch körperlich in der Lage, einen zudringlichen Verehrer abzuwehren. Ihr Vater hatte ihr beigebracht, wie man solche Zeitgenossen am effektivsten auf Abstand hielt und Caren war durchaus in der Lage, dies auch umzusetzen. Ein Mitschüler in der Highschool hatte dies schon einmal zu spüren bekommen. Es hatte sich herumgesprochen und war auch im College schon bekannt. Seitdem war Caren zumindest vor Mitstudenten sicher.

Aber wie sah es aus, wenn sie irgendwelchen Gangstern in die Hände gefallen war? Wäre sie dann auch noch in der Lage gewesen, sich zu verteidigen? Würden Gangster einem Mädchen überhaupt eine Chance dazu lassen?

Der Duft von gebratenen Eiern mit Speck, Kaffee und warmer Milch zog durch die ganze Wohnung. Während Dad seinen Kaffee genoß und Mum sowieso nur Milch trank, schob ich mein Frühstück beiseite und füllte mein Glas mit Orangensaft.

"Junge, was ist los mit dir? Du ißt ja gar nichts. Ist dir nicht gut? Bist du krank?", fragte Mum auch schon besorgt. Sie ist immer besorgt, auch wenn es dafür keinen Grund gibt. Früher hatte ich oft befürchtet, sie würde sich irgendwelche Gründe einfallen lassen, um sich über irgend etwas Sorgen machen zu können. Später hatte mir mein Vater einmal erklärt, daß sie bevor ich geboren wurde, bereits ein Kind verloren hat. Ein Mädchen. Es starb, als Mum noch im Wochenbett lag. Mum hatte nie über das Baby gesprochen. Mein Vater vermutete, daß sie sich noch immer Vorwürfe machte und glaubte, daß sie am Tod meiner Schwester Schuld sei, was natürlich lächerlich ist. Meine Mutter hätte nichts an den Geschehnissen ändern können, dessen war ich mir genauso sicher wie Dad.

"Er macht sich Sorgen um Caren. Sie hat ihn gestern Abend versetzt", nahm mir Dad die Antwort ab, was mir sofort einen mitfühlenden Blick meiner Mutter bescherte.

Ich leerte mein Glas und schob meinen Stuhl zurück. "Ich mache mich jetzt!"

"Soll ich dich nicht noch ein Stück mitnehmen?", bot Dad an.

Schnell schüttelte ich den Kopf. "Danke, aber ich will noch einmal bei Caren zu Hause vorbeischauen. Vielleicht ist sie ja jetzt da."

Mit meinen Büchern unter dem Arm verließ ich schnell die Wohnung. Ich rannte die Amsterdam Avenue hinauf und stand 5 Minuten später bei Caren vor der Wohnungstür.

"Guten Morgen Alain. Bitte komm kurz herein", begrüßte mich Mrs. Bernstein freundlich.

Ich nickte und trat in den kurzen Flur. Carens Mutter drückte die Tür hinter mir ins Schloß und sah mich sehr ernst an. Sie ist eigentlich eine herzensgute Frau. Doch auch sie hat ihre Grundsätze und wenn sich jemand nicht daran hält, dann bedenkt sie ihn mit einem sehr strengen Blick, bei dem man automatisch den Kopf einzieht und sich wie ein ertappter Sünder fühlt. Selbst wenn man nichts getan hat.

"Mrs. Bernstein, ist ...", begann ich.

Doch sie winkte ab. "Bitte, Alain. Bevor du etwas sagst, lasse mich erst etwas loswerden. Danach kannst du dich gerne entschuldigen. Mr. Bernstein war heute Morgen, als er zur Arbeit ging, sehr wütend auf dich und Caren. Wenn ihr die ganze Nacht um die Häuser zieht und noch nicht mal daran denkt anzurufen, dann ist das sehr verantwortungslos von euch. Und zwar von euch beiden. Ich weiß nicht, was in Caren gefahren ist, doch ich hoffe, es ist nicht das geschehen, was mein Mann befürchtet. Denn dann wäre der Teufel los. Und jetzt erzähle mir bitte, was ihr heute Nacht gemacht habt."

Ich war wie vor den Kopf gestoßen und wußte im ersten Augenblick überhaupt nichts zu sagen. Schließlich schluckte ich einmal trocken. "Mrs. Bernstein, ich versichere Ihnen, daß ich mit Ihrer Tochter nicht intim war. Das meinten Sie doch, oder?"

Sie nickte nur.

"Ich habe Caren die ganze Nacht gesucht."

Mrs. Bernstein wurde blaß. "Alain - ja, um Gottes Willen. Wart ihr denn nicht zusammen?"

Ich schüttelte langsam den Kopf.

Sie sah mich entsetzt an: "Oh mein Gott. Junge. Wir dachten ... Es tut mir so leid, daß wir dich ... Aber, wo ... wo ist Caren?"

"Ich fahre zum College. Vielleicht ist sie dort", erklärte ich tonlos und hoffte, daß sie bei einer Freundin übernachtet hatte.

Die Sorge um Caren wurde immer beklemmender. Ich rannte bis zum Stop und erreichte den Bus gerade noch in letzter Sekunde. Ich hatte das Gefühl, als würde er schleichen. Unablässig dachte ich an Caren. Was mochte bloß geschehen sein? Ich verstand das alles nicht mehr.

Wieder zog ich ihr Halstuch aus der Tasche und betrachtete es nachdenklich. Wäre Caren nicht gewesen, dann hätte ich mich niemals für das College entschieden. Dann würde ich nun vermutlich in irgendeinem Blumenladen eine Ausbildung als Florist machen, wäre Busfahrer bei Greyhounds geworden oder hätte in einem Büro als Schreibkraft angefangen.

Sie hatte nicht nur die Gabe, meinen Vater für sich zu gewinnen. Sie hatte auch mich fürs College begeistert und es sogar geschafft, daß ich mich für Physik eingeschrieben hatte. Ein Fach, daß für mich zu den furchtbarsten Schulfächern überhaupt gehörte. Doch Caren war davon überzeugt gewesen, daß es für meine Zukunft wichtig sei, egal welchen Beruf ich einmal wählen würde.

Wenn es nach meinem Vater ginge, würde ich im Immobiliengeschäft einsteigen und meinem alten Herrn dabei zur Hand gehen. Er war sehr stolz auf das, was er sich aufgebaut hatte.

Nach den Kriegswirren hatte mein Vater in Frankreich beim Wiederaufbau helfen müssen und aufgrund der schlechten Inflation kaum seine Familie ernähren können. Als mein Großvater kurz darauf starb, hinterließ er meinem Vater genug Geld, damit dieser mit Frau und Kind in den goldenen Westen emigrieren konnte.

Ein gewagtes Unternehmen und die ersten zwei Jahre in der neuen Welt waren alles andere als einfach. Mein Vater hatte hart gearbeitet und sich vom kleinen Büroangestellten einer Immobilienagentur zu einem selbständigen Immobilienmakler empor gearbeitet. Inzwischen verdiente er genug, um nicht mehr jeden Cent zweimal umdrehen zu müssen. Und nun hätte er mich gerne neben sich im Büro gesehen.

Caren fand diesen Gedanken genial und war überzeugt, daß ich damit eine sichere berufliche und einkommensstarke Zukunft hätte.

Endlich hielt der Bus an der Columbia University. Ich konnte nicht schnell genug hinaus kommen. Im Laufschritt ging es zum College. Ich war viel zu früh. Bis zur ersten Vorlesung war noch massig Zeit. Ich flitzte einmal über den Campus und stand dann atemlos und betrübt vor dem Haupteingang.

"Hi Al. Wieso so früh heute? Hast du solche Sehnsucht nach Klea?", rief Phil lachend, als er mich entdeckt hatte.

Ich schüttelte schnaufend den Kopf. Unser Physik Professor konnte mir gestohlen bleiben. "Habt ihr Caren schon gesehen?", fragte ich schwer atmend.

Ken, der zusammen mit Phil gekommen war, schüttelte auch gleich den Kopf. "Wir sind ja eben erst gekommen. Hast du sie letzte Nacht nicht gefunden?"

"Nein. Jack hat mich um 5 Uhr zu Hause abgesetzt."

"Was hast du Tier nur mit dem Girl gemacht?", flachste Phil.

Ich war heute nicht zum Spaßen aufgelegt und revanchierte mich mit einigen deftigen Schimpfworten.

"Hey Al, sie wird schon wiederkommen. So ein Mädchen wie Caren geht doch nicht verloren, wie - wie eine alte Socke. Jetzt mache dir mal keine Sorgen. Caren taucht schon wieder auf. Sie weiß doch, was sie an dir hat", versuchte er mich zu beschwichtigen und fuhr sich mit den Fingern durch die dunkelbraunen Haare, die ihm bis auf die Schultern reichten und ihn von hinten wie ein Mädchen aussehen ließen. Gelegentlich band er sie sogar zu einem Zopf zusammen oder flocht sich irgendwelche bunten Bänder hinein.

Phil wäre ohne Probleme von den Hippies im Central Park aufgenommen worden, denn er paßte zu ihnen. Nur das Phil keine Drogen brauchte, um gute Laune zu haben und seine Späße zu machen.

Ich warf ihm nur einen kurzen Blick zu und verschwand im Gebäude. Phil war zwar ein sehr lieber Kerl und ein durchaus brauchbarer Freund, wenn es darauf ankam. Doch meist hatte er irgendwelchen Unsinn im Kopf und Ernsthaftigkeit war nicht gerade seine Stärke. Und gegenwärtig hatte ich anderes im Sinn, als Phils Späße.

Nachdenklich schlurfte ich zu meinem Platz. Ich hatte auch noch als erstes eine

Vorlesung in Physik. Und das nur, weil sich Caren ebenfalls dafür eingetragen hatte.

Der Saal füllte sich schnell. Immer wieder sah ich gebannt auf, sobald jemand den Saal betrat. Und immer wieder war es eine Fehlanzeige. Schließlich begann die Vorlesung und von Caren war noch immer nichts zu sehen. Professor Klea begann mit einer physikalischen Vorführung. Diesmal war es jedoch nicht der Physikstoff, der mich vom Unterricht abhielt, sondern die Sorge um Caren.

Ich wurde ein paarmal aufgerufen, bekam Tadel und konnte mich doch nicht auf den Lehrstoff konzentrieren. Kurz vor Ende der Stunde schnappte ich mir meine Bücher und stapfte zur Tür.

"Marechal, wo wollen Sie hin? Die Vorlesung ist noch nicht beendet", sagte Klea scharf.

"Caren suchen!", gab ich kurz Auskunft.

"Vielleicht haben Sie bemerkt, daß ich mitten in einer Vorführung bin?"

"Das wäre mir fast entgangen", wurde ich sarkastisch.

"Marechal, wir befinden uns mitten in einer Vorlesung und da können Sie nicht einfach aufstehen und gehen. Sie vergessen, daß Sie vom College verwiesen werden können."

"Ihr verdammtes College ist mir im Augenblick scheißegal. Caren ist verschwunden. Sie war die ganze Nacht nicht zu Hause. Wer weiß, was ihr zugestoßen ist? Ich muß sie suchen."

"Das ist eine reine Erziehungsfrage und geht Sie nichts an. Das ist Sache der Eltern oder der Jugendfürsorge, oder vielleicht auch noch der City Police", warf Klea ein.

"Ach, Sie können mich mal!", knurrte ich und eilte aus dem Saal.

Hinter mir hörte ich Klea einige üble Verwünschungen ausstoßen. Ich kümmerte mich nicht darum. Sollte er nur. Von mir aus konnte er mich sonst wohin wünschen, wenn mir nur jemand sagte wo Caren steckte? Ich hatte nicht mal den Hauch einer Ahnung, wo ich mit der Suche beginnen sollte. Jack und ich hatten ja schon alle bekannten Lokale abgeklappert.

Mit dem Bus fuhr ich nach Hause, knallte meine Bücher in die Ecke und stapfte zu Dads Hausbar. Außer mir war ja sonst niemand in der Wohnung. Dad war im Büro und Mum verkaufte Gemischtwaren in einem kleinen Laden zwei Blocks weiter. Zwar war sie nicht darauf angewiesen, auch noch arbeiten zu gehen. Aber sie wollte nach draußen und unter Leuten sein und das war es, was ihr an ihrer Arbeit gefiel. Nichts hätte sie davon abhalten können. Es sei denn, Dad oder ich waren krank. Das waren die einzigen Gründe für sie, zu Hause zu bleiben.

Ich setzte die Scotchflasche an und genehmigte mir einen herzhaften Schluck. Das Zeug brannte höllisch in der Kehle und nahm mir für einen Augenblick den Atem. Es schmeckte scheußlich und ich verstand nicht, weshalb man ein solches Tamtam um dieses Zeug machte. Vielleicht schmeckte der zweite Schluck ja besser.

Doch auch der zweite Schluck war nicht wesentlich schmackhafter. Jedenfalls war es nichts mit dem man den Durst löschen konnte. Es sei denn, man fand es lustig sich die Geschmacksnerven zu ruinieren. Es hatte jedoch den Vorteil, daß es ziemlich rasch in den Kopf stieg und beruhigte.

Ich stopfte die Flasche in die Jackentasche und trabte wieder nach unten. Noch einmal lief ich zu Carens Eltern. Dort erfuhr ich, daß Caren noch immer nicht zu Hause war. Doch Mrs. Bernstein hatte bereits eine Vermißtenanzeige bei der City Police aufgegeben.

Sie berichtete, was sie bei den Cops erfahren hatte. Viel war es nicht. Eigentlich gar nichts. Man hielt Caren für eine ganz normale Ausreißerin. Die Cops würden die Augen offen halten, mehr konnten oder wollten sie vorerst nicht tun, da kein Verdacht auf ein Verbrechen vorlag.

Allerdings bekam ich von Carens Mutter auch gleich einen Tadel. "Alain, ich verstehe dich ja. Aber ist dir klar, daß du vom College verwiesen werden kannst? Wenn dein Vater davon erfährt, zieht er dir doch das Fell über die Ohren."

"Ja, wahrscheinlich. Aber ich konnte einfach nicht nur dasitzen und warten, daß etwas passiert. Ich muß Caren suchen. Sie ist nicht einfach davon gelaufen. Das weiß ich. - Wie soll es denn jetzt weitergehen?"

"Wir können im Augenblick nicht mehr tun, als abwarten. Geh ins College zurück. Du handelst dir nur Ärger ein, wenn du die Vorlesungen schwänzt. Zudem verbaust du dir so nur deine Zukunft. Mache dir nicht alles kaputt. Bitte."

Ich schüttelte den Kopf. "Ich gehe zu Marta. Vielleicht hat sie etwas von Caren gehört."

"In Ordnung. Ich rufe dort an, wenn sich etwas ergibt. Die Nummer habe ich ja", seufzte Mrs. Bernstein resignierend.

Ich nickte dankend und stapfte nachdenklich durch den Central Park. Gelegentlich nahm ich einen Schluck aus Dads Scotchflasche und fand, daß das Zeug immer besser schmeckte. Naja, jedenfalls nicht mehr ganz so scheußlich wie am Anfang. Jedoch fühlte ich mich nicht mehr ganz so wohl, als ich irgendwann im Village ankam.

"Hi Alain, ist das College schon aus?", war Marta erstaunt.

"Nein, ich bin vorher schon gegangen. Hast du Caren gesehen?"

"War sie denn nicht in der Uni?"

"Sie war letzte Nacht nicht mal zu Hause", erklärte ich und schob mich auf einen Barhocker.

Marta sah mich besorgt an.

"Kann ich ein Bier haben?", fragte ich bedrückt.

"Bier ist in deiner Stimmung gar nicht gut. Zudem darf ich dir keinen Alkohol ausschenken, das weißt du." Sie brachte mir einen Kaffee.

Ich stützte den Kopf in die Hände und dachte nach. Zumindest bildete ich mir ein nachzudenken, denn etwas vernünftiges brachte ich nicht zustande. Im Gegenteil, ich wurde nur depressiv und wütend.

Wieso? Das konnte ich selbst nicht sagen. Genauso wenig, auf was ich wütend war.

Den beginnenden Druck im Magen versuchte ich mit weiteren Schlucken aus der Scotchflasche hinunter zu spülen, wenn Marta gerade anderweitig beschäftigt war. Die Tasse vor mir ignorierte ich ebenso, wie die Gespräche der übrigen Gäste.

Ich weiß nicht mal mehr, wie lange ich an der Theke saß und in den längst kalten Kaffee starrte, bis ich irgendwann Jacks Stimme hinter mir hörte. "Hi Marta. - Was ist mit Al los?"

"Er ist verzweifelt, weil Caren noch immer verschwunden ist", erklärte Marta.

Die meisten Vorlesungen waren vorbei und ich hatte fast alle verpaßt. Doch was war schon das College? Caren war doch viel wichtiger. Was war bloß geschehen?

"He, Al! Ich rede mit dir", rief mir Jack plötzlich ins Ohr und stieß mich an.

"Hm!", brummte ich nur und starrte weiter in den kalten Kaffee.

"He, Kleiner. Laß den Kopf nicht hängen. Ich bin sicher, daß Caren bald wieder auftaucht. Na komm, ich bringe dich nach Hause."

"Ach, laß mich doch 'n Ruhe. Was heiß' hier einlich 'Kleiner'? Häls' du dich für größer, nur weil du swei Jahre äller bis'?", knurrte ich unfreundlich und hatte absolut keine Ahnung, was auf einmal mit meiner Zunge los war. Sie wollte mir partout nicht gehorchen.

Jack runzelte die Stirn und musterte mich neugierig. "He, sag mal, hast du was getrunken?"

Marta sah erstaunt zu mir herüber. "Also, bei mir nicht. Seit er hier ist hat er vor ein und derselben Kaffeetasse gesessen."

"Na komm. Marta sagte mir, daß die City Police bereits verständigt ist. Die werden Caren schon finden", bohrte Jack weiter.

Ken und Phil schalteten sich nun ebenfalls ein. Auch sie hielten es für besser, wenn ich nach Hause kam. Denn auch sie hatten bemerkt, daß ich keineswegs so nüchtern war, wie sonst.

"Du kannst doch im Augenblick sowieso nichts tun", warf Phil ein.

"Ihr nerv' mich. Gönn' ihr mich nich' enlich 'n Ruhe lassen?", fuhr ich auf und kümmerte mich noch immer nicht um das flaue Gefühl im Magen, das noch stärker wurde, als ich etwas umständlich vom Barhocker stieg, auf dem ich bis zu diesem Augenblick gesessen hatte.

"Wer weiß, wo Caren ist? Vielleicht ist sie tatsächlich nur abgehauen. Vielleicht hat sie einen anderen Kerl gefunden, mit dem sie nun unterwegs ist", schlug Phil vor.

Ich ignorierte den Umstand, daß der Boden etwas schwankte, sprang mit einem Satz auf Phil zu, packte ihn am Kragen und setzte ihm meine Faust auf die Nase. Normalerweise bin ich absolut kein Schlägertyp und erst recht nicht gegen meine Freunde. Doch die ganze Situation ließ mich einfach ausrasten.

Phil war von dem Schlag so überrascht, daß er gar nicht an Gegenwehr dachte. Ich knallte ihm noch einmal meine Faust ins Gesicht und funkelte ihn wütend an. Als ich zum dritten Mal ausholte, wurde ich von hinten gepackt und zurückgerissen.

"Al, hör auf. Spinnst du?", fuhr mich Jack an und hielt mich eisern fest.

Phil preßte die Hand unter die blutende Nase und verstand noch immer nicht, was geschehen war.

Mit einem heftigen Ruck befreite ich mich aus Jacks Griff und verlor fast das Gleichgewicht. Abermals baute ich mich vor Phil auf. Fast automatisch wich er einen Schritt zurück. "Caren is' nich' abgehauen und sie had auch kein' annen ... anneneneren Kerl, mid dem sie um'e Häuser sieht. Is' das glar? Sag so ewwas nie wieder, sons' schlag' ich dich su Brei", knurrte ich ihn an, warf ein paar Münzen auf den Tresen und verließ fluchtartig und leicht schwankend das Lokal.

Ich versuchte, das inzwischen recht heftige flaue Gefühl im Magen mit einem weiteren Schluck aus der Flasche hinunter zu spülen, doch es bewirkte nur das Gegenteil. Mir wurde noch schlechter. Schnell schob ich die Flasche in die Tasche zurück und sah die Straße entlang, die noch heftiger schwankte, als der Fußboden in Martas Snackbar.

Daß ich nicht mehr ganz sicher auf den Beinen war, würde selbst ein Blinder bemerken. Doch noch war niemand aufmerksam geworden. Ich stolperte einige Schritte die Straße hinauf und taumelte dann gegen eine Hausmauer. Mir war speiübel und schwindlig. Die schlaflose Nacht, der Alkohol und die Sorge um Caren machten mir zu schaffen.

Erschöpft lehnte ich mich gegen die Wand und rutschte langsam an ihr hinunter. Sitzen schien weniger anstrengend, als stehen. Doch kaum saß ich, da tauchten auch schon drei paar Halbschuhe vor mir auf. Vier Hände faßten nach mir.

"Laß' mich in Ruhe. Scherd euch sum Deufel", fauchte ich ungehalten und schüttelte die Hände ab.

"Ja, ja. Schon klar. Trotzdem wäre es besser, wenn du erst einmal von der Straße wegkommst", hörte ich Jacks Stimme.

"Verschwinned!"

"He, Al. Tut mir leid, wenn ich eben deine Gefühle verletzt habe. Es ging nicht gegen dich. Doch wir müssen diese Möglichkeit ebenfalls in Betracht ziehen, selbst wenn sie dir nicht gefällt. Na komm, wir wollen dir ja nur helfen", kam es nun von Phil, der sich wieder erholt hatte.

"Wobei? - Ihr finned Caren ja auch nich'."

"Das heißt, wir sollen wieder gehen?", hakte Jack nach.

"Ja!"

"Okay. Dann lassen wir dich hier sitzen und warten, bis dich die Cops entdeckt haben. Dann kannst du deinen Rausch in einer Ausnüchterungszelle ausschlafen und darfst hinterher auch noch eine Strafe wegen öffentlichen Ärgernisses und Rumtreiberei zahlen. Dein Vater wird begeistert sein", dröhnte nun auch noch Kens Baß dazwischen.

Obwohl ich nur etwa die Hälfte seiner Worte verstanden hatte, erschienen sie mir doch vernünftig.

"Na, komm", versuchte es Jack noch einmal.

Sie zogen mich in die Höhe, was meinem Kreislauf überhaupt nicht gefiel und dem Druck im Magen noch weniger, und schleiften mich ins Lokal zurück. Es ging durch die Küche und in ein kleines Zimmer. Dort ließ man mich auf einem Sofa nieder. Irgend jemand hantierte an meiner Jacke herum. Gleich darauf hörte ich

Jacks Stimme: "Junge, wenn er das alles getrunken hat, können wir froh sein, wenn er keine Alkoholvergiftung bekommt."

Ich wurde aus meiner Jacke geschält und bekam sogar noch die Schuhe ausgezogen. Dann verschwamm die Umgebung endgültig. Ich wollte nur noch schlafen.

## 14. Juni 1967

Drei Wochen lang suchte ich vergebens nach Caren. Ich war fast ständiger Gast beim zuständigen Polizeirevier und erkundigte mich nach dem Stand der Dinge. Doch ich hörte immer dasselbe: "Tut mir leid, aber wir haben deine Freundin noch nicht gefunden." Enttäuscht stapfte ich jedesmal wieder nach Hause. Meine Eltern sorgten sich schon um mich, da ich keinen rechten Appetit mehr hatte. Das College besuchte ich überhaupt nicht mehr und bei Marta war ich nur noch seltener Gast. Meist saß ich morgens dort, wenn die Freunde in der Uni waren.

Mein Vater hatte vom Direktor bereits einen Brief bekommen und sich gleich mit ihm in Verbindung gesetzt. Mir war das alles egal. Selbst wenn mir mein Vater mal wieder den Kopf wusch. Ich lief den ganzen Tag durch Manhattan und zeigte jedem, der mir über den Weg lief, Carens Foto. Doch ich erntete nur Kopfschütteln.

Bei der Suche traf ich auch, weiß Gott, nicht nur anständige Menschen. Die Stadt bietet ja die unterschiedlichsten Typen. Es gibt nette und weniger nette Menschen. Penner, Fixer, Schläger, Dealer, Punks, Gangs, Hippies und die übelste Sorte Gangster. Zudem noch die Leute, die sowieso keine Zeit haben und in jedem, der sie anspricht, einen potentiellen Vertreter sehen, der einem sowieso nur die Zeit stehlen oder etwas verkaufen will. Diese Leute winken gleich ab, sagen: "Keine Zeit!", oder "Verschwinde!". Mit der Zeit lernte ich die Menschen den richtigen Gruppen zuzuordnen.

Mehr als einmal wurde ich in eine handfeste Schlägerei verwickelt. Meist fühlte ich mich hinterher nicht mehr ganz so wohl. Doch lernte mich zu verteidigen. Wurde hart im Nehmen und auch im Geben. Die schmutzigen Tricks bekam ich von meinen Gegnern gezeigt.

Die Zeit verging und irgendwann erzählte mir Mrs. Bernstein, daß man eine Spur hätte. Ein alter Mann habe sich bei Lieutenant Monroe gemeldet. Angeblich hätte er Caren gesehen. Sie sei von zwei Männern in einen Wagen gezogen worden. Dann sei der Wagen mit ihr davon gefahren. Eine Beschreibung des Wagens oder der Männer konnte er jedoch nicht liefern, da es zu dunkel gewesen wäre und er die Männer nur von hinten gesehen hätte. Caren, die er auf vorgelegten Bildern von vermißten Mädchen identifizierte, hätte er auch nur erkennen können, weil sie im Licht einer Laterne gestanden habe.

Der Mann war einfach aufs Revier spaziert und hatte seine Beobachtung dort gemeldet, da ihm die ganze Sache, nach genauerer Betrachtung, doch sonderbar vorgekommen war. Wieso er ganze drei Wochen für diese Erkenntnis gebraucht hatte, ist mir noch immer ein Rätsel.

Ich hatte nun zwar die Bestätigung, daß Caren nicht einfach davongelaufen war. Doch besser fühlte ich mich dadurch auch nicht. Im Gegenteil.

Die City Police versuchte nun also ein Verbrechen aufzuklären. Die Spuren waren allerdings gering und man hatte keine Ahnung, wo man überhaupt suchen sollte. Handelte es sich um Verrückte, die sich einen Spaß mit Caren machen wollten? Handelte es sich um ein Sexualdelikt oder gar um Mord? Lebte Caren überhaupt noch? Niemand konnte mir darauf eine Antwort geben und je mehr Zeit verstrich, desto geringer wurden die Chancen, Caren gesund und lebend wiederzufinden.

Es gab Ferien. Ich hatte die Chance, zum Semesterbeginn eine Prüfung abzulegen, um meinen Collegeplatz zu behalten. Jack wechselte für sein weiteres Studium die Universität und zog auf ein College in Virginia. Ich machte endlich meinen Führerschein und besuchte regelmäßig eine Sportschule.

Täglich tauchte ich auf dem Revier auf und löcherte die Cops mit Fragen. Da ich dem Lieutenant den letzten Nerv raubte, wurde er immer unfreundlicher. "Hör zu, Junge. Es kann sehr ungesund sein, wenn du deine Nase überall hinein steckst. Hör auf mit deinen Nachforschungen. Du behinderst nur die Arbeit meiner Männer. Wir werden Caren schon finden. Aber halte du dich da raus."

"Warum? Ihre Männer haben bisher noch keinen Erfolg gehabt. Außerdem tue ich ja nicht viel. Ich zeige den Leuten Carens Bild. Das ist alles. Vielleicht wurde sie ja von jemandem gesehen. Ist das vielleicht verboten?", brauste ich auf.

"Nein, es ist nicht verboten. Aber du kannst dabei leicht an den Falschen geraten. Glaube mir, ich kenne diese Typen. Das sind keine kleinen Raufbolde, mit denen du dich auf der Straße herum prügelst. Die haben üblere Tricks auf Lager."

"Vielleicht finde ich Caren ja so", blieb ich stur.

"Vielleicht. Vielleicht aber auch nicht. Vielleicht findest du tatsächlich die Typen, die sich dein Girl geschnappt haben. Aber dann kann die Luft verdammt heiß werden. Dann müssen wir nicht nur deine Freundin suchen, sondern auch dich. Hör auf. Glaube mir, es ist besser für dich und alle Beteiligten."

Ich nickte und verließ schnell das Office. Nun hatte man mir also verboten, nach Caren zu suchen. Doch so leicht wollte ich nicht aufgeben. Ich mußte einfach weiter machen. Ich mußte Caren finden. Allerdings hatte ich auch keine Ahnung, wo ich noch suchen sollte. Schon zweimal war ich durch ganz Manhattan gelaufen, kreuz und quer, vom Battery Park im Süden, bis nach Schwarz-Harlem im Norden. Hatte mit Phil zusammen die wichtigsten Lokalitäten in den anderen Stadtteilen abgegrast. Queens, Brooklyn, Staten Island und sogar Bronx.

Selbst mir wurde klar, daß es wenig brachte, weiterhin ziellos durch die Gegend zu rennen. Ich mußte nach Plan vorgehen. Doch wie sollte dieser Plan aussehen? Ich wußte es nicht. Ich wußte ja nicht mal, nach wem genau ich suchen sollte, bei wem sich Caren aufhalten könnte. Ich hatte keinerlei Ansatzpunkte und ich hatte keine Ahnung, ob sich Caren überhaupt noch im Großraum New York aufhielt.

Also schlenderte ich wieder einmal ziemlich ratlos und verzweifelt Richtung Süden, um mich in Martas Snackbar bei einer Tasse Kaffee weiteren Gedanken hinzugeben. In der Hoffnung, endlich einen Gedankenblitz zu haben, der mir weiterhelfen konnte.

Einen Gedankenblitz hatte ich zwar nicht, aber Kommissar Zufall half mir enorm weiter.

Ich schlenderte die 12th Street entlang und schenkte den Mädchen, die sich dort auch vereinzelt tagsüber prostituierten kaum einen Blick. Mich interessierte kein anderes Mädchen, selbst wenn es noch so hübsch war, oder anders als die Ladys hier, hochanständig. Kein Mädchen kam auch nur annähernd an Caren heran. Weder vom Aussehen her, noch charakterlich.

Okay, über den Charakter anderer Mädchen konnte ich nichts aussagen, da ich sie nicht kannte, aber ich kannte Caren. Sie war so warm und herzlich, phantasievoll und doch realistisch, humorvoll und doch ernsthaft. Mit ihr konnte man herzlich lachen, sie war ein prima Kamerad und absolut zuverlässig. Ihr Duft eine Mischung aus Orient und Rosen. Ihr Haar mittelbraun und seidig reichte ihr bis fast zu den Lenden, und ihre Figur ... einfach traumhaft. Groß und schlank, mit den richtigen Proportionen an den richtigen Stellen, hätte sie ohne weiteres gegen Miß World antreten und gewinnen können.

Sicher, für viele war sie wohl einfach nur ein unglaublich hübsches Mädchen, doch für mich war sie das wunderbarste Wesen auf Gottes Erde. Ihre Augen hatten eine Ausdruckskraft, die seinesgleichen suchte. Sie konnte mir damit alles erzählen. Oft hatten wir nur nebeneinander gesessen und uns angesehen, schweigend, und ihre Saphiraugen funkelten, als hätten sie alle Sterne des Universums eingefangen. Sie konnte mir alles damit erzählen, ohne ein Wort zu sprechen und es waren mit die besten Unterhaltungen. Caren war mein Engel und das würde kein anderes Mädchen jemals für mich sein können. Dessen war ich mir sicher. Und so schenkte ich diesen 'Damen' am Straßenrand auch keine Beachtung.

Erst als ich die Straße überqueren wollte, sah ich auf und entdeckte schräg gegenüber einen silbergrauen Cadillac. Ein Wagen, den sich nur Leute mit genügend Kleingeld leisten können - oder Zuhälter, was für diese Gegend am wahrscheinlichsten war. Ein solcher Wagen ist zwar teuer, aber in Manhattan auch nicht gerade sehr selten. Ich hatte schon mehrere gesehen, in allen möglichen Farben und fand sie nicht besonders interessant. Doch dieser silbergraue hier kam mir bekannt vor. Und nicht nur der Wagen, sondern auch der Mann, der im Fond saß. Ich wußte, ich hatte sein Gesicht schon gesehen.

Er beachtete mich gar nicht. Sein Blick hing an den Mädchen, an denen ich erst kurz zuvor vorbei gelaufen war. Um ihn nicht doch noch auf mich aufmerksam zu machen, bückte ich mich und tat, als müsse ich mir den Schuh binden, während ich fieberhaft überlegte, wo ich diesen Mann schon gesehen hatte.

Und plötzlich tauchten wie aus dem Nichts Bilder vor meinem inneren Auge auf. Caren und ich standen an der Schulbushaltestelle, als genau dieser silbergraue Cadillac an uns vorbei fuhr, langsamer wurde und der Blick dieses Mannes fasziniert an Caren hängen blieb. Caren hatte es nicht bemerkt, da sie sich gerade mit einer Freundin unterhielt. Doch mir war es aufgefallen. Im ersten Augenblick fand ich es einfach widerlich. Der Mann war sicher schon Mitte vierzig und Caren gerade 17. Was wollte dieser Kerl von einem so jungen Mädchen? Im nächsten Moment war ich jedoch auch ein wenig Stolz. Dieses Mädchen, nach dem sich auch reifere Männer umdrehten gehörte zu mir. War meine Freundin.

Doch dies blieb nicht die einzige Begegnung mit diesem Mann. Später hatte ich ihn noch zwei oder dreimal vor dem College gesehen. Er saß in eben diesem Wagen und schien fast darauf zu warten, daß Caren die Uni verließ. Damals war es mir zwar aufgefallen, doch Gedanken hatte ich mir keine darüber gemacht. Es war immerhin möglich, daß er nur jemanden abholen wollte.

Daß ich ihn nun hier sah, gab dem ganzen ein anderes Licht. Auch jetzt saß er im Fond des Wagens. Der Fahrersitz war leer. Während ich mir nun auch noch den zweiten Schuh band, sah ich zu den Mädchen zurück. Sie standen in einer Gruppe zusammen und redeten auf einen hochgewachsenen, kräftigen Typ ein, der sicher kein Freier war. Ich konnte zwar nicht verstehen, was gesprochen wurde, doch ich vermutete, daß er bei den Mädchen abkassierte.

Als sich der Mann nun umwandte, um über die Straße zu gehen, erhaschte ich einen kurzen Blick in sein Gesicht. Ja, auch ihn kannte ich. Er war der Fahrer des Cadillac. Somit mußte der andere Mann der Zuhälter dieser Mädchen sein und dieser Typ hatte eben die Einnahmen der letzten Stunden kassiert.

Er schwang sich nun hinter das Steuer und fädelte kurz darauf den Cadillac in den fließenden Verkehr ein. Schnell las ich die Nummer des Wagens und wiederholte sie im Geist, bis ich bei Marta ankam. Dort notierte ich sie mir auf einem Notizzettel, den ich mir von Marta erbat.

Ich war mir zwar keineswegs sicher, daß ich hier nun tatsächlich eine Spur zu Caren gefunden hatte, aber ich hatte wenigstens einen Anhaltspunkt, an dem ich weitermachen konnte. Wieso sollte dieser Typ auch nichts mit Carens Verschwinden zu tun haben?

Er war zweifelsohne ein Zuhälter. Also ein Mensch, der es mit den Gesetzen nicht so genau nahm. Sein Interesse für Caren konnte auch kein Zufall gewesen sein. Weshalb hätte er vor dem College scheinbar auf sie gewartet, wenn er sich nicht brennend für sie interessiert hätte? Je länger ich darüber nachdachte und das Für und Wider abwägte, um so wahrscheinlicher erschien es mir, daß dieser Mann etwas mit Carens Verschwinden zu tun hatte.

Die Frage war nun, was sich mit diesen Erkenntnissen anfangen ließ und wie sie mich zu Caren bringen konnten?

Lange saß ich an der Theke und dachte darüber nach, wie ich nun vorgehen wollte. Zuerst einmal mußte ich herausfinden, wie dieser Mann hieß und wo er wohnte. Doch um das heraus zu bekommen, fehlten mir die nötigen Verbindungen. Es gab eigentlich nur einen, der das in Erfahrung bringen konnte, und das war Martas Ehemann. Er ist Oberstaatsanwalt und er kann bei den unterschiedlichsten Behörden Akten und Daten einsehen.

Von Marta erfuhr ich, daß sich ihr Göttergatte vermutlich im Gericht aufhielt. Allerdings würde er seine Mittagspausen immer bei ihr in der Snackbar verbringen, wenn es seine Zeit zuließ. Meist rief er vorher an und gab Bescheid, so das Marta genug Zeit blieb, für ihn ein Essen zuzubereiten.

Ich hatte Glück. Bereits eine halbe Stunde später erklärte mir Marta, daß ihr Mann auf dem Weg hierher sei. Weitere 20 Minuten später traf er dann wirklich ein. Allerdings durfte ich ihn nicht sofort mit meinen Fragen bombardieren. Er hatte einen schweren Arbeitstag und müsse erst einmal in Ruhe essen, wurde ich von Marta gewarnt. Denn sonst würde ich gar nichts erreichen. Ich solle warten, bis er nach dem Essen seine gewohnte Tasse Kaffee trank und sich bei einer Zigarette noch etwas entspannte, ehe er wieder zurück zu irgendwelchen Verhandlungen mußte.

Ich wartete also ungeduldig darauf, bis er sein Steak und seinen Salat aufgegessen hatte und Marta ihn, beim Servieren des Kaffees fragte, ob ich ihn kurz stören dürfte. Es sei wichtig.

Mr. Curtis bedachte mich mit einem interessierten Blick und lächelte freundlich, als er mich mit einem Nicken an seinen Tisch bat.

"Na, junger Mann, was gibt es denn so wichtiges? Marta sagte mir, Sie sind ein sehr lieber Freund von ihr und ich muß mir unbedingt anhören, was Sie auf dem Herzen haben. Dann erzählen Sie mal, was ich für Sie tun kann", begann er und nahm mir damit die Nervosität. Nicht, daß ich Angst vor ihm gehabt hätte, aber er ist nun einmal der Oberstaatsanwalt und damit eine absolute Autoritätsperson, die man nicht mit irgendwelchen Kleinigkeiten überfällt. Obwohl er vom äußeren her eher wie der liebe Nachbar wirkt, bei dem man abends ein gemütliches Bier trinkt und über die Sportmannschaft oder die überfütterte Katze spricht.

Zögernd begann ich, ihm von Caren zu erzählen und wurde ziemlich bald von ihm schon wieder unterbrochen. Er kannte die Geschichte schon, da Marta ihm bereits von ihrer Sorge um meine Freundin erzählt und er sich daraufhin bei der City Police über den Stand der Ermittlungen erkundigt hatte. Er erklärte mir auch gleich, daß Lieutenant Monroe bereits alles tat, um Caren zu finden. Aber es gäbe einfach zu wenige Spuren und Hinweise, die man verwerten könne.

Dies war mein Stichwort. Schnell erzählte ich ihm von meiner Beobachtung und der Theorie, die ich daraus entwickelt hatte.

Mr. Curtis überlegte eine ganze Weile, während er schweigend rauchte und dabei immer wieder die Stirn runzelte. Schließlich fragte er mich: "Weshalb bist du damit zu mir gekommen und nicht erst zu Lieutenant Monroe gegangen? Ich darf doch du sagen?"

"Natürlich, Sir."

"Du kennst den Weg, den eine solche Sache nehmen muß, oder? Zuerst geht die City Police allen Hinweisen nach und erst wenn es für eine Anklage reicht, geht der Fall an die Staatsanwaltschaft weiter. Wieso kommst du damit gleich zu mir?"

Eine gute Frage. Doch ich hatte auch darauf eine Antwort: "Ich weiß nicht, ob meine Vermutung tatsächlich verwertbar ist. Ich möchte auch nicht, daß die Beamten aufgrund von irgendwelchen Hirngespinsten meinerseits, vielleicht wichtige andere Spuren zurückstellen. Ich wollte erst einmal sicher gehen, ob dieser Mann tatsächlich das ist, wofür ich ihn halte."

Curtis schmunzelte: "Und wie möchtest du das herausfinden?"

"Ich dachte, daß Sie mir vielleicht seinen Namen geben könnten, dann könnte ich mich vielleicht unbemerkt an ihn heften und schauen, was er alles tut. Vielleicht habe ich Glück und finde Caren dabei."

Curtis lachte kurz auf und schüttelte dann entschieden den Kopf: "Tut mir leid, Marechal. Aber das geht nicht. Nicht so. Sollte dieser Mann tatsächlich hinter dem Verschwinden deiner Freundin stecken, dann wird ihm deine Beschattung nicht unbemerkt bleiben. Solche Leute haben einen Blick dafür. Glaub mir. Geh zu Lieutenant Monroe und erzähle ihm von deiner Beobachtung und deiner Theorie. Er wird sich darum kümmern, ohne andere wichtige Spuren aus dem Blick zu verlieren. Er ist erfahren genug und weiß, wie er in solchen Dingen vorgehen muß. Auf diese Weise gefährdest du weder dich, noch deine Freundin - sollte dieser Mann tatsächlich deine Freundin haben."

"Das heißt: Sie werden mir den Namen dieses Mannes nicht besorgen können?"

"Nein, das kann und darf ich nicht. Zum einen liegt die Ermittlungsarbeit noch bei Lieutenant Monroe. Zum anderen darf ich einer Privatperson gar keine derartigen Auskünfte geben. - Vertraue mir und gehe zu Lieutenant Monroe. Er wird schon das richtige tun."

Ich seufzte und nickte enttäuscht. Okay, ich durfte und konnte selbst nichts unternehmen, da ich an die benötigten Auskünfte nicht heran kam. Auch wenn es mir schwer fiel, so blieb mir doch nichts anderes übrig, als dem Lieutenant einen Besuch abzustatten.

### 14. Juni 1967; im Police Office

Lieutenant Monroe sah mich gestreßt an, als ich in seinem Office auftauchte. "Marechal, seit gestern hat sich nichts getan. Wir haben weder neue Spuren, noch haben wir deine Freundin gefunden. - Sag mal, hast du denn nichts anderes zu tun, als uns jeden Tag mit deinem Besuch zu nerven? Suche dir einen anständigen Beruf oder gehe aufs College."

"Für einen anständigen Beruf brauche ich einen Collegeabschluß - und jetzt sind gerade Semesterferien."

"Dann tu von mir aus sonst was vernünftiges, aber hör bitte auf, uns jeden Tag nach dem Stand der Ermittlungen zu fragen. Wir melden uns, sobald wir etwas haben", brummte er unfreundlich.

"Es spricht aber doch sicher nichts dagegen, daß ich mich bei Ihnen melde, sobald ich etwas habe, oder?", konterte ich und sah ihn gespannt an. Mehr als rauswerfen konnte er mich nicht und vermutlich würde er das sowieso nicht tun.

Interesse zeichnete sich auf seinem etwas untersetztem Gesicht ab. "Du hast etwas für uns? Einen Hinweis auf deine Freundin?"

"Es könnte vielleicht etwas sein, wenn ich Sie kurz damit "nerven" dürfte."

"Dann zeige mal, was du gefunden hast?"

Ich sah mich bezeichnend um. Wir befanden uns mitten im Schalterraum. Am Tresen herrschte recht reges Treiben. Anzeigen wurden aufgenommen. Zwei Prostituierte beschwerten sich lauthals, weil man sie festgenommen hatte. An den Schreibtischen saßen Cops über ihren Berichten oder befragten Verdächtige, Zeugen oder Opfer irgendwelcher Straftaten. Schreibmaschinen klapperten, Telefone klingelten. Es war laut und hektisch. Nicht der richtige Ort, um sich über wichtige Dinge zu unterhalten, fand ich.

Monroe hatte meinen Blick richtig gedeutet. Seufzend nickte er und bat mich in sein Büro. Hier waren wir ungestört und nachdem er die Tür hinter sich geschlossen hatte, der Lärm auch nur noch gedämpft zu hören.

"Hör zu, Junge." Monroe zeigte sich sichtlich genervt. "Deine Freundin ist nicht die einzige Vermißte, die wir suchen. Täglich verschwinden Menschen in dieser Stadt und alle wollen gefunden werden - zumindest, wenn es nach den Angehörigen geht. Wir haben hier viel zu tun und auch ich habe meine Zeit nicht gestohlen. Wenn du also nicht wirklich etwas wichtiges hast oder nicht endlich aufhörst uns mit Fragen zu belästigen, dann nehme ich dich fest und stecke dich für mindestens 24 Stunden in eine unserer Zellen."

"Weshalb?" Er würde kaum einen ausreichenden Haftgrund finden.

"Behinderung polizeilicher Ermittlungen."

Okay, er fand einen. Diesen Grund mußte sogar ich akzeptieren. "Ich habe wirklich etwas. Vielleicht sogar die entscheidende Spur zu Caren."

Monroe wies auf den Stuhl vor seinem Schreibtisch und sah mich abwartend an. Schnell erzählte ich von meiner Beobachtung, den Zusammenhängen und meiner

Theorie.

"Und du bist dir ganz sicher, daß du diesen Wagen vorher schon in Carens Nähe gesehen hast?"

"Ja. 100%ig sicher. Der Wagen und der Mann waren mehrfach vor dem College und der Typ hat sich auffallend für Caren interessiert."

"Weshalb hast du früher nichts davon erwähnt?"

"Weil ich nicht daran dachte. Erst als ich den Wagen heute wiedersah erinnerte ich mich daran, daß ich ihn früher schon gesehen habe. Sein Fahrer hat sich mit einigen Stricherinnen in der 12th Street unterhalten. Ich weiß nicht, um was es ging. Vielleicht hat er abkassiert. Vielleicht ist dieser Typ im Wagen ein Zuhälter oder ähnliches."

Monroe musterte mich nachdenklich, dann griff er zum Telefonhörer, wählte eine Nummer und bat den anderen Teilnehmer, den Namen des Fahrzeuginhabers festzustellen. Die Nummer hatte ich ihm bereits gegeben. Nachdem er wieder aufgelegt hatte, erklärte er mir, daß man diesen Hinweis ernst nehmen und ihm nachgehen würde. Die Beobachtung die ich gemacht hatte, sei sehr wichtig und könnte tatsächlich etwas mit Carens Verschwinden zu tun haben.

"Du wirst jetzt nach Hause gehen, dich mit irgendwelchen sinnvollen Dingen beschäftigen und uns die Suche nach deiner Freundin überlassen. Wir melden uns, sobald wir etwas entdeckt haben. Ich will dich hier im Office nicht mehr sehen, es sei denn, dir fällt noch irgend etwas ein oder wir bitten dich hierher zu kommen. Verstanden?"

"Ja, Sir", natürlich hatte ich verstanden. Er hatte es mir ja zuvor schon deutlich genug gesagt.

Als ich mich nun in die Höhe drückte, klingelte das Telefon auf seinem Tisch. Hastig hob er ab und notierte sich, was sein Gesprächspartner ihm erzählte. Ich stand noch immer vor seinem Schreibtisch und tat, als warte ich darauf, daß er mich verabschiedet, dabei versuchte ich auf seine Notizen zu schielen. Monroe hatte eine furchtbare Handschrift. Nur mit Mühe konnte ich den Namen "Jackos" entziffern.

"Shit. Wenn das stimmt, dann ...", murmelte er, während er den Hörer auf die Gabel gleiten ließ und sah plötzlich auf, als würde er mich jetzt erst bemerken. "Dein Hinweis dürfte tatsächlich ein Treffer sein. Wir werden der Sache auf alle Fälle nachgehen. Fahre nach Hause. Wir melden uns, sobald wir mehr wissen."

Es hörte sich so an, als wäre der Mann im silbergrauen Cadillac tatsächlich ein Gangster. Und wenn der Caren hatte, dann ... - Ich wollte lieber nicht daran denken, was er Caren alles angetan haben könnte.

"Marechal!", rief mich Monroe noch einmal an, als ich bereits den Knauf seiner Officetür in der Hand hielt. "Laß uns das erledigen und bleibe von diesem Mann weg. Er ist gefährlich und ich möchte nicht, daß du ebenfalls noch verschwindest. Haben wir uns verstanden?"

"Ja, Sir."

Monroe nickte befriedigt und hängte sich gleich wieder ans Telefon, kaum das ich die Tür geöffnet hatte. Ich hörte, wie er einen Agent verlangte und vermutete, daß er mit dem FBI telefonierte. Ich fragte mich, wie gefährlich dieser Typ im Cadillac wirklich war. Um einen kleinen Zuhälter würde sich kaum das FBI kümmern. Oder wollte Monroe nur Informationen aus dem riesigen Archiv des FBI? Möglich war auch das.

Ich zog die Tür hinter mir zu und machte mich auf den Heimweg. Mit der Hoffnung, daß mein Hinweis tatsächlich helfen würde Caren gesund und lebend zu finden.

## 17. Juni 1967

Ungeduldig wartete ich darauf, daß sich Monroe bei mir meldete, oder Mrs. Bernstein mir etwas über den Stand der Ermittlungen mitteilte. Doch sooft ich mich auch bei ihr erkundigte, der Lieutenant hatte ihr auch noch nichts neues erzählt. Nach drei Tagen hielt ich es nicht mehr aus und stattete dem Lieutenant, auch auf die Gefahr hin, tatsächlich von ihm festgenommen zu werden, einen Besuch ab. Ich konnte diese Ungewißheit einfach nicht länger ertragen.

Monroe sah gar nicht so unfreundlich aus, als er mich sah. Es schien fast, als hätte er bereits auf mich gewartet. Er winkte mich auch gleich in sein Büro und deutete auf den Stuhl vor seinem Schreibtisch.

"Du hast es tatsächlich geschafft, uns drei volle Tage lang in Ruhe arbeiten zu lassen. Du machst Fortschritte", freute er sich. "Ich hoffe, du hast die letzten Tage nicht mit irgendwelchem Unsinn verbracht."

"Ich war zu Hause und habe mich tierisch gelangweilt", konnte ich mir nicht verkneifen. "Ich sitze lieber einen Tag in ihrer Zelle ab, als weiterhin Däumchen zu drehen und nichts zu tun. Hat mein Hinweis denn wenigstens etwas gebracht?"

Monroe wurde wieder ernst und schüttelte den Kopf: "Tut mir leid. Wir haben den Mann durchleuchtet und befragt, wir hatten sogar Durchsuchungsbefehle für seine Etablissements, aber er war absolut nicht mit dem Verschwinden deiner Freundin in Zusammenhang zu bringen. Daß er mehrfach vor dem College gewesen war, erklärte er damit, daß seine Nichte ebenfalls die Columbia University besucht und er sie an diesen Tagen wohl dort abgeholt hätte. Etwas anderes war ihm nicht nachzuweisen. Und in seinen Bars oder seiner Wohnung konnten wir auch keine Spuren finden, die auf die Anwesenheit deiner Freundin hingedeutet hätten."

"Das heißt, Sie sind wieder bei Null", war ich enttäuscht.

Monroe nickte: "Tut mir leid, mein Junge. Ich hätte dir gerne etwas anderes gesagt und dir einen Erfolg gemeldet. Mir wäre es auch lieber gewesen, wenn wir deine Freundin bei ihm gefunden hätten."

"Er ist ein Gangster, oder?", kombinierte ich, was nicht weiter schwer war, da selbst Zuhälter allgemein schon als Verbrecher eingestuft werden. Doch ich meinte nicht die Zuhälterei und Monroe wußte das.

Er lehnte sich in seinem Sessel zurück und drehte einen Kugelschreiber zwischen den Fingern. Eine Geste, die ich schon öfter bei ihm gesehen hatte, wenn er sich seine Antworten sehr genau überlegte. Und selbst wenn er kurz darauf verneinte, so war mir doch diese Geste Antwort genug. Wäre der Typ im Cadillac ein harmloser Bürger gewesen, dann hätte Monroe nicht so lange überlegen müssen.

"Und nun? Sie haben wieder keine Spuren und Caren ist noch immer verschwunden."

"Wir können nur darauf hoffen, daß sie entweder einem Streifenbeamten auffällt oder wir doch noch den entscheidenden Hinweis bekommen. Ich weiß, du hättest gerne eine andere Antwort bekommen. Aber ich kann dir nichts anderes sagen."

"Wäre Caren irgendeine wichtige Persönlichkeit, dann würden Sie alles versuchen, um sie zu finden. Aber Caren ist ja nur ein ganz normales Mädchen und da muß man eben auf Kommissar Zufall hoffen", ich war enttäuscht und Monroe durfte das ruhig sehen. Ich war mir tatsächlich fast sicher, daß die Beamten zu schnell aufgegeben hatten. Wäre Caren eine Berühmtheit gewesen, dann hätten sie sicher eher die Daumenschrauben angelegt und so lange gebohrt, bis sie etwas gefunden hätten.

Doch es war nicht direkt Monroes Schuld. Er hielt sich an seine Dienstvorschriften und ich glaubte ihm sogar, daß er sein möglichstes getan hatte. Je bekannter eine Vermißte, desto größer der öffentliche Druck, desto eher werden die Gesetze bis zum äußersten ausgereizt und desto mehr Aufwand wird betrieben. Eine Tatsache, die schon seit jeher Bestand hat.

Aber vielleicht war ich auch ungerecht. Vielleicht wurde der gleiche Aufwand betrieben, nur fiel er bei Berühmtheiten eher auf, als bei normal Sterblichen, weil die Presse es verstand, jede Kleinigkeit bis ins Detail auszuschmücken und man über die Methoden, die bei einem Otto-Normal-Verbraucher angewandt werden nichts erfährt.

"Marechal, wir würden auch bei einem Prominenten an der gleichen Stelle stehen. Wir tun, was wir können, doch im Augenblick ist das leider nicht viel."

Ich wandte mich resigniert ab.

Verzweifelt überlegte ich, was ich noch tun konnte. Ich war wieder an der gleichen Stelle, wie vor drei Tagen. Genauso weit wie Monroe. Es konnte einfach nicht sein, daß meine Suche nach Caren hier zu Ende war. Es konnte nicht sein, daß ich Caren im Stich lassen mußte, weil mir absolut nichts einfallen wollte, wie ich ihr helfen konnte.

Es mußte einfach etwas geben.

In Gedanken ging ich noch einmal alles durch, was sich seit Carens Verschwinden ereignet hatte und wieder blieb ich bei dem Mann im silbergrauen Cadillac hängen. Er mußte der Schlüssel zu Caren sein. Es konnte einfach kein Zufall sein, daß ich ihn vorher in Carens Nähe gesehen und er sich so auffallend für Caren interessiert hatte. Wäre er wirklich wegen seiner angeblichen Nichte vor dem College gewesen, dann hätte er sich Caren vielleicht einmal angeschaut, aber nicht jedesmal. Dann hätte er sich nach seiner Nichte umgesehen, und nicht Caren angestarrt. Er mußte es einfach sein.

Wäre er ein harmloser Familienvater, dann würde die Sache sicher anders aussehen. Dann würde ich ebenfalls an seiner Beteiligung zweifeln. Aber Monroe hatte mir indirekt bestätigt, daß dieser Mann ein Gangster war, also konnte er durchaus in der Lage sein, Caren zu entführen.

Die Frage war nur: Weshalb?

Reichte es schon, daß er vermutlich ein Zuhälter war und einige Frauen sich für ihn prostituierten? Lag hier sein Motiv?

Es gab nur eines, wie ich das herausfinden konnte. Ich mußte ihn mir selbst anschauen.

Als ich zu Hause ankam machte ich mich sofort über das Telefonbuch her. "Jackos" hatte auf Monroes Notizzettel gestanden. Zumindest war das der Name, den ich entziffert hatte. Es konnte also nur der Name des Besitzers von diesem silbergrauen Cadillac sein. Und wie groß war die Chance, daß dieser Name in New York so häufig auftauchte?

Hastig schlug ich unter "J" nach. "Jackid", Jackil", "Jackobi", "Jackos".

Ich stöhnte auf. Es war zwar nicht die Welt, aber es waren immerhin 10 "Jackos", die im Telefonbuch verzeichnet waren. Welcher war nun der richtige?

Die dazugehörenden Adressen waren über die ganze Stadt verteilt. Wobei sich fünf alleine in "Little Italy" befanden, einem Stadtviertel im Süden Manhattans. Zwei Adressen lagen in Brooklyn, eine in Queens, eine in der Bronx und eine auf der Madison Avenue in Höhe der West 51st Street.

Ich schaute noch einmal und tippte dann auf die letzte Adresse. Madison Av./W. 51st St. Ein Viertel der Luxusklasse. Wer in Upper Midtown wohnt, muß einiges auf der hohen Kante haben. Die Mietpreise sind horrend. Und genau diese Adresse, daß bedeutete die Rückseite der St Patrick's Cathedral. Der größten katholischen Kathedrale der USA. Ein silbergrauer Cadillac würde durchaus in diese Gegend passen.

Ich notierte mir die Adresse und machte mich auf den Weg. Die Subway brachte mich schnell zur Grand Central Station. Der Rest war zu Fuß ein Katzensprung.

Das Haus in dem Mr. Jackos wohnte, hatte 13 Stockwerke und ein riesiges Foyer mit einem Sicherheitsbeamten, der sich hinter einem Tresen zurück gelehnt und in eine Zeitschrift vertieft hatte. Er interessierte sich allem Anschein nach für Stock Car Rennen und schien nicht sehr erfreut darüber, als ich auf ihn zutrat.

"Entschuldigen Sie die Störung, aber ich weiß nicht, ob ich hier richtig bin. Ich suche einen Mr. Jackos. Er fährt einen silbergrauen Cadillac. Hier wohnt doch ein Mr. Jackos, oder?", begann ich und überlegte, wie ich meine Suche nach diesem Mann halbwegs vernünftig erklären konnte.

"Ja, Sir. Hier wohnt ein Mr. Jackos. Aber er fährt keinen silbergrauen Cadillac. Sie haben sich sicher in der Adresse geirrt."

"Wissen Sie, ich hatte einen kleinen Unfall mit meinem Bike. Mr. Jackos war sehr in Eile, deshalb gab er mir seine Visitenkarte und meinte, ich solle bei ihm vorbei kommen, damit wir den Schaden regulieren können. Leider habe ich seine Karte verloren. Könnte der Cadillac vielleicht gemietet sein?"

"Dazu kann ich leider nichts sagen. Das entzieht sich meiner Kenntnis. Vielleicht kann ich Ihnen eher weiterhelfen, wenn ich weiß, wie Ihr Mr. Jackos aussah?"

"Kräftig, dunkle Augen, schwarzes, kurzes Haar. Glatt zurück gekämmt. Etwa 40 bis 45 Jahre alt."

Der Mann winkte ab. Ich sei hier mit Sicherheit falsch. Der Mr. Jackos, der hier wohnte, war wesentlich älter und hatte bereits mausgraue Haare, zudem sei er ziemlich hager.

Ich bedankte mich und verließ enttäuscht das Gebäude. Es wäre auch zu schön gewesen, wenn ich sofort einen Treffer gelandet hätte. Aber es gab ja noch neun andere Adressen, die ich überprüfen konnte.

In einer nahe gelegenen Telefonbox suchte ich mir im Verzeichnis auch noch die anderen Jackos' heraus und notierte mir ihre Adressen, dann machte ich mich auf den Weg nach Süden, nach Little Italy.

Den ganzen restlichen Nachmittag durchstreifte ich das Italienerviertel, hielt Ausschau nach dem silbergrauen Cadillac, fragte die Leute nach Mr. Jackos, gab in den dortigen Geschäften seine Beschreibung an und erntete nur Kopfschütteln. Auch bei den Nachbarn der hier lebenden Jackos' kam ich nicht weiter. Das heißt: weiter kam ich schon, ich konnte einen Namen nach dem anderen von meiner Liste streichen.

Ein Jackos entpuppte sich als alter Greis, der nicht mehr in der Lage war, alleine das Haus zu verlassen. Bei einem handelte es sich um eine alleinerziehende Mutter mit zwei kleinen Kindern. Bei einem anderen um einen Gemüsehändler, dem es schon schwer fiel, seine etwa 200 Kilo hinter die schmale Theke zu quetschen, um seine Kunden abzukassieren. Der vierte war ein sich herumtreibender Mittzwanziger, der versuchte, mit seiner kleinen Möchtegerngang die Gegend unsicher zu machen und der letzte hatte sich den Namen seiner Urgroßmutter zugelegt, um damit seinem verkorksten Genie ein Pseudonym zu geben. In Wahrheit hieß er Garifalli und versuchte sich als abstrakter Künstler. Wobei abstrakt alleine schon seine Pseudonymwahl war. Nein, nicht der Nachname alleine. Er nannte sich Alfredo Leonardo Alessandro Enrico Jackos. Ein wirklich sehr einprägsamer Name für einen "Künstler".

Kopfschüttelnd schlenderte ich ins Village und kehrte bei Marta ein. Ich war spät dran. Marta erwartete mich bereits ungeduldig. Sie mußte einige wichtige Einkäufe erledigen und ich hatte ihr versprochen, sie so lange in der Bar zu vertreten. Etwas, daß ich schon öfter getan hatte.

Marta erklärte mir auch gleich die wichtigsten Dinge - welcher Gast was zu zahlen hatte und welcher Gast noch zu bedienen war - und machte sich dann auf den Weg. Sie hatte es eilig, denn der Markt, in dem sie immer ihre Einkäufe tätigte würde bereits in einer Stunde seine Pforten schließen und Marta hatte einiges auf ihrer Einkaufsliste stehen. Zudem war Berufsverkehr und es würde seine Zeit brauchen, bis Marta den Laden erreicht hatte.

Ich machte mich hinter der Theke zu schaffen. Holte Würstchen aus dem Topf und schob sie zwischen zwei Brötchenhälften, zusammen mit Salat, Ketchup und Zwiebeln. Briet Hamburger, Cheeseburger, Currywürste, schenkte Getränke aus, kassierte und verkaufte Martas frisch gebackenen Apfelkuchen.

Ich war bereits eine halbe Stunde an der Arbeit, als mir Phil Gesellschaft leistete und mir hinter der Theke half, indem er sich um die Getränke und Nachschub aus dem Kühlschrank kümmerte. Wenn wir zwischendurch etwas Ruhe hatten, unterhielten wir uns und natürlich erzählte ich ihm von Monroe, meiner Spur und meiner Theorie.

Phil fand meine Gedankengänge logisch und stimmte mir zu, daß dieser Jackos durchaus verdächtig war und man ihn sich etwas genauer ansehen sollte. Er machte auch gleich einen Vorschlag, wo man am besten etwas über ihn erfahren konnte.

Wenn er tatsächlich, wie ich glaubte, ein Zuhälter war, dann müßten doch die Mädchen, die für ihn arbeiteten am ehesten wissen, wo man ihn finden konnte. Allerdings sei dies keineswegs so einfach, wie es sich anhörte. Denn diese Mädchen erzählten nur äußerst selten etwas. Es wäre jedoch auf jeden Fall einen Versuch wert und Phil erklärte sich bereit, mir dabei zu helfen. Angeblich kannte er einige der Frauen. Ich fragte lieber nicht, woher, konnte es mir aber denken. Phil war ein ewiger Single. Noch nie hatte ich ihn mit einer Freundin gesehen und so lag die Vermutung nahe, daß er sich sein Vergnügen bei eben solchen Frauen holte.

Als Marta gegen 8 Uhr Abends endlich von ihren Einkäufen zurück kam, machten sich Phil und ich gleich auf den Weg. Ich durfte das Steuer seines Ford übernehmen, damit sich Phil ungestört mit den Frauen unterhalten konnte.

In der 12th Street bat er mich langsamer zu fahren und schließlich am Bordstein anzuhalten. Sofort kamen einige der Frauen heran und beugten sich zum Beifahrerfenster hinunter. Phil wandte sich an eine maisblonde Langbeinige im hautengen Ledermini. Er sprach sie mit 'Clare' an, was mir bewußt machte, daß er diese Frauen tatsächlich schon länger kannte.

Im nächsten Augenblick rumpelte ein Baulaster an uns vorbei, so das ich nicht verstehen konnte, was Phil zu Clare sagte. Schließlich drückte er ihr die Hintertür auf und ließ sie einsteigen. Dann gab er mir Anweisungen, wohin ich fahren sollte.

Ich hoffte darauf, daß Clare nicht das verlangte, weswegen sie die Nächte dort am Bordstein verbrachte. Denn daran hatte ich kein Interesse und auch kein Verlangen danach.

Während ich den Wagen durch den abendlichen Verkehr in eine ruhige Seitenstraße und schließlich in eine Sackgasse lenkte, unterhielt sich Phil mit Clare. Er machte Komplimente, fragte, wie die Geschäfte liefen und ob es ihr gut ging. Clare plauderte ausgelassen und erkundigte sich schließlich, welche Art von Dienstleistung sie uns denn anbieten könne und nannte auch gleich die Preise dafür.

"Das übliche", war Phils Antwort.

"Und dein Freund hier? Er sieht mir ganz so aus, als wäre er sich noch gar nicht sicher, was er überhaupt will."

Phil lachte und winkte ab: "Er hat ein anderes Problem. Er ist mit deinem Boß zusammen gerumpelt und will nun versuchen, die Sache wieder auszubügeln. Deshalb sucht er ihn, um mit ihm reden zu können. Vielleicht ist Jackos ja einsichtig und gibt ihm noch eine Chance."

"Wie kommst du darauf, daß Jackos mein Boß ist?"

"Ist er nicht? Ich dachte ... Ich habe seinen Wagen schon öfter bei euch gesehen, deshalb war ich in der Annahme, er sei dein Boß."

"Ich habe keinen Boß. Nur meinen Freund, der auf mich aufpaßt. Eddy. Von mir aus, nenne ihn Zuhälter. Ich gehe auch nur für ihn anschaffen, damit sich Eddy von Jackos loskaufen kann. Er hat eine Menge Schulden bei ihm und Jackos ist ein ziemlich übler Bursche. Eddy und ich können keine gemeinsame Zukunft anfangen, solange ihm Jackos im Nacken sitzt. Jackos ist Eddys Boß, aber nicht meiner", erklärte sie und wandte sich dann an mich. "Laß die Finger von Jackos, wenn du noch ein paar Jahre leben willst. Jackos ist gefährlich. Mit ihm kann man nicht reden."

"Ich muß es wenigstens versuchen. Weißt du, wo ich ihn finden kann?"

"Der bringt dich um, man."

"Das Risiko muß ich eingehen. Zudem, wenn ich es nicht versuche, wird er mich auch umbringen. Ich habe also nichts zu verlieren."

"Ein 50er dürfte dir mein Tipp aber doch wert sein, oder? Damit käme ich meinem Ziel nämlich ein kleines Stückchen näher. Ich meine, wenn ich dir schon die Chance gebe, dein Leben zu retten", erklärte Clare zögernd.

Etwas verlegen suchte ich meine Taschen ab und sah dann hilfesuchend zu Phil. Ich hatte meist ja nur etwas Kleingeld einstecken, da ich im Allgemeinen nicht viel brauchte. Höchstens mal ein paar Cent für die Subway oder einen Kaffee bei Marta.

"Das übernehme ich. Ist kein Problem. - Du schuldest mir hiermit 50 Dollar", sagte Phil auch schon.

Clare musterte mich kritisch und schüttelte schließlich den Kopf: "Es ist dein Leben, aber ich habe dich gewarnt. Wo genau Jackos wohnt weiß ich auch nicht. Aber er hat eine Bar auf der Eastside. 'Hot Pool', heißt sie. Eddy und ich waren mal dort. Das ist alles, was ich dir über ihn sagen kann. Mehr weiß ich nicht und mehr will ich nicht wissen. Okay? - Und noch was, Süßer. Den Tipp hast du nicht von mir, verstanden?"

Phil sah mich triumphierend an. Es war besser gelaufen, als ich gehofft hatte. "Danke, Clare. Du hast mir sehr geholfen. Am besten bringen wir dich jetzt wieder zurück, oder?"

"Laß nur, Al, ich mach das schon. Clare will ja auch noch etwas Spaß haben, wenn wir schon mal hier sind. Du verstehst?", schaltete sich Phil nun wieder ein.

Und ob ich verstand.

Ungeduldig schob er mich ins Freie. Kein Zweifel, seine Hose spannte und er wollte sich endlich Erleichterung verschaffen.

"Danke!", konnte ich gerade noch sagen, ehe er von innen die Tür schon wieder zuzog und bereits über die Lehne in den Fond kletterte.

Hastig wandte ich mich ab. Davon wollte ich nicht unbedingt Zeuge werden. Ich hatte auch bekommen, was ich wollte und der Abend hatte erst angefangen. Ich war mir zwar nicht sicher, aber soviel ich wußte, machten Bars erst in den Abendstunden auf und schlossen meist erst gegen Morgen. Also der perfekte Zeitpunkt, um sich die Hot Pool Bar ein wenig anzuschauen.

## 17. Juni 1967; Hot Pool Bar

**I**ch eilte zuhause vorbei und holte mir 50 Dollar aus meiner Spardose. Naja, es war keine richtige Spardose, eher ein großes Glas, in dem ich Geld für meinen ersten eigenen Wagen sparte. Dann suchte ich mir im Telefonbuch die Adresse dieser Bar heraus.

Es war nicht schwer, sie tatsächlich zu finden. Sie lag in einer schmalen Seitenstraße eines Arbeiterviertels. Hier wohnen hauptsächlich Arbeitslose und Tagediebe, oder Familien die es sich nicht leisten können, in den teureren Süden oder die anderen Stadtteile zu ziehen. Das Viertel liegt zwar noch nicht direkt in Harlem, jedoch an der Grenze, und so sieht man hier alle Hautfarben. Ein bunt gemischtes Völkchen, sozusagen. Drei Häuser neben der Hot Pool Bar befand sich ein Jazzclub und zwei Häuser weiter ein mexikanisches Lokal, in dem man neben Sangria und Tequilla auch Tacos und Natchos bekam und sich dabei die neuesten spanischen Songs anhören konnte.

Vor dem Eingang der Hot Pool Bar stand Mr. Universum persönlich. Jedenfalls hatte er durchaus diese Statur. Groß und ungemein kräftig. Der typische Türsteher, den man auch im Süden der Stadt vor vielen Lokalitäten finden kann. Er hat nicht nur die Aufgabe, die Leute zum Eintreten zu animieren, er verhindert auch, daß Raufbolde das Lokal betreten und greift ein, wenn sich solche bereits in der Bar befinden, um sie rasch nach draußen zu befördern.

Ich hatte mir bereits auf dem Weg hierher überlegt, wie ich am geschicktesten vorgehen wollte. Als normaler Gast würde ich kaum etwas brauchbares über den Barbesitzer herausfinden und vermutlich gelang mir das nicht mal als Stammgast. Ich mußte also versuchen näher heran zu kommen und das würde mir am ehesten gelingen, wenn ich selbst ein Mitarbeiter wurde. Auch wenn es nur eine Putzstelle war, oder ich morgens, wenn das Lokal schloß die Stühle hochstellen durfte. Irgend etwas mußte sich finden lassen.

In die Bar hineinzukommen, würde das geringste Problem sein, selbst wenn der Zutritt nur für Personen über 21 Jahren gestattet war. Hier kam mir mein Studentenausweis zu Hilfe. Denn bei seiner Ausstellung mußte irgendwer etwas geschlampt haben. Der Stempel der Columbia University befand sich ein klein wenig zu weit links und verdeckte damit die letzte Zahl meines Geburtsdatums. Nur wenn man sich die Mühe machte, wirklich sehr genau darauf zu schauen, konnte man die Ziffer erahnen. Doch wer machte sich schon die Mühe? Normalerweise hätte er gleich neu ausgestellt werden müssen, aber im Sekretariat war es nicht aufgefallen und ich hatte es bisher auch nicht beanstandet. Somit konnte ich guten Gewissens behaupten, bereits 21 Jahre alt zu sein. Wollte irgendwer tatsächlich sicher sein, so würde er sowieso meine ID Card verlangen, auf der alle Angaben gut lesbar waren.

Um nicht aufzufallen betrat ich erst einmal das mexikanische Lokal. Trank dort an der Theke eine Coke, zahlte und besuchte nun den Jazzclub, um auch hier eine Coke zu trinken. Sie war zwar wesentlich teurer als beim Mexikaner nebenan, aber hier spielte auch eine Liveband und unterhielt die Gäste mit Jazzmusik und das nicht mal schlecht. Nachdem ich gezahlt hatte, blieb nur noch die Hot Pool Bar übrig.

Der Türsteher musterte mich mißtrauisch und erklärte auch schon: "Zutritt erst ab 21."

"Ich bin 21", behauptete ich und wurde natürlich nach meinem Ausweis gefragt.

Ich zeigte dem Mann meinen Studentenausweis und wie nicht anders zu erwarten, warf er nur einen flüchtigen Blick darauf, zog eine Augenbraue in die Höhe und gab mir den Ausweis zurück. Mit einem knappen Nicken durfte ich die Bar betreten.

Hinter der schweren Holztür befand sich ein dicker, roter Samtvorhang, der wohl für die nötige Intimität des Lokals sorgen sollte. Ich schob ihn zur Seite und konnte das ganze Lokal überblicken. Zwei Stufen führten hinunter. Eine lange Theke nahm die ganze rechte Wand ein, an der Stirnseite befand sich eine kleine Bühne, auf der zwei Frauen einen gekonnten Strip hinlegten. Linker Hand gab es mehrere Nischen, für privatere Vergnügungen. Die Tischgruppen in der Mitte des Lokals waren fast alle besetzt. Sowieso war die Bar gut besucht.

Frauen in sehr knapper Bekleidung liefen mit Tabletts durch die Tischreihen und bedienten, oder flirteten mit den hauptsächlich männlichen Gästen. Ich vermutete, daß die Frauen allesamt Angestellte der Bar waren. Nicht, daß nicht auch Frauen solche Bars besuchen durften. Aber welcher Mann nahm schon seine Frau oder Freundin mit, wenn er ein solches Lokal aufsuchte?

Ich schob mich an die lange Theke und fand einen freien Platz neben einer brünetten Lady, die etwas lustlos in ihr leeres Glas starrte.

"Hallo, schöne Frau. Ist der Platz hier noch frei?", ich hoffte, daß ich den richtigen Ton gefunden hatte und nicht gleich von ihrem Freund, der sich vielleicht nur mal kurz mit einem menschlichen Bedürfnis entschuldigt hatte, vom Hocker gefegt würde.

In ihren grüngrauen Augen blitzte Interesse auf, als sie sich nun mir zuwandte. "Sicher, aber bist du nicht noch etwas zu jung für die Bar hier?"

"Ich bin 21. Also alt genug, für ein solches Lokal. - Ziemlich viel los hier."

Die Frau lächelte flüchtig und schüttelte schwach den Kopf: "Es war schon voller. Wie sieht es aus, spendierst du mir einen Drink?"

Ich nickte und überlegte, wie viele Drinks ich ihr wohl bezahlen konnte, ehe mir das Bargeld ausging.

Der Keeper war alleine hinter der Theke und stand arg im Streß. Die Gäste hatten Durst und er mußte nicht nur Gläser füllen, sondern diese auch spülen. Es dauerte etwas, bis ich bedient wurde. Auch von ihm erntete ich einen kurzen mißtrauischen Blick, doch er schien dem Türsteher zu vertrauen und füllte ohne Kommentar die Gläser.

Während sich Angela, so hatte sich die Frau neben mir inzwischen vorgestellt, einen Whisky geben ließ, bestellte ich mir eine Coke mit Schuß und stieß dann mit meiner Nachbarin an.

Angela machte eine Unterhaltung leicht. Ausgelassen plauderte sie drauf los, als würden wir uns schon Jahre kennen. Ich erfuhr, daß sie immer wieder gerne hierher kam, selbst wenn sie es sich nicht leisten konnte. Sie fand immer wieder jemanden, der ihr einen Drink spendierte. Zu Hause sei sie doch nur alleine und hier lernte sie immer wieder nette Menschen kennen, mit denen man sich unterhalten konnte. Auch die Angestellten hier seien alle sehr nett. Das Niveau sei in Ordnung und der Keeper freute sich immer, wenn er sie sah. Sorgte sie doch dafür, daß die männlichen Gäste etwas mehr tranken, während sie sich mit ihr unterhielten. Eigentlich hätte sie hier als Tänzerin arbeiten wollen. Doch Giorgio, der Chef hier, hätte sie wegen ihres Alters abgelehnt. Sie sei schon etwas über 30 und die Tänzerinnen hier dürften alle höchstens Mitte 20 sein, da die Männer sonst das Interesse verlören.

Ich verstand nicht, was es an ihr auszusetzen gab, sie hatte wirklich noch eine prima Figur und konnte es sicher durchaus noch mit den Mädchen auf der Bühne aufnehmen, und das sagte ich ihr auch.

Sie nickte dankbar und bestellte sich einen zweiten Whisky auf meine Rechnung.

Als der Keeper kam, um Angela ihren Drink auszuschenken, fragte ich ihn, ob er nicht eine Hilfe hinter der Theke gebrauchen könnte.

"Brauchen schon, nur kriegen keine", erklärte er knapp und wollte schon wieder davon flitzen. Schnell hielt ich ihn fest, was er mit einem irritierten Blick bemerkte.

"An wen muß ich mich wenden, wenn ich hier arbeiten möchte?"

Über sein dickes Gesicht huschte ein Grinsen, dann lachte er schallend los. "Du? Werd' erst mal erwachsen, Kleiner, bevor du dich in 'ner Bar bewirbst."

"Ich bin erwachsen. Ich bin 21, wo also liegt das Problem?"

"Das Problem liegt darin, daß du aussiehst wie ein verdammter Grünschnabel und wir Ärger kriegen könnten, wenn wir Minderjährige beschäftigen."

Ich zog meinen Studentenausweis aus der Jackentasche und schob ihn über den Tresen. "Ich bin 21, sieh selbst. Und mit diesem Alter darf ich auch in einem Nachtlokal arbeiten."

Auch er warf nur einen flüchtigen Blick darauf, schnappte sich den Ausweis und stopfte ihn mir in die Brusttasche meiner Lederjacke. "Geh zu Giorgio, wenn du es unbedingt darauf anlegen willst. Aber ich bin sicher, er befördert dich schneller wieder raus, als du 'reingekommen bist."

"Wo finde ich diesen Giorgio?"

"In seinem Büro." Mit dem Daumen wies er auf eine Tür, die sich am anderen Ende des Lokals, direkt neben der Theke befand. "Lionel bringt dich hin. Aber vorher wird gezahlt."

Während ich meine Rechnung beglich, erhob sich ein Mann Marke Bodybuilder von einem Hocker am Ende der Theke und gesellte sich zu uns. Er stand dem Kerl vor der Tür in nichts nach. Groß und breitschultrig war er, durch das winzige Logo der Bar auf dem Kragen seiner Jacke kaum als Mitarbeiter zu erkennen. Jeder, der ihn sich nicht so genau anschaute, würde ihn für einen ganz normalen Gast halten. Auch mir war er vorher nicht aufgefallen.

Ruhig wartete er hinter mir, bis ich mein Restgeld zurückbekommen hatte, dann bat er mich, ihm zu folgen. Artig lief ich hinter ihm her, zum Büro des hiesigen

Chefs und durfte ihm kurz darauf gegenüber treten. Lionel erklärte ihm, worum es ging und Giorgio wies mich auf einen harten Holzstuhl hin, der an der Wand seines überfüllten Büros stand. Zwar hatte er auch ein bequemes Sofa in seinem Office stehen, doch dies war wohl nur ihm selbst vorbehalten. Vielleicht ruhte er sich darauf immer ein wenig aus, wenn er schon die ganze Nacht in dieser Bar verbringen und irgendwelchen Schriftkram erledigen mußte.

"Du suchst Arbeit?", seine Stimme klang ein wenig verrucht, nach zuviel Zigaretten und Alkohol. Auch er gehörte zur eher kräftigen Sorte Mensch.

"Ja, Sir. Ihr Keeper scheint ziemlich im Streß zu stehen, und ich dachte, vielleicht könnte er ein wenig Hilfe gebrauchen."

"Und wie kommst du darauf, daß ausgerechnet du diese Hilfe sein könntest?"

"Ich habe in den Semesterferien schon des öfteren hinter einer Theke geholfen. Ich kenne mich aus und weiß, was zu tun ist."

"Und weshalb willst du ausgerechnet bei uns anfangen?"

"Ich hatte in diesen Ferien eigentlich etwas anderes vor, doch dies fiel leider ins Wasser und als ich mich nach einem Job umsah, war es bereits zu spät und alles vergeben. Also dachte ich, ich versuche es in dieser Gegend einmal. Ihre Konkurrenz nebenan hat leider auch nichts mehr frei, deshalb bin ich hier. Ihr Keeper könnte eine Hilfe sicher gut gebrauchen."

Giorgio fixierte mich mit seinen fast schwarzen Augen und ich betete, daß er mir meine Geschichte tatsächlich abnehmen würde. Daß dieser Lionel noch immer hinter mir stand, sorgte auch nicht gerade dafür, daß ich mich entspannte.

"Du bist 21, sagst du?"

Ich nickte und schob auch ihm meinen Studentenausweis zu. Giorgio betrachtete ihn sich sehr genau und ich befürchtete, daß mein Bluff hier nun auffliegen würde. "Ist das ein echter Ausweis?"

"Natürlich, oder sehe ich wie ein Fälscher aus?"

"Wie du aussiehst ist mir scheißegal. Ich will wissen, ob der echt ist, denn du machst eher den Eindruck eines Minderjährigen", wurde ich auch schon angefahren.

Tolles Kompliment. Und ich hatte immer gedacht, daß ich wesentlich älter aussehe. So kann man sich irren. "Ja, Sir. Er ist echt. Ausgestellt auf der Columbia University."

Giorgio warf mir den Ausweis wieder zu und erhob sich. Er war wesentlich kleiner, als er in dem Sessel gewirkt hatte, sicher einen halben Kopf kleiner als ich. Jedoch glich er das durch seine breiten Schultern und kräftigen Arme wieder aus. "Melde dich morgen Abend um 9 Uhr hier bei Skin an der Theke, dann erfährst du, ob wir dich nehmen oder nicht", erklärte er ernst und bat Lionel, mich zur Tür zu begleiten.

## 20. Juli 1967

Ich wurde tatsächlich genommen. Zwar nur als Gläserwäscher, aber ich war drin. Von 9 Uhr abends bis 5 Uhr morgens stand ich nun also hinter dem Tresen von Jackos' "Hot Pool" und konnte mich vorsichtig umhören.

Da ich nachts arbeitete, blieb mir tagsüber genug Zeit, mich um andere Dinge zu kümmern.

Ich hatte festgestellt, daß es nicht ausreicht, wenn man ein wenig Boxen kann. Will man nicht als Verlierer aus einer Schlägerei hervorgehen, dann muß man einiges mehr auf Lager haben. Ich schloß mich zwei weiteren Vereinen an und trainierte auch noch Selbstverteidigung und Nahkampf. Ich hätte ja gerne meinen Waffenschein beantragt. Doch ich war noch immer nicht volljährig und meine Eltern waren strikt dagegen.

Die Arbeit und das Training hatten aber noch einen Vorteil. Sie lenkten mich ab und ließen mich wenigstens für kurze Zeit meine Sehnsucht vergessen. Zumindest wurde sie soweit gebändigt, um nicht völlig in diesem Schmerz zu versinken. Sie half mir, einen klaren Kopf zu bewahren, ohne das Ziel aus den Augen zu verlieren.

Und so suchte ich während der Arbeit vorsichtig weiter nach Caren, indem ich jedem Gast an der Theke Carens Foto zeigte. Doch wieder gab es nur Kopfschütteln. Zudem war Giorgio davon weniger begeistert.

"Hör zu, Marechal. Die Gäste werden nicht gerne mit dämlichen Fragen belästigt. Also hör auf damit, oder du fliegst", wurde ich von ihm gewarnt.

"Das sind keine dämlichen Fragen. Ich suche meine Freundin. Sie ist seit fast zwei Monaten verschwunden", erklärte ich sauertöpfisch.

"Deine Freundin? - Zeig mir mal das Foto", forderte er, etwas ruhiger.
Ich zog Carens Bild aus der Tasche und hielt es ihm hin.

"Hm!", brummte er nach einer Weile. "Sieht nett aus, die Kleine. Da kann ich dich schon verstehen. Aber suche sie bitte nicht in diesem Lokal. Du verärgerst mir damit nur die Gäste. Haben wir uns verstanden?"

Ich nickte: "Ja, Sir!", und schob das Foto in die Tasche zurück.

Mit Giorgio war nicht zu spaßen. Wenn ich die Gäste vertrieb, würde ich mit einer Tracht Prügel auf der Straße landen. Ricky und Lionel hatten schon öfter gezeigt, was sie konnten. Immer wieder versuchten Gäste, den Mädchen an die Wäsche zu gehen. Wollten die Herren dafür nicht zahlen, bekamen sie Ärger mit den beiden. Selbst Schußwaffen hatten sie. Durch Zufall hatte ich sie einmal gesehen und ich zweifelte nicht daran, daß sie damit auch schießen konnten.

Bei den Gästen mußte ich meine Suche also einstellen. Beim Personal machte ich weiter. Wobei auch Angela zum Personal gehörte, wie ich bereits an meinem ersten Arbeitstag feststellte. Daß sie mich bei unserer ersten Begegnung angeflunkert hatte, nahm ich ihr jedoch nicht übel. Es gehörte zu ihrem Job. Das Personal bestand sowieso hauptsächlich aus Frauen, die die Herren animieren sollten, noch mehr zu trinken. Bei richtiger Bezahlung ging es später auf den einzelnen Zimmern weiter.

Wie das männliche Personal, so wohnten auch die meisten Frauen hier im Haus. Auch Angela hatte ihr Zimmer zwei Stockwerke über der Bar und nahm gelegentlich den ein oder anderen Gast mit nach oben. Daß Prostitution in New York verboten ist, störte dabei niemanden. Angela erklärte mir mal, daß, sollten die Cops tatsächlich mal Fragen stellen, die Kunden eben alte Freunde seien, die für diese Art von Vergnügen selbstverständlich nichts zahlten. Das Gegenteil würde man nicht beweisen können, es sei denn, der Gast gab zu, dafür bezahlt zu haben. Was allerdings keiner tat, da er sich sonst eine Klage wegen Anstiftung zur Prostitution einhandeln würde. Und darauf hatte selbstverständlich keiner Verlangen.

Aber die Girls waren nicht das einzige, lohnende Geschäft im Lokal. Auf Wunsch bekam man auch härtere Sachen. Allerdings nur hinter dem Tresen. Skin, der Barkeeper, verkaufte das Zeug an bekannte Kundschaft. Marihuana, LSD, Tabletten, Koks und sogar gelegentlich Heroin. Je nachdem, was verlangt wurde. Die Girls genehmigten sich selbst hin und wieder etwas. Es gehörte einfach dazu.

Angela drehte mir einmal einen Joint an. "Warum nicht?", dachte ich. Für fast eine Stunde fühlte ich mich, als würde ich auf Wolken schweben. Selbst Skins Genörgel störte mich nicht mehr. Danach war mir allerdings so schlecht wie nie und ich schwor mir, nie wieder solches Zeug anzurühren. Da hielt ich mich lieber an Cola mit Schuß. Danach ging es mir weniger schlecht.

Hier in der Bar war es einfach, an Alkohol heran zu kommen. Und hier sagte natürlich auch niemand was, wenn ich mal etwas trank. Allerdings achtete Skin peinlich genau darauf, daß ich meine Drinks auch bezahlte. Nur alkoholfreies gab es für das Personal umsonst.

Jackos sah ich drei Tage nach meiner Einstellung das erste Mal in der Bar. Er kam gegen Mitternacht in Begleitung von drei kräftigen Kerlen. Einer davon war der Fahrer, den ich auch schon in dem silbergrauen Cadillac und bei den Stricherinnen in der 12th Street gesehen hatte.

Jackos stutzte, als er mich hinter der Bar entdeckte, und musterte mich einen Augenblick interessiert, ehe er zusammen mit seinem Fahrer in Giorgios Büro verschwand. Ich war mir sicher, daß er den Geschäftsführer über mich aushorchte. Er schien jedoch kein Mißtrauen gegen mich zu hegen, denn er kümmerte sich nicht weiter um mich.

Sein Besuch in der Bar wurde selbst für mich Routine. Einmal in der Woche kam er und zog sich mit seinem Fahrer erst einmal ins Büro zurück, während sich seine anderen beiden Begleiter an der Theke niederließen und Kaffee tranken. Wenn die geschäftlichen Besprechungen beendet waren ließ sich Jackos mit seinem Fahrer - zumindest hielt ich ihn dafür - in einer der Nischen nieder, betatschte zwei oder drei seiner hier angestellten Frauen, erfreute sich an den Strips auf der Bühne und verschwand wieder mit seinem Gefolge.

Bei einem ihrer Besuche versuchte ich mit den beiden Männern, die Jackos regelmäßig begleiteten und während seines ganzen Aufenthaltes an der Theke saßen, ins Gespräch zu kommen. Sie waren jedoch ziemlich einsilbig und so erfuhr ich nur, daß sie Greg und Burt hießen und so etwas wie Jackos Bodyguards waren.

Jackos Fahrer sei ein gewisser Tony und Jackos wichtigster Mann. Es sei besser, sich nicht mit ihm anzulegen, denn Tony kenne keine Skrupel. Ich hatte zwar nicht vor, mich mit Tony anzulegen, war aber trotzdem dankbar für den Hinweis. Wobei Greg und Burt auch nicht gerade einen Vertrauen erweckenden Eindruck machten. Um nicht doch noch ihr Mißtrauen auf mich zu ziehen, bohrte ich nicht weiter und widmete mich wieder meinen Gläsern.

Zwei Wochen arbeitete ich bereits in der Bar, als Giorgio eines Tages ganz plötzlich neben der Theke erschien, laut: "Bullen!" rief und die Tür weit aufhielt. Irgendwie mußte er von einer geplanten Razzia in der Bar erfahren haben. Ein Großteil der Gäste und auch der Frauen verschwand daraufhin hastig durch die Hintertür ins Freie. Der Rest ließ sich davon nicht beirren.

Ich gebe zu, mir war gar nicht gut, denn die Cops würden sich mit meinem Studentenausweis nicht bluffen lassen. Noch hatte ich keine Hinweise auf Carens Aufenthaltsort und auch noch nicht genug über Jackos herausgefunden. Zwar wußte ich inzwischen, daß Jackos tatsächlich das ganze Haus inklusive der Bar hier gehörte und Giorgio lediglich der Geschäftsführer war, aber mehr wußte ich auch noch nicht. Ich mußte also irgendwie verschwinden, ehe mein Bluff aufgedeckt und ich an die Luft gesetzt werden konnte. Ich tat das, was auch ein Teil der Frauen getan hatte. Schnappte meine Jacke und eilte auf den Hinterausgang zu.

An der Tür hielt mich Lionel auf: "Was ist los? Es ist noch nicht Feierabend."

"Ich weiß, aber ich ... ähm ... die Cops und ..." stotterte ich und wußte nicht, wie ich meine Flucht am besten erklären sollte.

Doch Lionel brauchte man nichts zu erklären. Er arbeitete für Verbrecher und so hatte er für sämtliche Schwierigkeiten, die jemand mit der Polizei haben konnte, Verständnis. "Genauer will ich es gar nicht wissen. Sei morgen Abend pünktlich wieder hier", sagte er nur und schob mich durch die Tür ins Freie.

Ich war mir sicher, daß die Cops die ganzen Drogen in der Bar finden und das Lokal für immer schließen würden. Doch als ich am nächsten Abend zur Hot Pool kam, war es, als sie nie etwas geschehen. Keiner sprach über die Razzia vom letzten Abend. Alle Angestellten waren ganz normal zur Arbeit erschienen. Es interessierte auch niemanden, weshalb ich mich am Abend zuvor verdrückt hatte. Der Betrieb ging einfach weiter. Es wurde getrunken, es wurde geflirtet und getanzt und Skin verkaufte weiterhin Drogen an bekannte Kunden. Man war solche Situationen demnach gewohnt und bestens darauf vorbereitet und eingespielt. Jeder wußte, was bei einer Razzia zu tun war und jeder hielt sich daran.

Einen Monat arbeitete ich schon in der Bar und wußte immer noch nicht mehr über Jackos, als das ihm diese Bar hier gehörte. Ich wurde langsam ungeduldig und war auch etwas nervös. Denn kurz nach Jackos letztem Besuch hier hatte mich Giorgio wegen Carens Foto zur Rede gestellt und mir verboten, die Gäste damit zu belästigen. Ich konnte mir nicht vorstellen, daß Giorgio Jackos gegenüber nichts davon erwähnen würde.

Als Jackos dann wieder in die Bar kam, wich er von seiner gewohnten Regel ab. Burt und Greg begleiteten ihn ins Büro und auch Lionel folgte ihnen nach hinten.

Es mußte also etwas im Busch sein und ich fürchtete, daß es mit mir zusammen hängen könnte.

Unruhig geworden beschloß ich, das Rätsel zu lösen. "Skin, kann ich mal auf die Toilette?", fragte ich scheinheilig.

Skin sah mich sauertöpfisch an. - Eigentlich sah er mich immer sauertöpfisch an. "Geht nich'. Der Boß is' da und da mußt du eben warten."

"Gut, dann pinkel ich eben hinter die Theke", erwiderte ich frech.

Skins Gesicht verfinsterte sich noch mehr und ich dachte schon, jetzt würde er sich auf mich stürzen und in den Fußboden stampfen. Doch nach einigen Sekunden nickte er. Ich drückte mich durch die Hintertür, huschte leise zum Büro und preßte mein Ohr gegen das Holz, um gespannt zu lauschen.

### *Vor dem Büro der Hot Pool Bar*

**D**as Gespräch im Büro war reichlich uninteressant. Irgendwie hatte ich mir mehr vorgestellt, nachdem die ganze Mannschaft dort verschwunden war. Jackos sprach mit Giorgio über finanzielles, wie hoch die Einnahmen der letzten Woche waren, ob irgendwelche Bestellungen anstünden und ob Skin speziellen Nachschub bräuchte.

Enttäuscht wollte ich mich schon abwenden, als es doch noch interessant wurde.

"Wir haben den Jungen überprüft", schwenkte Jackos plötzlich um. "Ich wollte sicher gehen, nachdem wir schon ein faules Ei in der Organisation hatten. Und dieser Boy ist so faul, daß es zum Himmel stinkt."

"Was ist mit ihm?", fragte nun Lionel.

"Alain Marechal, unser neuer Gläserwäscher ist keine 21. Er wird im November erst 19 und besucht seit letzten Sommer die Columbia University. Er ist der Freund der Kleinen, die Eddy und Mart für mich gekascht haben."

Mein Herzschlag beschleunigte sich. Ich hatte also recht. Jackos war für Carens Verschwinden verantwortlich. Er hatte sie entführen lassen.

"Deshalb hat er sich verdrückt, als die Cops das letzte Mal hier aufgetaucht sind. Und ich dachte, er hätte Dreck am Stecken. Dann ist er nicht hier, weil er Arbeit gesucht hat, sondern sein Mädchen. Er hat ein Foto von ihr dabei, mit dem er schon die Gäste hier genervt hat und später auch das Personal. Aber woher weiß er, daß sie bei dir ist?" Es war Giorgio, der diese Theorie aufstellte und meine Gedanken wieder auf das Gespräch lenkte.

"Ich glaube nicht, daß er es weiß, aber er vermutet es, deshalb ist er hier."

"Sollen wir das Problem auf gewohnte Weise erledigen?", schaltete sich nun Greg ein.

Ich hielt die Luft an und lauschte gespannt.

"Nein. Das würde zuviel Aufsehen erregen. Der Knirps war zu oft bei Monroe und das Risiko ist zu groß, daß wir die Cops noch auf uns aufmerksam machen. Es ist nicht auszuschließen, daß die Cops wissen, daß der Kerl hier arbeitet. Wir müssen das anders regeln. Zuerst einmal sollten wir dafür sorgen, daß die Kleine verschwindet", kam es nun von Tony, den ich sofort an der Stimme erkannte. Er hatte zwar in meiner Gegenwart noch nie viel gesagt, aber die Kälte und Emotionslosigkeit in seinem Tonfall waren typisch für ihn. Vermutlich sah Jackos nicht sehr glücklich bei diesem Gedanken aus. Denn Tony fuhr nach kurzem Schweigen fort: "Du weißt, daß du sie nicht bei dir behalten kannst. Irgendwann werden die Bullen auch auf den Club aufmerksam und wenn sie die Kleine dann dort finden, bist du geliefert. Erledigen wir es schnell und schmerzlos."

"Nein. Ich will sie weder an Übersee verschachern, noch soll sie im Hudson enden. Sie ist noch jung und knackig und auch noch nicht so kaputt wie die anderen. Das Risiko ist durchaus noch tragbar."

Es entstand eine kurze Debatte über Sinn und Unsinn von Jackos Sturheit, doch

Jackos gewann, was nicht weiter verwunderlich war, denn er war schließlich der Boß. Man kam schließlich überein, sie auch weiterhin im Privatclub zu belassen, wo sie, bewacht von Eddy und Mart, reichen Herren fröhliche Stunden bescheren sollte.

Mir wurde speiübel, wenn ich nur daran dachte, was sie mit diesen reichen "Herren" wohl alles machen mußte. Kalte Wut stieg in mir auf. Ich schüttelte den Kopf. "Nicht daran denken", sagte ich mir selbst in Gedanken und hätte fast die weitere Diskussion verpaßt.

"Und was ist mit dem Bengel?"

"Der hat doch von nichts 'ne Ahnung. Zudem haben wir einen guten Grund, ihn rauszuwerfen. Schließlich hat er uns angelogen, was sein Alter betrifft. Wir sollten ihn loswerden, solange er noch keinen Ärger macht. Und wenn er erst mal auf der Straße sitzt, dann kann er uns gar nichts mehr", kam es nun von Lionel.

"Okay! Dann ist das erst mal geklärt", schaltete sich Jackos wieder ein.

Die Unterredung war beendet. Schritte näherten sich der Tür. Hastig verdrückte ich mich in die Bar.

Der Gedanke, daß sich Caren vielleicht von wildfremden Männern betatschen lassen mußte und vielleicht sogar noch mehr, machte mich fast wahnsinnig. Doch ich mußte jetzt einen kühlen Kopf bewahren. Nur so konnte ich ihr helfen. Das Jackos mich feuern wollte, störte mich nicht mehr, denn jetzt hatte ich ja einige Anhaltspunkte und wußte, wo ich Caren suchen mußte.

"He, leg mal 'nen Zahn zu!", knurrte mich Skin auch gleich an, kaum das ich wieder hinter dem Tresen stand.

Ich schnappte mir eines der Gläser und bearbeitete es mit der Bürste.

"Skin, warum mußt du immer auf dem Jungen herumhacken?", fragte Angela. Sie saß an der Theke und schlürfte einen Gin Tonic. Der Mann, der ihr zuvor die Drinks bezahlt hatte, war verschwunden.

"Halt dich da raus und kümmere dich lieber um die Gäste", antwortete Skin sauertöpfisch.

"Was ist los? Gibt es Ärger?", klang Jackos' scharfe Stimme dazwischen.

Erschrocken fuhr ich hoch. Ich hatte nicht mitbekommen, wie er an die Theke getreten war.

"Der Kerl hier schläft gleich ein. Wir haben keine Gläser mehr. Wenn der nich' 'nen Zahn zulegt, müssen die Gäste aus der Vase saufen", beschwerte sich Skin gereizt.

"Skin hackt die ganze Zeit auf ihm herum", versuchte mich Angela zu verteidigen.

"Halt die Schnauze und kümmere dich um die Gäste", wurde sie sofort von Jackos angefaucht. Dann wandte er sich an mich: "Und du kommst mit."

Mein Blick glitt von Jackos, durch das Lokal. Greg und Burt waren bereits verschwunden, oder sie befanden sich noch bei Giorgio im Büro. Auch der Geschäftsführer war nirgends zu entdecken. Lionel stand schräg hinter Jackos und wartete einfach nur ab. Ruhig und ernst, wie es seine Art war.

"Was is' mit den Gläsern?", fragte Skin wütend, während sich Tony bereits auf den Weg hinter die Theke machte.

"Die spülst du jetzt mal selbst. Der Junge kommt mit mir. Ich muß mit ihm reden", blieb Jackos ungerührt.

Tony baute sich hinter mir auf und gab mir einen harten Stoß ins Kreuz. "Was ist? Brauchst du eine extra Einladung?"

Ich ließ die Gläser stehen und folgte Jackos hinunter ins Lager. Lionel und Tony hielten sich immer hinter mir. Hier unten im Keller hatten Bierfässer, Wein- und Schnapsflaschen ihren festen Platz. Jackos schloß die Tür und sah mich ernst an. Tony hielt sich noch immer hinter mir und Lionel lehnte sich an die Tür und schob die Hände in die Taschen.

"Wir haben es nicht gerne, wenn man uns an der Nase herum führt", begann Jackos ruhig.

Ich wußte, was kommen würde und wartete erst einmal ab.

"Weshalb hast du uns angelogen, was dein Alter betrifft?", fuhr Jackos auch gleich darauf fort.

"Giorgio hätte mich nicht eingestellt, wenn ich gesagt hätte, daß ich erst 18 bin."

"Damit hast du verdammt recht. Weil wir nämlich ziemlichen Ärger mit den Behörden kriegen, wenn wir Minderjährige einstellen. Und Ärger habe ich nicht gerne. - Aber es gibt da noch etwas, daß ich noch weniger leiden kann. Du weißt, von was ich rede?", seine Augen bohrten sich in meine.

Als Quittung für mein Kopfschütteln erhielt ich einen Schlag gegen den Hinterkopf.

"Du hast, vor nicht ganz 5 Minuten, vor der Bürotür gestanden und gelauscht. Suche erst gar nicht nach Ausreden. Wir wissen es. Ich rate dir, alles ganz schnell wieder zu vergessen. Glaube mir, es ist gesünder", blieb Jackos auch weiterhin ruhig.

"Ihr seid miese Schweine. Ihr könnt euch an unschuldigen Mädchen vergreifen, aber damit kommt ihr nicht weit. Wenn ihr glaubt, daß ich den Schnabel halte, habt ihr euch geirrt. Ich finde Caren und dann geht es euch an den Kragen", brauste ich auf. Es wäre zwar besser gewesen, nichts zu sagen, aber damals hatte ich davon noch keine Ahnung. Mein Temperament ging mit mir durch. Ich konnte es nicht verhindern. Es brach aus mir heraus.

Jackos lächelte milde. "Reg dich wieder ab, Kleiner. Denke daran, daß es sehr ungesund sein kann. Nicht nur für dich. Wir haben deine kleine Freundin und wenn du nicht brav bist, dann wird ihr vielleicht etwas zustoßen. Vielleicht ein kleiner Unfall. Du wirst es jedenfalls bereuen. Zudem glaube ich nicht, daß du für dein Mädchen sterben möchtest."

Die Wut stieg in mir immer höher. Ich konnte mich nicht mehr beherrschen. Ich stürzte mich auf Jackos und bevor irgend jemand reagieren konnte, hatte ich ihm bereits meine Linke in die Magengrube gesetzt. Meine Rechte donnerte gegen sein Kinn. Zu mehr kam ich nicht. Lionel und Tony warfen sich gleichzeitig auf mich und rissen mich von ihrem Chef zurück. Schmerzhaft verdrehte mir Lionel die Arme auf dem Rücken. Ich konnte mich nicht mehr rühren.

"Okay Kleiner, du hast es nicht anders gewollt", stöhnte Jackos und rieb sich den Leib. Seine Augen funkelten, als er sich an Tony wandte. "Bringt ihm Manieren bei. Aber bedenkt bitte, daß er als Leiche nur noch größeren Schaden anrichten kann." Damit drehte er sich auf dem Absatz um und verschwand nach draußen.

"Du hast gerade einen riesigen Fehler gemacht", zischte mir Lionel ins Ohr. Ich war mit ihm und Tony alleine - und Tony war ein Knochenbrecher. Ehe ich mich versah, hatte er mir schon seine Faust in den Leib gedonnert. Mit einem Aufschrei knickte ich nach vorne. Tränen schossen mir in die Augen.

Während mich Lionel senkrecht hielt und meine Arme dabei fast auskugelte, bohrte sich Tonys Rechte immer wieder in meinen Körper und ließ mich aufstöhnen. Er gönnte mir keine Atempause. Sofort setzte er nach. Die Luft wurde mir aus den Lungen gedrückt. Vor meinen Augen kreisten Nebel. Ich hatte keine Chance zur Gegenwehr. Entweder war dieses Kapitel noch nicht dran gekommen, oder meine Nahkampf- und Selbstverteidigungslehrer hatten diesen Part schlichtweg vergessen.

Ein Schlag in die Leber ließ mich aufheulen. Sternchen explodierten vor meinen Augen. Schwer hing ich in Tonys Griff, unfähig mich auf den Beinen zu halten.

Tony faßte in meine Haare und zerrte meinen Kopf zurück. Forschend musterte er mich: "Na? Keine Lust mehr auf schlaue Sprüche?", höhnte er.

"Du kannst mich mal", quetschte ich zwischen den Zähnen hervor.

"Ich glaube, er hat erst mal genug", kam es von Lionel. "Wir sollen ihn ja nicht umbringen."

"Er bekommt noch unsere Spezialbehandlung." Tony hatte sichtlich Gefallen an diesem Gedanken und es war nicht zu übersehen, daß er eine Teufelei im Kopf hatte. Mit einem Tritt holte er mich von den Füßen. Der Tritt war zwar nicht notwendig, da ich sowieso nicht mehr in der Lage war, aus eigener Kraft auf den Beinen zu bleiben und nur von Lionel senkrecht gehalten wurde, aber Tony fand es amüsant, mich noch etwas zu quälen.

Kaum hatte ich mich auf dem Linoleum flach gelegt, war Lionel auch schon wieder über mir. Er zerrte mich auf den Bauch, drückte meinen Arm nach oben und kniete sich auf meinen Rücken. Erneut stöhnte ich auf, schmeckte den Dreck und Staub vom Fußboden. Meine Rippen stachen und mir war speiübel.

Tony nickte zufrieden und wandte sich ab. Sonderbare Spezialbehandlung. Ich fragte mich, was sie nun wieder vorhatten. Doch einen kurzen Moment lang war ich mit Lionel alleine und dies war vielleicht meine letzte und einzige Chance, mich zu wehren.

Mit der Kraft der Verzweiflung trat ich aus, wand mich unter meinem Peiniger und spürte doch, wie vergeblich meine Versuche waren. Ja, geradezu lächerlich. Ich brachte Lionel nicht mal aus dem Gleichgewicht. Er verstärkte nur etwas den Druck auf meinen Arm und mit einem unterdrückten Stöhnen mußte ich aufgeben.

"Tut mir leid. Es ist nichts persönliches. Hättest du einfach den Schnabel gehalten, dann hättest du unbeschadet hier heraus spazieren und vielleicht sogar dein

Mädchen finden können", zischte Lionel. "Doch das mußtest du dir ja verspielen. Dabei hätte ich es dir wirklich gegönnt. Ich meine, wer so viel Aufwand für ein Mädchen betreibt, der muß sie wirklich sehr gern haben." Lionel war sonst nicht so gesprächig. Irgendwie schien er damit sein Gewissen beruhigen zu wollen.

"Laß mich los", versuchte ich es.

"Das kann ich nicht. Ich bin für die Ruhe und Ordnung im Lokal verantwortlich und die hast du zerstört. Deshalb mußt du nun auch die Strafe dafür zahlen."

Tony und Jackos tauchten plötzlich neben mir auf. Ich war erstaunt, daß sich der Boß persönlich noch einmal in den Keller bemühte, um die Arbeit seiner Lakaien zu begutachten. Anscheinend war sein Vertrauen in sie doch geringer, als angenommen. Sein Blick war kritisch, doch er schien zufrieden.

"Na, Junge, hast du genug oder willst du noch mehr?" Er war neben mir in die Hocke gegangen und hatte sein Alltagsgesicht aufgesetzt. Es schien fast, als würde er über unwichtige Dinge verhandeln oder Skin erklären, wie dieser den Whisky panschen sollte.

"Du Bastard. Damit wirst du nicht durchkommen. Sobald mir etwas geschieht, hast du die Bullen am Hals. Die wissen, daß ich hier bei dir arbeite", brachte ich mühsam hervor.

Jackos lachte schallend auf. "Aber, aber. Ich habe damit doch nichts zu tun. Du bist völlig high in die Bar gekommen und hast meine Gäste belästigt. Jeder wird verstehen, daß ich dich daraufhin rauswerfen lassen mußte. Und wer weiß, mit wem du dich auf der Straße noch geprügelt hast. Soll mir mal jemand das Gegenteil beweisen."

"Das kauft dir kein Mensch ab. Damit kommst du niemals durch. Du bist dran, du Hurensohn. Ich nehme keine Drogen und das läßt sich auch nachweisen."

Oh, hätte ich nur meine Klappe gehalten. Erst jetzt entdeckte ich die aufgezogene Spritze, die Tony in der Hand hielt. Jackos nickte ihm kurz zu und schob sich zur Seite. "Nicht mehr lange, Kleiner. Du hättest dich da raus halten sollen. Aber keine Angst, es geht schnell und wir passen auch schön auf deine kleine Freundin auf. Sie ist zwar, wenn sie mal 40 ist, schon ziemlich durchgerutscht, aber sie kann sich dann vielleicht sogar ein schönes Leben als Puffmutter machen."

"Du Mistkerl", brüllte ich auf und wand mich unter Lionels hartem Griff, als Tony mit der Spritze immer näher kam. "Du mieser Schweinehund. Damit kommst du nicht durch. Niemals."

Tony zerrte meinen linken Arm hervor und stemmte seinen Fuß auf mein Handgelenk. Ich zog und wand mich wie ein Aal. Es half alles nichts. Der Einstich ließ mich aufheulen. Tony ging nicht gerade sehr zartfühlend mit mir um.

"Scheißkerl", würgte ich Jackos noch entgegen. Er kümmerte sich gar nicht darum. Fasziniert sah er zu, wie bei mir langsam die Wirkung der Droge einsetzte und meine Sinne ins Reich der Phantasie abrückten.

~*~

48

## *Irgendwo in Manhattan; Mitten in der Nacht*

Die nächsten Ereignisse entstammen nicht meiner eigenen Erinnerung, denn ich kam erst nach einer eilig durchgeführten Notoperation auf der Intensivstation eines Krankenhauses wieder zu mir.

Erst später erfuhr ich, wie ich überhaupt ins Hospital gekommen war. Demnach hatten mich Cops neben einem stinkenden Müllcontainer gefunden, nur mit Unterwäsche bekleidet. Keiner konnte mir sagen, wie ich dorthin gekommen war. Vermutlich hatten mich Jackos Leute dort abgelegt und entkleidet. Das ich den Cops tatsächlich den Namen Jackos genannt hatte, weiß ich nicht mehr, zeigt aber, daß ich zumindest teilweise ansprechbar gewesen sein muß.

Aufgrund des deutlich sichtbaren Einstiches, der zu einem schillernden Bluterguß angewachsen war, hielt man mich anfangs für einen ganz normalen Junkie, der seine Dosis ein wenig übertrieben hatte. Erst im Hospital fanden die Ärzte heraus, daß dies nicht der einzige Grund für meinen Zustand sein konnte.

Die Cops hatten inzwischen meine Kleider in dem Müllcontainer gefunden und anhand meines Ausweises meinen Namen und meine Adresse erfahren. Meine Eltern waren schnell verständigt. Entsetzt machten sie sich auf den Weg ins Hospital und erfuhren auch gleich, daß sie nicht mit mir sprechen konnten, da ich noch bei Untersuchungen sei. Ein Arzt würde ihnen später alles erklären.

Im Labor versuchte man zur selben Zeit herauszufinden, welche Art von Drogen ich im Körper hatte, während ich von den Ärzten genau durchleuchtet wurde. Die Diagnose war schnell klar und versetzte meinen Eltern einen Schock. Vier gebrochene Rippen und ein Riß in der Leber, der innere Blutungen verursachte und eine Operation dringend notwendig machte.

Doch erst als man die Droge in meinem Körper als Kokain identifiziert hatte, war es möglich, die Narkose zu dosieren und zu versuchen, die Blutungen zu stillen.

Vier Stunden später wurden meine Eltern dann davon unterrichtet, daß die Operation gut verlaufen sei und ich auch wieder auf die Beine käme, sofern nicht doch noch irgendwelche Komplikationen aufträten. Gegenwärtig läge ich auf der Intensivstation, wo ich die nächsten Stunden beobachtet würde. Sollte sich etwas an meinem Zustand ändern, würde man meine Eltern sofort informieren.

"Mr. Marechal, Ihr Sohn sprach während der Untersuchungen immer wieder von einem Phil, den er dringend bräuchte. Wissen Sie, wen er damit meint? Könnte er vielleicht der Dealer Ihres Sohnes sein?", wollte der Arzt wissen, nachdem er meine Eltern über meinen Gesundheitszustand aufgeklärt hatte.

"Der Dealer? Nein. Alain nimmt keine Drogen. Zudem kenne ich Phil. Er ist ein Freund meines Sohnes und geht mit ihm auf die Columbia University. Seine Eltern sind nicht unvermögend. Ich weiß, das hat nichts zu sagen, aber wir kennen Phil. Er studiert Jura und würde sich nicht mit solchen Dingen seine Zukunft verbauen. Mit Drogen haben weder er, noch Alain etwas zu tun."

"Haben Sie die Adresse von diesem Phil? Verstehen Sie mich nicht falsch, aber Ihr Sohn war offensichtlich in eine Schlägerei verwickelt. Nur so lassen sich die Verletzungen erklären. Natürlich müssen wir aufgrund dieser Umstände die City Police auf dem Laufenden halten. Da Ihr Sohn immer wieder nach diesem Phil verlangte, muß die Polizei auch ihn befragen. Möglich, daß er etwas aussagen oder vielleicht sogar erklären kann, was geschehen ist."

Dies leuchtete meinen Eltern ein. Bereitwillig gaben sie dem Arzt die Adresse und so kam es, daß Phil am frühen Morgen Besuch von zwei Streifenbeamten bekam. Und auch Phil erklärte gleich: "So ein Quatsch. Alain hat nie Drogen genommen. So dumm ist er nicht, daß er sich auf ein solches Niveau hinab begeben würde. Wenn Sie mir nicht glauben, dann fragen Sie Lieutenant Monroe. Er kennt Alain. Und wenn Alain tatsächlich Kokain im Körper hatte, dann hat er es nicht freiwillig genommen. Fragen Sie die Typen, die ihn durch die Mangel gedreht haben. Mit Sicherheit haben die ihm das Kokain beigebracht." Mehr wußte selbst Phil nicht zu sagen.

## 21. Juli 1967; 11:45 Uhr morgens

Erst gegen Mittag, erfuhr ich, was in der Nacht noch alles geschehen war. Genauer gesagt, als mich Phil auf der Intensivstation besuchte. Er hatte inzwischen schon mit meinem Vater gesprochen, nachdem dieser ihn angerufen und eine Erklärung verlangt hatte. So kannte Phil die wichtigsten Einzelheiten.

Mein Körper hatte inzwischen das Kokain abgebaut, doch durch die Verletzungen und die Operation fühlte ich mich noch sehr schwach und müde. Auch wurde ich noch immer mit Infusionen versorgt, die eine Infektion verhindern und die Heilung beschleunigen sollten.

Phil sah mir an, daß es mir noch nicht so besonders gut ging und versuchte sich kurz zu fassen. "Weshalb wolltest du mich heute Nacht so dringend sehen?", fragte er schließlich, nachdem er alles berichtet hatte.

"Ich brauche deine Hilfe", erklärte ich und mußte erst einmal überlegen, weshalb ich in der Nacht noch nach Phil verlangt haben könnte.

"Und bei was?"

"Caren zu befreien." Es war die logischste Erklärung.

"Soll ich mich mit Jackos anlegen?"

"Nein, natürlich nicht. Aber du kennst dich auf der Straße aus", fiel mir plötzlich ein und ich fand den Gedanken brillant.

Phil atmete tief durch und strich sich seine langen Haare hinter die Schultern. "Du meinst Clare, richtig? Ich glaube aber nicht, daß sie weiß, wo sich Caren aufhält."

"Aber sie kennt vielleicht die wichtigsten Privatclubs. Jackos erzählte, daß Caren in einem solchen ... arbeitet. Ein gewisser Eddy und ein Mart würden sie dort im Auge behalten. Und Eddy heißt doch auch der Freund von dieser Clare."

Phil rieb sich die Stirn und überlegte: "Okay, da ist was dran. Aber es ist verdammt schwer, in solche Privatclubs hinein zu kommen. Zudem arbeiten dort nur Edelnu... ganz besondere Damen und die sind sehr teuer."

Ich war Phil dankbar, daß er das Wort nicht ausgesprochen hatte. Auch wenn die Wahrscheinlichkeit groß war, daß Caren als solche dort arbeitete, so wollte ich doch nicht daran denken und auch nicht daran erinnert werden, daß es so sein könnte.

"Ich schätze, daß eine Frau dieser Art sicher 100 Dollar, oder sogar noch mehr kostet. Und das nur für vielleicht ein, oder zwei Stunden Vergnügen", fuhr Phil unbeirrt fort.

Mir wurde schlecht. Ich mußte ein paar Mal tief durchatmen, ehe die Übelkeit langsam wieder abflaute. Es war nicht gerade leicht, da jeder Atemzug einen stechenden Schmerz durch meinen Körper schickte, ausgehend von der frischen Narbe unter meinem rechten Rippenbogen. Doch der Schmerz half auch, die Bilder aus dem Kopf zu vertreiben, die Ursache für die Übelkeit waren. In einer Bar arbeiten auch Animier-, Tischdamen und Tänzerinnen und auch sie kosten Geld, ohne dafür zu intim zu werden. Daran mußte ich denken. "Es ist mir egal, wie teuer das ist. Für Caren würde ich alles bezahlen. Ich habe knapp 800 Dollar für einen Wagen gespart. Das Geld kannst du dafür nehmen. Und wenn das nicht reicht, dann habe ich noch andere Reserven. Mein Vater hat einiges für mich angelegt was, dank der Zinsen, inzwischen auf ein hübsches Sümmchen angewachsen ist. Das soll zwar meine Zukunft sichern, aber die ist mir momentan egal. Caren ist mir wichtiger, und wenn ich später unter einer Brücke schlafen muß."

"Al, weshalb überläßt du es nicht den Cops, Caren zu finden? Das würde dir eine Menge Geld sparen und wäre weniger gefährlich. Ich meine, du hast gesehen, zu was Jackos fähig ist. Diesmal hast du nur eine Abreibung bekommen. Das nächste Mal bringt er dich vielleicht um", fragte Phil nachdenklich.

Ich schüttelte den Kopf, "Die Cops haben es schon versucht und nichts gefunden. Jackos ist nichts nachzuweisen. Caren ist mit Sicherheit nicht in seiner Wohnung und nur er weiß, wo sie sich tatsächlich aufhält. Er würde sie töten, wenn die Cops noch einmal bei ihm auftauchen. Ich muß sie selbst finden und das kann ich nicht, weil ich wohl noch eine ganze Weile in diesem verdammten Krankenhaus liegen muß."

Es dauerte eine Weile, ehe Phil endlich nickte. "Okay. Ich werde schauen, was ich tun kann und, hey, es sind Ferien, ich habe sowieso nichts anderes vor. Mein alter Herr hat ein schlechtes Gewissen, weil er mit meiner Mutter auf Weltreise ist, während ich mich hier in New York langweile. Deswegen war er diesen Sommer sehr großzügig, was mich davor bewahrt hat, einen Ferienjob annehmen zu müssen. Ich habe also massig Zeit."

Ich mußte lachen, und verzog auch schon schmerzlich das Gesicht. Phil war wirklich ein Unikat und mit einem beinahe schon ungesunden Optimismus gesegnet. Er nahm alles auf die leichte Art und hatte sich damit bisher auch recht gut durchs Leben geschlängelt. Es wäre ihm wohl etwas schwerer gefallen, wenn sein Vater nicht zur gehobenen Klasse der New Yorker zählen und seine Eskapaden immer wieder mit Geld ausbügeln würde. Um Geld hatte sich Phil noch nie sorgen müssen und wenn er in den Ferien tatsächlich mal einen Job annahm, dann nur, weil ihm langweilig war, nicht, weil er das Geld gebraucht hätte. Leichtsinnig oder verschwenderisch war Phil deshalb aber noch lange nicht. Er wußte sehr genau, worauf es ankam und hatte ein klares Ziel vor Augen. So trieb er seine Scherze nur, wenn er nicht gerade fürs College lernte, wie eben jetzt, in den Semesterferien.

Doch das erinnerte mich auch an etwas: "Von den 800 Dollar kannst du dir gleich deine 50 Dollar nehmen, die ich dir noch schulde."

Phil winkte nur ab: "Werde erst mal gesund, dann reden wir noch mal darüber, okay? Jetzt sehen wir erst mal, daß wir Caren da rausholen können."

## 21. Juli 1967; Mittags

**P**hil war noch nicht lange verschwunden, als ich wieder Besuch bekam. Diesmal von Lieutenant Monroe und seinem Gehilfen, Sergeant Ashley.

Monroe erkundigte sich nur kurz nach meinem Befinden und kam dann sofort zum Thema: "Du hast die Kerle gefunden, die sich deine Freundin geschnappt haben, richtig?"

"Wie kommen Sie darauf?", wich ich aus.

"Mach mir doch nichts vor, Junge. Du willst mir doch nicht erzählen, daß du von heute auf morgen zum Coksjunkie geworden bist und dich mit irgendwelchen Kleinganoven auf der Straße herum geprügelt hast?", fuhr er fort.

Soviel zu Jackos Theorie, die genau dies den Cops weismachen sollte. Es war mir klar, daß ihm dies keiner abkaufen würde, der mich kannte und Monroe kannte mich, da ich fast täglich bei ihm auf dem Revier erschienen war.

Da ich Monroe nicht unbedingt in die Irre führen und mir damit eine spätere Aussage verbauen wollte, andererseits die wahren Ereignisse aber auch nicht erzählen konnte, wich ich aus: "Ich weiß nicht, was gestern Abend passiert ist. Ich weiß im Augenblick nur, daß ich ganz normal zu Hause weggegangen bin, um zur Arbeit zu fahren. Dann ist Filmriß. Das nächste was ich weiß ist, daß ich genau in diesem Bett hier wieder zu mir kam. Keine Ahnung, was dazwischen geschehen ist."

"Erzähl mir doch keine Märchen. Du hast die Typen gefunden und die haben dich so zugerichtet. Haben die dir eingetrichtert, nichts zu sagen? Bist du schon zu ihnen übergelaufen? Was haben sie dir geboten, damit du schweigst?"

"Ich bin nicht käuflich", sagte ich nur und versuchte mich möglichst müde zu geben. Tatsächlich hatte mich das Gespräch mit Phil schon viel Substanz gekostet. Ich war frisch operiert, was sprach also dagegen, daß ich noch Ruhe brauchte? Vielleicht würde er ja ein Einsehen haben und mich endlich wieder alleine lassen.

"Ach nein? Wenn du nicht käuflich bist, wieso sagst du dann nicht, was passiert ist? Willst du diesen Typen wirklich dein Mädchen überlassen?"

"Ich will gar nichts. Nur meine Ruhe. - Hören Sie, selbst wenn ich diese Typen gefunden hätte, was wollten Sie dann machen? Sobald Sie bei denen auftauchen, ist Caren tot."

Er würde keine Ruhe geben und auch nicht freiwillig gehen. Er hatte eine Fährte gewittert und glaubte nun, sie unbedingt bis zum bitteren Ende verfolgen zu müssen. "Hältst du uns wirklich für so dumm, daß wir einfach so bei diesen Leuten auftauchen?"

'Ja!' fuhr es mir durch den Kopf, doch ich sprach es lieber nicht aus. Ich schloß statt dessen die Augen und drückte den Rufknopf für die Schwestern. "Lieutenant, ich bin müde und habe Schmerzen. Können wir das nicht ein anderes mal klären?"

"Marechal, hilf uns diese Typen zu schnappen und Caren zu finden. Ich weiß, daß du uns dabei helfen kannst. Du weißt, wo sie ist, wer sie festhält. Hilf uns und damit auch ihr", wurde er eindringlich.

"Ich würde nichts lieber als das. Aber ich kann nicht."

"Du hast letzte Nacht Jackos erwähnt. Wir wissen, daß du für ihn gearbeitet hast. Als Gläserwäscher. Jackos hat letzte Nacht noch eine Anzeige gegen dich, wegen Betrugs gemacht. Er meinte, du hättest ein falsches Alter angegeben, um bei ihm einen Job zu bekommen und hat uns auch den Trick erklärt, mit dem du ihn angeblich betrogen hast. Wenn du dir nicht ganz schnell eine vernünftige Erklärung einfallen läßt, die die Vorwürfe gegen dich entkräftet, wirst du sehr bald vor Gericht zitiert werden, während sich Jackos ins Fäustchen lacht."

Das Jackos mich angezeigt hatte, überraschte mich. Ich hatte nicht damit gerechnet, daß er freiwillig zur Polizei gehen würde, aus welchem Grund auch immer. Aber unrecht hatte er ja nicht mal. Ich hatte ihn in diesem Falle tatsächlich betrogen. Doch so lange ich Caren irgendwie damit helfen und sie aus den Händen Jackos befreien konnte, war es mir egal, ob ich wegen Betrugs eine Strafe zahlen mußte oder nicht. Kein Richter der Welt würde mich wegen dieser Sache ins Gefängnis stecken. Dafür war der Tatbestand zu gering. Ich hatte den Ausweis ja nicht gefälscht, sondern mir lediglich einen Fehler des Sekretariats zunutze gemacht.

"Jackos sagte, er hätte dich gestern Abend entlassen."

Ich nickte nur und hoffte darauf, daß er endlich verschwinden würde.

"Hat er dich so zugerichtet? Ist er es, der dein Mädchen hat?", fragte er plötzlich und sah mich streng an.

"Wie kommen Sie darauf, daß Jackos etwas damit zu tun haben könnte?"

"Er ist ein Gangster."

"Wenn Sie das wissen, weshalb sitzt er dann nicht längst im Gefängnis?"

"Weil wir ihm nichts nachweisen können. Wenn du deine Aussage machst haben wir ihn. Dann kann er sich nicht wieder rauswinden und wenn er auch noch dein Mädchen hat, dann wird er für viele Jahre hinter Gittern verschwinden."

"Sie werden Caren nicht bei ihm finden. Selbst wenn er sie hätte, dann würde er sie mit Sicherheit nicht bei sich verstecken."

Endlich ging die Tür auf und eine Schwester schaute ins Zimmer. Ich mußte mich nicht mal mehr verstellen. Ich war wirklich müde und erschöpft. Schnell erklärte ich ihr, daß ich Ruhe bräuchte, doch diese Herren einfach nicht gehen wollten.

Die Schwester hatte keine Probleme. Gnadenlos verbannte sie die Polizisten aus dem Zimmer. Sie könnten sich mit mir unterhalten, wenn es mir besser ginge.

Enttäuscht zogen sich Monroe und Ashley zurück.

### 23. Juli 1967; 10:15 Uhr abends

Die nächsten zwei Tage versuchte Phil die Adresse von Jackos' Privatclub heraus zu bekommen. Es erwies sich als einfacher, als erwartet. Clare hatte sich tatsächlich schon mehrfach nach der Arbeit mit ihrem Zuhälter vor einem Privatclub getroffen. Ob es der von Jackos war, konnte sie allerdings nicht sagen. Von dieser Art Privatclub gab es mehrere in New York. Doch Phil ging einfach davon aus, daß es der richtige war. Schließlich war Clares Zuhälter dieser ominöse Eddy und dieser damit beauftragt, auf Caren aufzupassen.

Allerdings war es ziemlich schwierig, in diesen Club hinein zu kommen. Man brauchte ein Codewort oder die richtigen Verbindungen, sonst hatte man keine Chance. Da Phil weder an das Paßwort herankam - er hatte den Club eine Weile beobachtet und so davon erfahren. Doch verstanden hatte er es nicht, da immer ziemlich leise gesprochen wurde - und auch niemanden kannte, der Zutritt zu diesem Club hatte, versuchte er es über Clare. Er steckte ihr einige Dollars zu und bat sie, ihn mit Eddy zusammen zu bringen. Und hier hatte er Glück. Eddy sprang darauf an. Vermutlich lockte ihn das Geld, mit dem Phil winkte. Phil erklärte ihm, daß er schon lange mal sehen wollte, wie die Mädels in einem solchen Club wohl seien. Zudem hätte er gehört, daß man dort auch durchaus eine gepflegte Runde pokern könne.

Eddy schöpfte keinerlei Verdacht und nannte Phil die Adresse und das Paßwort. Phil solle dazu sagen, daß Eddy den Club empfohlen hätte, dann würde er problemlos hineinkommen. Allerdings solle er sich vorher doch noch ein anderes Outfit zulegen, denn mit seinem Hippylook würde man ihn nicht mal mit Empfehlung und Paßwort in den Club lassen. Anzug und Krawatte seien aber auch nicht notwendig.

Phil bedankte sich und eilte nach Hause, um seinen bunten Schlabberumhang gegen ein beiges Sweatshirt zu tauschen und seine Flickenjeans gegen vernünftige. Nachdem er sich auch noch die Haare zu einem Zopf zusammengebunden hatte, betrachtete er sich im Spiegel. Er fand, daß er standesgemäß genug für den Club aussah. Schnell steckte er sich noch reichlich Geld ein und war bereit, die letzte Runde zur Befreiung Carens anzugehen.

Die halbe Nacht verbrachte er im Club. Trank überteuerten Martini und Sekt, verlor beim Black Jack knapp 200 Dollar und flirtete mit dem weiblichen Personal. Caren konnte er jedoch nirgends entdecken.

Als er gegen 2 Uhr morgens nach Hause kam, war er um 400 Dollar ärmer, ein klein wenig beschwipst und sehr enttäuscht. Jedoch auch ziemlich überrascht, als er Ken neben dem Eingang hocken sah. Der Freund sprang sofort auf und eilte auf ihn zu. "Wo warst du denn? Ich habe dich überall gesucht."

"Ich habe versucht Caren zu finden, hatte aber kein Glück. Wieso? Was ist los?"

"Marta hatte da mehr Glück als du. Sie hat sie durch Zufall gesehen, als sie in der Nachtapotheke etwas gegen ihre beginnende Erkältung holen wollte. Sie hat mich gleich angerufen und auch versucht dich zu erreichen. Wärst du jetzt nicht gekommen, hätte ich alleine versucht, Caren zu holen", erklärte Ken auch schon aufgeregt und Phil fürchtete, daß er die ganze Nachbarschaft damit aufwecken würde, da Ken in der Aufregung noch lauter sprach als gewöhnlich. Schnell zog er den Freund ins Haus und schloß die Tür hinter ihm.

Ken folgte ihm in die Küche, wo Phil erst einmal Kaffee aufbrühte, um wieder einen klaren Kopf zu bekommen. "Okay, und jetzt erzähle noch mal der Reihe nach", forderte er, während er darauf wartete, daß das Wasser kochte.

"Marta fühlt sich ja schon seit ein paar Tagen nicht ganz wohl und hat auch etwas Husten. Und da sie sich das im Geschäft nicht leisten kann, wollte sie ...", begann Ken.

"Ja, ja", unterbrach Phil ungeduldig. "Das habe ich ja verstanden. Marta, Nachtapotheke, Caren gesehen. Doch wo hat sie Caren gesehen und was tat Caren dort? Ich meine, war sie auch in der Apotheke und hat sich dort irgend ein Medikament geholt? Oder was?"

"Nein. Die Apotheke ist auf der Fifth Avenue, zwischen 12th und 13th Street. Da Marta auf der Fifth Avenue keinen Parkplatz fand, mußte sie in der 12th parken. Das heißt, sie wollte es ... Naja, eigentlich hat sie es auch."

Phil seufzte genervt: "Sag mal, erklärst du deine Verhandlungsstrategien deinen Professoren genauso? Komm endlich zum Punkt. Ich habe Weihnachten noch etwas vor."

"Ich bin ja schon dabei und wäre längst fertig, wenn du mich nicht ständig unterbrechen würdest."

"Okay, also Marta parkte auf der 12th Street, und wo ist die Pointe? Ich meine, wo bleibt nun Caren?"

"Caren stand auf der 12th, zusammen mit ein paar anderen Stricherinnen. Sie hat auf Kundschaft gewartet. Caren verkauft sich auf dem Straßenstrich."

"Was? Das kann doch gar nicht sein. Sie soll in einem Privatclub arbeiten, bewacht von zwei Typen."

"Wie kommst du darauf? Woher hast du das?"

Das Wasser kochte endlich. Phil nahm es vom Herd und goß es über das Pulver. Nachdem er schließlich noch zwei Tassen mit dampfendem Kaffee gefüllt hatte, ließ er sich bei Ken am Küchentisch nieder und berichtete, was er die letzten Tage alles getan, und Alain ihm erzählt hatte.

"Hm. Okay", überlegte Ken, als Phil geendet hatte. "Wenn die Typen wußten, daß Al gelauscht hat, dann war ihnen das Risiko vermutlich zu groß, Caren tatsächlich in einen solchen Club zu stecken. Sie mußten ja damit rechnen, daß Alain diese Information an die Cops weitergibt. Vermutlich haben die Typen also erst mal etwas abgewartet und geschaut, was die Cops tun. Ich könnte mir vorstellen, das Monroe diesem Jackos einen Besuch abgestattet und ihm einige Fragen gestellt hat, und Jackos bekam daraufhin Angst, daß Monroe doch noch auf den Club aufmerksam wird und Caren darin findet. Jackos hätte sich dann mit nichts herausreden können. Also entschied er sich dafür, Caren auf den Straßenstrich zu stellen und sie dort von ein oder zwei Leuten bewachen zu lassen. Auf diese Weise kann Caren nicht stiften gehen und falls die Cops sie doch dort entdecken, würde man Jackos nicht damit in Verbindung bringen können."

"Klingt logisch", mußte Phil zugeben.

"Die Frage ist, wie wir Caren vom Strich und ihren Aufpassern wegholen können, ohne das uns die Typen gleich ins Jenseits befördern. Ich bin froh, daß ich doch auf dich gewartet habe. Ich glaube nicht, daß ich es alleine geschafft hätte."

"Es ist eine verfluchte Situation, denn ich kann nicht dorthin gehen. Die Mädels kennen mich dort. Stell dir vor, diese Typen fragen, wer Caren abgeholt hat? Was glaubst du, wie groß meine Chance wäre, meinen 22. Geburtstag zu erleben?"

"Woher kennst du die Mädels dort?"

"Na was glaubst du wohl? Nur weil ich keine feste Freundin habe, heißt das noch lange nicht, daß ich abstinent lebe. Ich meine, du bist gerade dabei deinen dritten Liebeskummer zu verarbeiten, Alain versucht Held zu spielen und sein Mädchen zu retten und Jack ist der Flirtkönig schlechthin und hat ständig eine andere. Jeder von euch konnte seinen Druck immer bei einer Freundin abbauen. Na, und ich baue ihn eben in der 12th Street ab."

"Du brauchst dich vor mir nicht zu rechtfertigen. Ich war nur etwas verwundert. Das ist alles. Aber was machen wir jetzt? Ich kann das nicht alleine. Sonst hätte ich es längst getan."

"Okay. Ich habe eine Idee. Warte hier. Ich bin gleich wieder da", damit flitzte Phil auch schon die Treppe nach oben und verschwand in den Schlafzimmern, die sich im ersten Stockwerk des elterlichen Eigenheims befanden. Gut 15 Minuten war er schwer beschäftigt, während Ken in der Küche seinen Kaffee schlürfte und darauf wartete, daß der Freund zurück kam und seinen Plan erklärte.

Als Phil wieder in der Küche erschien, trug er einen dunkelblauen Anzug unter dem ein blauweiß kariertes Hemd hervorleuchtete, dazu eine grauschwarz gestreifte Krawatte. Seine Haare hatte er unter einem Hut versteckt und den Kragen eines dunklen Trenchcoats nach oben geschlagen. Auf seiner Nase saß eine dicke braune Hornbrille und seine Oberlippe wurde von einem dunkelbraunen Bart verdeckt. "Na? Wie seh' ich aus?"

Ken klappte den Mund auf, vor Überraschung. "Wo hast du das Zeug her?"

"Die Klamotten sind tatsächlich meine eigenen. Als meine Mutter mir das Zeug kaufte, konnte ich mir nicht vorstellen, daß ich mal in so etwas herumlaufen würde? Die Brille gehört meinem Vater. Es ist seine Ersatzlesebrille."

"Siehst du damit überhaupt noch was?"

"Es geht schon. Die Brille ist nicht so stark. Nur Autofahren möchte ich damit nicht unbedingt. Das heißt, du wirst Chauffeur spielen."

"Und der Bart?"

"Mein Vater hatte sich beim Wohltätigkeits-Maskenball letztes Jahr als Pirat verkleidet und dieses Gestrüpp noch in seiner Schublade. Ich darf jetzt nur nicht lachen, sonst fällt er ab. Aber er sieht nicht ganz so unecht aus, wie manch anderer. Ich hatte sogar daran gedacht, mir noch eine der Perücken aufzusetzen, die meine

Mutter so in ihrem Schrank aufbewahrt. Aber das fand ich dann doch etwas zu übertrieben. Ich denke, so sieht es am natürlichsten aus. Oder?"

"Jedenfalls erkennt man dich nicht mehr. Aber wie geht es jetzt weiter?"

"Jetzt werden wir uns einen Wagen von meinem Vater ausborgen und dann fahren wir zur 12th und holen Caren ab."

Mit einem knallroten Ford Thunderbird fuhren sie Richtung Greenwich Village. "Also, du läßt mich auf der Fifth Avenue raus. Ich gehe den Rest zu Fuß. In der University Place, in Höhe der 12th Street gibt es ein kleines Hotel. Dorthin gehen die Mädels mit ihren Kunden, die ohne Wagen kommen. Dorthin werde ich mit Caren gehen. Wir nehmen uns ein Zimmer und verschwinden über die Feuerleiter und den Hof. Du wartest in der 13th Street, dort treffen wir uns dann", erklärte Phil.

"Und was ist, wenn sie schon Feierabend machen mußte? Marta hat sie um kurz nach 10 gesehen, jetzt haben wir fast 3:30 Uhr. Was, wenn sie schon gar nicht mehr dort ist?"

"Sie wird dort sein. Diese Frauen stehen meist bis 5 oder 6 Uhr morgens, ehe sie Schluß machen. Sollte sie aber doch schon fort sein, dann versuchen wir es die nächsten Tage immer wieder. Irgendwann wird sie wieder dort sein. Da bin ich mir sicher. In spätestens einer Stunde komme ich zum Hotel. Okay?"

"Dann wünsch ich uns mal Glück."

"Paß mir auf den Wagen auf. Es ist die Lieblingskiste meines Vaters. Er lyncht mich, wenn da auch nur ein Kratzer dran kommt."

Ken grinste und lenkte den Ford an den Straßenrand, damit der Freund aussteigen konnte. Während Phil nun zu Fuß in die 12th Straße schlenderte, fuhr Ken in die 13th Street und suchte sich dort eine Parkbucht. Ungeduldig wartete er und hoffte, daß wirklich alles glatt gehen würde.

Phil spazierte derweil gemütlich an den Schaufenstern vorbei, warf mal hier einen Blick hinein, bestaunte mal dort die Auslagen. Auf diese Weise wirkte er wie ein Tourist, der New York einmal bei Nacht erleben wollte. Genug zu sehen gab es durchaus, auch wenn die wirklich interessanten Geschäfte der Fifth Avenue weiter nördlich liegen.

Auf der 12th Street blieb er vor den beleuchteten Scheiben eines Schnellimbisses stehen und schien zu überlegen, ob er dort einkehren sollte. Dabei ließ er seinen Blick auch über die Frauen gleiten, die auf der anderen Straßenseite standen und sich mit Passanten unterhielten. Die 'Geschäfte' mußten in dieser Nacht gut laufen, denn nur vier Frauen konnte Phil entdecken. Die anderen mußten also Kundschaft haben. Caren war nicht unter diesen vier Frauen auf der anderen Seite und auch Clare war nirgends zu entdecken. Phil war nicht unglücklich darüber.

Er überlegte nicht länger und betrat den Imbiß. Mit einer Tasse Kaffee stellte er sich an einen freien Tisch am Fenster und verfolgte den Verkehr, der auch über Nacht nie abreißt. Er sah Wagen halten, Mädchen ein- oder aussteigen, oder mit unmobilen Passanten Richtung University Place gehen.

Einmal tauchte sogar Clare auf. Sie schien ein begehrtes Objekt der Freier zu sein. Denn lange blieb sie nicht, ehe sie erneut von einem Kunden mitgenommen wurde. Die Zahl der Frauen schwankte zwischen drei und acht. Gelegentlich kam eine der Frauen in den Imbiß, holte sich etwas zu trinken und kehrte wieder zu den Kolleginnen zurück.

Wieder hielt ein Wagen auf der anderen Straßenseite. Am Steuer saß ein übergewichtiger Mann, der selbst aus der Ferne noch einen ungepflegten Eindruck machte. Phil verzog angewidert das Gesicht. Gleich darauf stutzte er.

Das Mädchen, das nun aus dem Wagen stieg lächelte smart, winkte kurz und trat Hüften schwenkend auf den Bürgersteig. Sie trug hochhackige Stiefel, eine seidene Bluse - mit sehr gewagtem Ausschnitt - und einen dunklen Minirock, der mehr entals verhüllte.

Caren.

Phil verschluckte sich fast an seinem Kaffee. Er mußte sich zusammenreißen, um seine Tasse nicht zu schnell zu leeren und sich damit verdächtig zu machen. Gespannt verfolgte er das Geschehen auf der anderen Straßenseite.

Kaum war der Kunde verschwunden, als auch schon ein dunkelhaariger Mann auf sie zutrat, sie zur Seite zog und kurz mit ihr sprach. War es ein neuer Kunde oder einer von Carens Aufpassern? Phil vermutete letzteres. Denn der Mann zog sich kurz darauf wieder zurück und schob sich auf den Beifahrersitz eines alten Buick, der eben erst am Straßenrand eingeparkt hatte. Phil wartete, doch der Wagen machte keine Anstalten, wegzufahren.

Phil zahlte schließlich seinen Kaffee und trat auf die Straße. Wieder glitt sein Blick die Straße entlang und auf die andere Straßenseite. Vier Frauen standen dort zusammen und unterhielten sich. Caren hatte sich etwas abseits an die Hauswand gelehnt. Es sah so aus, als hätte sie kein Interesse an der Gesellschaft ihrer Kolleginnen.

Phil zögerte nicht länger. Gemütlich schlenderte er über die Straße und auf die Frauen zu. Sofort war eines der Girls bei ihm und machte eindeutige Angebote: "Hi Süßer. Ich bin Cindy. Mit mir erlebst du den Himmel auf Erden."

Phil lächelte charmant. "Das glaube ich dir sogar und ich wette, du bist nicht mal teuer. Vielleicht komme ich auf dein Angebot noch zurück. Okay?"

"Warum nicht gleich?", flötete die Brünette.

"Im Augenblick habe ich eine andere im Auge", grinste Phil und schüttelte Cindy ab. Gleich darauf tippte er Caren auf die Schulter. "Hi Goldstück, du gefällst mir. Wie sieht es aus, könnte es etwas werden?"

Caren musterte ihn etwas unsicher. Im nächsten Augenblick erkannte sie ihn und wurde blaß. Ihr Lächeln wirkte aufgeklebt. "Ich ..."

"Komme einfach mit, bevor deine Aufpasser noch mißtrauisch werden. Sind doch die Typen in dem Buick dort vorne, oder?", wisperte Phil.

"Ja. Aber ..."

"Keine Angst. Sieh mich einfach als ganz normalen Kunden an", unterbrach Phil sie leise.

"Ich kann nicht."

"Warum? Ich denke, Marta hat mit dir gesprochen und dir gesagt, daß Hilfe unterwegs ist. Ich bin deine Hilfe", Phil verstand nicht, weshalb Caren nicht mit-kommen wollte.

"Ich ... die haben Alain und wenn ich abhaue werden sie ihn umbringen", flü-sterte Caren und sah sich ängstlich nach dem Buick um.

"So ein Quatsch. Alain liegt im Roosevelt. Er ist zwar mit den Typen zusam-mengerasselt. Aber er ist in Sicherheit. Komm mit, dann kannst du dich selbst da-von überzeugen."

Caren war noch unsicher.

"Nun komm schon, sonst fallen wir noch auf", auch er ließ seinen Blick nun die Straße hinunter gleiten und sah, wie sich bereits die Tür des Buick öffnete. Anschei-nend hatten sie die Aufmerksamkeit der Aufpasser schon auf sich gelenkt.

"Was ist denn nun?", fragte er deshalb nun laut.

Caren atmete einmal tief durch, ihr war es ebenfalls nicht entgangen. Mit einem gezwungenen Lächeln hakte sie sich bei Phil ein. "Natürlich - Süßer. Fünf fürs 'runterholen, Zehn fürs Blasen und Zwanzig mit allem. Nur mit Gummi und erst wird gezahlt. Bist du mit dem Wagen da, oder zu Fuß?"

"Zu Fuß", erklärte Phil und fügte leise hinzu: "Ken wartet mit dem Wagen in der 13th. Wir bringen dich von hier weg."

Gemeinsam liefen sie auf den Buick zu.

"Dann kostet es noch mal 10 Dollar extra, für das Zimmer. Wir haben eine Stunde. Was genau willst du?"

"Alles", zwinkerte Phil und legte ihr einen Arm um die Hüfte, als sie den Buick passierten und weiter Richtung University Place liefen. Er spürte, wie Caren leicht zitterte. Sie hatte Angst. Phil zog sie eng an sich heran, um ihr ein gewisses Gefühl der Sicherheit zu vermitteln.

Als er Caren die Tür zum Hotel aufhielt, sah er unauffällig die Straße zurück und entdeckte den dunkelhaarigen Mann, den er zuvor schon bei Caren gesehen hatte. Er stand an der Ecke zur 12th Street und sah ihnen nach.

Phil schob Caren ins Foyer und wisperte ihr zu, ganz normal ein Zimmer zu mieten. Verunsichert trat Caren an den Schalter und ließ sich vom Portier einen Zimmerschlüssel aushändigen. Man kannte sich, da Caren nicht zum ersten Mal in dieses Hotel kam. Mit einem Blick auf Phil signalisierte der Portier, daß im Voraus bezahlt werden mußte. Phil hatte damit gerechnet und hielt die 10 Dollar für das Zimmer bereits in der Hand.

Noch immer nicht sicher, was sie von der ganzen Situation halten sollte, brachte Caren den Freund nach oben. Kaum hatte sie die Zimmertür hinter sich und Phil geschlossen, wurde Phil auch schon hecktisch. Eilig riß er das fast blinde Fenster auf und warf einen Blick auf den schmutzigen Hinterhof. Ein Metallsteg führte knapp einen Meter unterhalb der Fenster bis zur Feuertreppe. "Komm, hier raus. Deine Bewacher stehen vor dem Hotel, sie werden nicht damit rechnen, daß wir uns heimlich durch die "Hintertür" verdrücken", erklärte Phil und reichte Caren die Hand, um ihr hinaus auf den schmalen Sims zu helfen.

Der Weg auf den Hof hinunter war nicht gerade leicht für Caren, deren schmale

Absätze immer wieder in den Metallgittern stecken blieben. Schließlich zog sie die Stiefel aus, um dem Freund schneller folgen zu können.

Unbeschadet und vor allem auch unentdeckt erreichten sie den Hof und von dort die 13th Street.

Ken hatte immer ungeduldiger gewartet und nervös auf dem Lenkrad herum getrommelt. Er hatte das Gefühl, alle Welt würde ihn mißtrauisch beäugen. Erleichtert atmete er auf, als Phil mit Caren am Wagen ankam. Phil hielt ihr die Tür auf, damit Caren in den Fond einsteigen konnte. Schnell schob er sich neben sie. Im nächsten Augenblick startete Ken auch schon den Wagen und fädelte sich in den fließenden Verkehr ein.

"Caren, du glaubst gar nicht, wie froh wir sind, daß noch alles an dir dran ist. Wie geht es dir?", begann Ken, als sie mit dem Fahrzeugstrom Richtung Norden trieben.

"Es ging mir schon besser. Ich dachte, mich trifft der Schlag, als du eben hinter mir gestanden hast. - Ich ... Phil, willst du wirklich alles?", Caren vermied es, den Freund anzusehen.

Phil warf ihr einen erstaunten Blick zu. "Caren, für was hältst du mich? Wir sind doch Freunde. - Zudem würde mir Al den Hals umdrehen", er rieb sich kurz die Nase, was Ken, der seine Geste im Rückspiegel bemerkt hatte, zu einem frechen Grinsen veranlaßte.

"Und Alain ist wirklich in Sicherheit?", fragte sie leise und noch immer etwas verängstigt.

"Ja, das ist er. Oder glaubst du, wir würden dich anlügen?"

Caren schüttelte leicht den Kopf. "Nein. Ich ... ich habe mir nichts mehr gewünscht, als das er kommt und mich aus den Händen dieser Schweine befreit. Es war ... es war furchtbar. - Danke", brachte Caren mühsam hervor und schluckte verzweifelt an den Tränen, die sie kaum noch zurückhalten konnte.

"Nichts zu danken. Glaubst du, wir lassen unsere beste Freundin im Stich?"

"Ken, Phil - ich ..." Die Tränen liefen nun doch ihre Wangen hinunter.

"Hey, ist schon okay. Du hast es hinter dir. Denke nicht mehr daran", tröstete Phil sanft und zog Caren zu sich heran.

Sie verbarg ihr Gesicht an Phils Schulter und fing an zu weinen. Phil streichelte ihr beruhigend über den Rücken. Er und Ken konnten Caren sehr gut verstehen. Sie mußte schreckliches durchgemacht haben. Doch ihre nächsten Worte trafen sie wie ein Schock.

"Sie werden mich umbringen, wenn sie mich in der Szene noch einmal sehen."

"Weshalb sollten sie dich dort sehen? Du mußt nicht mehr dorthin zurück. Du hast es hinter dir. Al wird niemals zulassen, daß du auf diese Art dein Geld verdienst."

"Ich kann nicht anders. Ich brauche das Geld. Oder doch zumindest soviel, daß ich meinen täglichen Druck finanzieren kann."

Phil kniff die Augen zusammen, hielt sie etwas auf Abstand und sah sie ernst an. "Sie haben dich drogensüchtig gespritzt? Du bist ein Junkie?"

Caren wagte nicht zu nicken, doch ihr Gesichtsausdruck sprach Bände.

"Nein, du wirst nicht dorthin zurückgehen und dich für diese Kerle prostituieren. Du hast das nicht nötig und die Drogen brauchst du auch nicht. Caren, Al hat die ganzen Monate verzweifelt nach dir gesucht. Er hat seinen Hintern für dich riskiert, um dich da raus zu holen. Er hat sich mit diesem Jackos angelegt und wurde von dessen Männern halb tot geprügelt. Er wird dich nicht noch einmal gehen lassen", sagte Phil eindringlich.

"Ich brauche das Heroin."

"Du hast gesagt, daß du dir nichts mehr gewünscht hättest, als das Al kommt und dich da heraus holt. Und jetzt willst du wirklich zurück? Freiwillig in diesen Sumpf zurück, um für ein paar Dollar der Betthase einiger Kerle zu werden, für die Treue und eine feste Beziehung Fremdworte sind und die deshalb mit jeder Frau ins Bett gehen würden? Das willst du wirklich?"

Caren senkte den Blick. "Ich ... ich wünschte, ich könnte anders. Ich wünschte, ich könnte das alles hinter mir lassen. Ich hasse diese Kerle, die mir das angetan haben. Ich hasse diese geilen Säcke, denen ich ihre perversen Gelüste befriedigen muß. Ich hasse diese Abhängigkeit. Aber ... ich weiß nicht, ob ich das schaffen kann."

Phil schüttelte den Kopf: "Du kannst davon loskommen, wenn du es willst. Wenn du dir die Chance gibst, es zu versuchen. Du wirst nicht alleine sein. Al, deine Eltern, Marta, Ken und ich werden dir helfen, daß du nie wieder Heroin brauchen wirst. Du schaffst das, das weiß ich. Denn du hast bisher alles geschafft, was du wolltest. Aber du schaffst es nur, wenn du es willst und dir die Chance dazu gibst. Ansonsten wirst du für immer in diesem Sumpf gefangen sein und dort zugrunde gehen. Und nicht nur du. Du wirst Al mit hinein reißen, denn er braucht dich und er liebt dich."

Mit einer fahrigen Bewegung wischte sich Caren die Tränen aus den Augen. "Ich habe Angst."

Phil nahm sie wieder in die Arme und fuhr ihr zärtlich durch die langen Haare. "Ich weiß. Aber glaube mir, es ist das beste, was du tun kannst."

Als Ken ganz sicher war, daß sie nicht verfolgt wurden, hielt er an einer Telefonzelle an. Schnell wählte er Martas Privatnummer. Sie hatte die ganze Nacht voller Sorgen auf diesen Anruf gewartet und deshalb kein Auge zugetan. Sie bat Ken, Caren ins Roosevelt Hospital zu bringen, sie würde sich dort mit ihnen treffen und auch Carens Eltern informieren.

Als Ken den Wagen etwa 20 Minuten später die Auffahrt des Roosevelt Hospitals hinauf lenkte und direkt vor dem Portal bremste, wartete Marta bereits mit Carens Eltern und Lieutenant Monroe vor dem Eingang.

Der Wagen stand noch nicht richtig, als Caren auch schon die Tür aufriß und ins Freie sprang. Sie stürzte auf ihre Eltern zu und fiel ihnen weinend in die Arme. Es dauerte etwas, bis sie sich wieder beruhigt hatte. Dann löste sie sich von ihnen und umarmte auch Marta. "Danke Marta. Das vergesse ich dir nie."

Monroe hielt sich im Hintergrund. Er war ebenfalls froh, daß Caren Bernstein wieder da war. Nicht nur wegen des Girls, sondern auch wegen eines Boys namens Alain Marechal, der ihn lange genug genervt hatte.

Marta, Phil und Ken verabschiedeten sich an der Pforte von Caren. Die Ärzte würden sich nun um sie kümmern und ihr dabei helfen, von der Droge loszukommen und vielleicht auch die Schrecken der letzten drei Monate zu überwinden.

### 24. Juli 1967; vormittags

Ich hatte in dieser Nacht, wie schon in so vielen zuvor, schlecht geschlafen. In meinen Träumen sah ich immer wieder Caren, wie sie um Hilfe schrie, sich verzweifelt gegen ihre Angreifer wehrte und doch nichts gegen sie ausrichten konnte. Ich sah, wie Jackos über sie herfiel, sie schlug und sie mißhandelte. Und ich sah mich, wie ich versuchte, zu ihr zu gelangen und doch hilflos zusehen mußte, wie sie zu Tode gequält wurde.

Schweißgebadet und heulend wachte ich dann jedesmal auf und konnte nicht wieder einschlafen. Doch nicht nur die Gedanken und Ängste um Caren raubten mir den Schlaf. Es kam nun auch noch die Sorge um Phil dazu und ich fragte mich, ob es wirklich richtig gewesen war, den Freund da mit hinein zu ziehen? Es war nicht seine Aufgabe, Caren zu retten. Es war meine.

Ich wußte, daß diese Kerle gefährlich waren, doch ich wußte nicht, ob ich Phil ausreichend gewarnt hatte. Ob ich ihn auf die Gefahr, in die er sich brachte, aufmerksam genug gemacht hatte.

Seit er mich am Morgen nach der Operation besuchte, hatte ich nichts mehr von ihm gehört. Ich wußte nicht, ob er inzwischen Erfolg hatte, oder diese Spur im Sand zerrann, weil sie falsch war. Ich wußte nicht mal, ob es Phil überhaupt noch gut ging, oder ob er vielleicht auf Jackos kleine Armee gestoßen und sie das Urteil über ihn vollstreckt hatten, vor dem ich verschont geblieben war.

Phil hatte sich nicht mehr gemeldet und ich hatte keine Möglichkeit, ihn irgendwie zu erreichen. Ich durfte noch nicht aufstehen und zum Telefon gehen und ich konnte niemandem von meiner Sorge erzählen. Mein Vater hätte sich sofort mit Monroe in Verbindung gesetzt und dieser sich auf die Suche gemacht, was Caren schnell das Leben kosten konnte.

Ich war alleine mit meinen Ängsten und meinen Sorgen und konnte nichts weiter tun, als darauf zu hoffen, daß alles gut ausgehen, oder ich schnell gesund werden würde, um Caren selbst aus Jackos Händen zu befreien. Das man mich inzwischen von der Intensiv- auf die normale Station verlegt hatte, war zumindest schon mal ein guter Anfang. Aber aufstehen durfte ich auch hier noch immer nicht.

So lag ich auch an diesem Morgen im Bett, starrte durch das Fenster in den Wolken verhangenen Himmel und träumte von Caren. Ich war zwar nie ein Träumer, aber was soll man sonst tun, wenn man den ganzen Tag im Bett verbringen muß und nichts hat, daß einen ablenken könnte?

Tagträume sind nicht das schlechteste. Zumindest in ihnen konnte ich mich mit Caren wieder zusammen wünschen, konnte sie, zumindest in Gedanken, in die Arme nehmen, die Sterne in ihren Augen sehen, mit ihr lachen oder mit ihr schweigen.

Viel zu schnell wurden diese Träume immer wieder von der Realität unterbrochen, indem entweder Monroe zu Besuch kam, der Arzt Visite machte, oder die Schwestern Medikamente oder Essen verteilten, oder einfach nur das Bett oder mich frisch machen wollten. Die Träume zerplatzten dann immer, wie Seifenblasen im Wind und die Ängste und Sorgen waren schlagartig wieder zurück.

Auch an diesem Morgen wurde ich durch Besuch aus meinen Tagträumereien gerissen. Ich stöhnte auf, als Monroe das Zimmer betrat. Seit ich im Hospital lag verging kein Tag, an dem er nicht zu Besuch kam und mich mit seinen Fragen löcherte. Er tauchte sogar schon in meinen Alpträumen auf und er würde mich so lange nerven, bis ich endlich eine Aussage machte. Doch ich wollte nicht. Die Angst, Caren damit zu schaden, war viel zu groß. Ich war sicher, daß entweder Phil sie finden würde, oder ich, sobald ich aus dem Hospital entlassen war. Jackos hatte ja gesagt, daß sie in seinem Club arbeitete. Das mußte einfach die richtige Spur sein.

Gleich darauf entspannte ich mich allerdings wieder, denn auch die Eltern von Caren kamen herein. Doch noch jemand schob sich ins Zimmer. Ein Girl in einem Krankenhausnachthemd. Ich erkannte sie nicht sofort. Sie hatte sich in den zwei Monaten sehr verändert. Sie war blaß und schmal geworden.

"Caren?!?"

Sie schluckte und nickte zögernd.

Ich atmete einmal tief durch und schloß kurz die Augen. War das ein Traum? Oder stand Caren wirklich hier in meinem Zimmer? Ich hoffte darauf, daß es kein Traum war. Ich rieb mir die Augen, blinzelte und sie stand immer noch dort. Nun kam sie langsam auf mich zu und setzte sich auf mein Bett. Die Matratze gab tatsächlich nach. Demnach konnte es keine Einbildung sein.

"Ich bin es wirklich", sagte sie leise und legte mir ihre Hand auf die Wange.

Mein Blick glitt über sie. Forschend, musternd, suchend. Sie saß hier. Saß tatsächlich neben mir auf dem Bett. Ich konnte sie sehen und auch fühlen. Doch ihr Geruch war nicht der, den ich in Erinnerung hatte. Obwohl hier im Krankenhaus alles etwas anders roch. Ihre Haare waren noch länger geworden und wirkten stumpf. Der seidige Glanz war daraus verschwunden. Ihre Augen waren glasig und die Pupillen klein. Die Sterne darin waren verloschen.

Was hatte dieser Bastard nur aus ihr gemacht? Wie hatte er ihr das nur antun können? Wer gab ihm das Recht dazu? Ich verstand nicht, wie erwachsene Menschen zu so etwas fähig sein konnten.

Caren wirkte so hilflos, als sie neben mir auf dem Bett saß. Hilflos und unendlich einsam. Sie brauchte Trost und die Gewißheit, daß ich zu ihr hielt. Das unsere Beziehung nicht an diesen Ereignissen zerbrach.

Ich riß sie regelrecht zu mir heran und drückte sie fest an mich. Nie wieder wollte ich sie loslassen. Egal was passierte. Caren schluchzte und verbarg ihr Gesicht an meiner Schulter.

Sanft fuhr ich ihr über den Rücken. "Ich bin so froh, daß du wieder da bist. Hat dich Lieutenant Monroe endlich gefunden."

"Nein. Marta. Sie hat Phil und Ken geschickt. Phil mußte sich als Freier ausgeben, um mich unbemerkt mitnehmen zu können. Sie brachten mich gleich hierher. Letzte Nacht schon", erklärte Caren mit erstickter Stimme und schmiegte sich an mich.

Als Freier? "Hast du ... mußtest du ... ich meine ... gegen Geld? Mußtet du es gegen Geld tun?", meine Stimme brach. Hatte ich doch diesen Gedanken so weit in den Hintergrund gedrängt, daß ich tatsächlich glaubte, sie hätte nur als Tänzerin gearbeitet.

"Es tut mir leid. Ich konnte nicht anders. Sie hätten mich sonst umgebracht. Bitte, verstehe das."

'Ich bringe diese Drecksau um!', war mein erster Gedanke. Ich verbannte ihn schnell. Es war keine Lösung.

Ein Träne rollte mir über das Gesicht, als mir bewußt wurde, was Caren alles hatte durchmachen müssen. "Oh Gott!", stöhnte ich auf. Ich wünschte, daß es nicht wahr wäre. Das Caren nicht als Prostituierte für ihn hatte arbeiten müssen. Nicht Caren.

Ihr Blick bat um Verzeihung. Doch was sollte ich verzeihen? Daß irgendwelche Verbrecher sie entführt hatten? Daß diese Gangster sie zur Prostitution gezwungen hatten?

"Ich weiß. Es ist nicht deine Schuld. Ich wünschte nur, ich könnte es - ungeschehen machen", brachte ich mühsam heraus und zog sie noch enger an mich heran. Ich küßte sie und schloß die Augen. Ich hatte Caren wieder. Sie lebte. Das war das wichtigste. Alles andere würden wir schon bewältigen können.

Eine ganze Weile saßen wir so da. Caren weinte noch immer. Ich hielt sie fest, spürte ihren Herzschlag und wünschte, daß diese Minuten nie enden würden. Ich hatte sie so lange vermißt, so lange, diese Minuten herbei gesehnt, sie endlich wieder berühren und festhalten zu können. Ich wollte einfach nicht, daß sie so schnell wieder endeten.

"So, mein Junge, da du deine Freundin wieder zurück hast, bist du vielleicht jetzt bereit zu erklären, was alles geschehen ist", riß mich Monroe plötzlich aus meinen Glück.

Ich sagte nichts. Ich war einfach nur froh, daß ich Caren wiederhatte. Es würde alles wieder gut werden. Ich war fest entschlossen, Caren dabei zu helfen, das alles zu vergessen.

Ziemlich brutal wurde ich allerdings kurz darauf in die Realität zurück gerufen. Sie bedeutete einen neuen Schock für mich. Ich weiß nicht, wieso ich mir vorher keine Gedanken darüber gemacht hatte, weshalb Caren mich im Krankenhaus-Nachthemd besuchte?

Jetzt erfuhr ich, daß sie ebenfalls in ein Hospitalbett mußte. Sie mußte einen Heroinentzug machen. Jackos hatte sie süchtig gespritzt. Auf diese Weise hatte er mehr Macht über sie gehabt. Ein Junkie ist manipulierbar, da er alles tut, um an die Droge heran zu kommen und er tut es für den, der ihm diese Droge beschaffen kann.

Tränen schossen mir in die Augen und liefen mir das Gesicht hinunter. Ich wünschte nur noch, ich hätte das alles irgendwie verhindern, Caren davor beschützen können. Sie verstand meinen Schmerz. Zärtlich fuhr sie mir über die Wangen. Entschlossenheit stand in ihrem Gesicht. "Es wird alles wieder gut", hauchte sie mir ins Ohr und küßte mich. Als sie das Zimmer verließ, spiegelte sich Hoffnung in ihrem Blick wieder und ich wußte, daß sie es schaffen würde.

## Die Zeit vergeht

Bereits eine Woche später konnte ich das Hospital verlassen. Doch ich mußte mich zu Hause noch auskurieren. Die ersten Wochen durfte ich Caren nicht sehen. Es fiel mir unsagbar schwer. Aber Caren war in eine spezielle Klinik verlegt worden und mit ihrem Entzug beschäftigt, und ich mit meiner Genesung. Dafür bekam ich viel Besuch. Carens Eltern, Phil und Ken kamen sooft vorbei, wie sie konnten und erkundigten sich nach meinem Befinden. Auch Marta kam zu Besuch, sobald sie Zeit fand. Selbst Monroe stattete mir des öfteren einen Besuch ab. Allerdings weniger, um sich nach meiner Gesundheit zu erkundigen. Ich mußte meine Aussage machen und nun hinderte mich nichts mehr daran. Caren war in Sicherheit und Jackos sollte für das bezahlen, was er getan hatte. Später bekam ich sogar noch Besuch von zwei FBI Agenten.

Das FBI wird bei Verdacht auf Bandenverbrechen immer eingeschaltet. Und hinter Jackos vermuteten die G-men sogar ein großes Syndikat.

Auch bei den G-men machte ich meine Aussage. Sie reichte aus, um Jackos festnehmen zu können. Seine Lokale wurden geschlossen und die ganze Mannschaft hinter Gitter gebracht. Das Ganze hatte nur einen Haken.

Man fand kein Gramm Rauschgift bei ihm. Nicht mal das Haus, in dem man Caren anfangs festgehalten hatte. Caren selbst hatte den Weg dorthin nie gesehen, sie konnte nur den Raum beschreiben, in dem sie mehrfach brutal vergewaltigt und auch süchtig gespritzt wurde. Sie beschrieb zwar Jackos sehr genau, aber einen Beweis gegen ihn fand man nicht. Er besaß keine außergewöhnlichen Kennzeichen, die mit Sicherheit belegen könnten, daß Caren mit ihm Sex hatte.

Als Caren später im Club und dann auf dem Straßenstrich arbeiten mußte, hatte sie in einer Bruchbude in Alphabet City gehaust. Einem Schuppen, dessen Mieter schon vor Jahren das Weite gesucht hatten. Einige Junkies hatten sich dort nun häuslich nieder gelassen. Viel brauchten sie nicht. Ein Dach über dem Kopf, im Winter etwas Wärme und ansonsten eine Matratze, das reichte ihnen. In einem kleinen Raum, in dem es außer der Matratze und einer Motten zerfressenen Decke nur noch einen wackligen Tisch gab, hatte Caren gewohnt. Jedoch war es das beste Zimmer in dem Bau, denn es besaß einen direkten Zugang zu einem kleinen Waschraum mit Toilette.

Die Agenten schauten sich zwar in der Gegend um, befragten Nachbarn und die wenigen Geschäftsleute, die in der näheren Umgebung Lebensmittel, Zeitschriften oder Haushaltswaren verkauften, legten ihnen Fotos von Jackos und seinen Leuten vor und ernteten doch nur Kopfschütteln. Eine Befragung von Carens "Mitbewohnern" blieb Zeitverschwendung. Junkies sagen grundsätzlich nichts, es sei denn ihnen gehen die Drogen aus und sie kommen auf Entzug. Aber dann sagen sie alles, was man hören will, egal ob es der Wahrheit entspricht oder nicht. Aus diesem Grund konnten die Agenten ihre Aussagen auch nicht verwerten.

Außer Caren und mir sagte niemand gegen ihn aus. Jackos nahm sich einen guten Anwalt und nun ging es Caren und mir an den Kragen. Nicht Jackos war der böse Bube, sondern wir.

Caren war süchtig und meine Freundin. Für ihre Entführung hatte sie keine Zeugen. Der alte Mann, der sie damals mit den beiden Männern gesehen hatte, war inzwischen verstorben. Und die beiden Männer hatte er nie beschreiben können. Genauso wenig wie den Wagen, in den man Caren damals gezerrt hatte.

Bei mir versuchte er es mit seiner Ausrede, die er auch in jener Nacht mir gegenüber erwähnte.

Daß ich bei Jackos gearbeitet hatte, leugnete niemand. Jackos selbst hatte mich ja wegen Betrugs angezeigt und somit selbst zugegeben, daß ich in der Hot Pool Bar gearbeitet hätte. Doch an jenem Abend sei ich vollgepumpt mit Drogen zur Arbeit erschienen und hätte randaliert. Als er mich deswegen nach Hause schicken wollte, hätte ich mit meiner Brieftasche vor seinem Gesicht herum gewedelt und erklärt, daß ich die Bar kaufen und ihn an die Luft setzen würde. Jackos habe mir daraufhin die Brieftasche abgenommen und dabei auf meiner ID Card gesehen, daß ich erst 18 Jahre alt war. Aufgrund dessen hätte er mich fristlos entlassen und von Ricky rauswerfen lassen. Vermutlich sei ich hinterher in meinem Drogenwahn in eine Schlägerei verwickelt worden und versuchte nun aus Rache, ihm die Schuld zuzuweisen. Und da Caren meine Freundin sei, wäre es nur verständlich, wenn sie zu mir hielt. Im übrigen sei ich im Lokal des öfteren aufgefallen, weil ich immer wieder berauscht zur Arbeit erschienen und des öfteren auch beim Marihuana- und Haschrauchen erwischt worden war. Natürlich hatte Jackos auch haufenweise Zeugen dafür. Zwar nur sein Personal, aber das reichte aus. Ich war froh, daß mir wenigstens meine Eltern und Freunde glaubten.

Es stand Aussage gegen Aussage. Caren und ich mußten uns nun ebenfalls einen Anwalt nehmen, denn Jackos hatte eine Anzeige gegen uns wegen Verleumdung und falscher Anschuldigung gestellt.

Dank Phil nahmen sich die G-men Jackos Privatclub vor. Doch auch das entpuppte sich als Fehlschlag. Selbst wenn in diesem Club illegal gespielt wurde. Jackos war zwar der Besitzer der Räumlichkeiten. Doch er hatte sie an einen Puertorikaner verpachtet, der kaum ein Wort englisch sprach und überhaupt nicht wußte, was man von ihm wollte. Er sei lediglich einige Male Gast in diesem Lokal gewesen. Jackos hätte er noch nie zuvor gesehen und als man ihm die Pachtverträge vorlegte, gab er an, lediglich eine Versicherungs-Police unterschrieben zu haben.

Die Agenten bekamen Einsicht in Konten und waren lange beschäftigt, ehe sie die komplizierten Transferwege tatsächlich überblickten. Das Ergebnis war niederschmetternd. Jackos oder seinen Leuten war nichts nachzuweisen. Die Verträge waren echt, auf Jackos Konten war tatsächlich nur die Pacht des Clubs ein- und diese vom Konto des Puertorikaners abgegangen, dafür wurden alle Einnahmen und Ausgaben des Clubs über das Konto des Puertorikaners abgewickelt. Das einzige, was bei dieser Aktion heraus kam, war, daß der Club endgültig geschlossen wurde.

Mit Caren und mir hatte das zwar direkt nichts zu tun, aber es half uns auch nicht weiter. Hatten wir doch wenigstens ansatzweise gehofft, daß man Jackos damit überführen konnte. Doch es gab einfach keine Beweise gegen ihn.

Ich war soweit genesen, daß ich wieder das Haus verlassen konnte und bekam sofort einen Schatten. Das FBI hielt es für angebracht, mich zu bewachen. Sollte Jackos tatsächlich für ein Syndikat arbeiten, bestand die Gefahr, daß ich Opfer eines Anschlags wurde. Eines Racheakts. Dem wollten die G-men vorbeugen indem sie mir ständig an den Fersen klebten. Selbst im College wichen sie nicht von meiner Seite.

Es hatte wieder begonnen und ich mußte wieder Klea und seinen langweiligen Physikstoff ertragen. Wenn die Vorlesungen für die ich mich eingetragen hatte um 4 Uhr zu Ende waren, fuhr ich regelmäßig in die Klinik und besuchte Caren. Abends saß ich dann meist mit Phil und Ken bei Marta.

Kurz vor meinem 19. Geburtstag bekam ich dann einen Brief vom Gericht. Gespannt riß ich ihn auf und las. Ich dachte, es ginge um den Prozeß gegen Jackos, doch es betraf die Anschuldigungen gegen mich. Jackos Anwälte hatte nicht nur versucht, eine Anklage wegen vorsätzlichen Betruges gegen mich zu erwirken, sondern mir auch eine Klage wegen Drogenmißbrauchs anzuhängen.

Da ich den Betrug zugegeben und man in meinem Besitz nie Drogen gefunden hatte, wobei sich auch niemand die Mühe gemacht hatte, danach zu suchen, waren diese Anschuldigungen ohne eine Verhandlung abgeurteilt worden. Irgendein Staatsanwalt hatte sich meine Unterlagen angesehen, sich Gedanken darüber gemacht und den Fall dem Gericht vorgelegt. Die Richter kamen dann, in Einverständnis mit der Staatsanwaltschaft zu dem Entschluß, daß das öffentliche Interesse zu gering sei, um dafür einen Verhandlungstermin festzulegen.

Der Betrug wurde demnach als grober Unfug angesehen und der Drogenmißbrauch gleich ganz abgewiesen. Danach sei es lediglich strafbar, Drogen und andere verbotene Substanzen bei sich zu führen oder damit zu handeln. Es sei jedoch nicht strafbar, sich Drogen zu injizieren, zu inhalieren oder sich auf andere Art zuzuführen. Da man keinerlei Drogen bei mir gefunden hätte, müsse diese Klage abgewiesen werden. Ansonsten spräche zu meinen Gunsten, daß ich niemals negativ aufgefallen sie. Nicht mal ein Verkehrsdelikt oder eine Ordnungswidrigkeit sie mir bisher anzulasten gewesen. Ersteres wäre auch schwer geworden, da ich noch immer keinen Pkw besaß und mir den Wagen meines Vaters auch noch nie ausgeliehen hatte. Bis zu jenem 21. Juli 1967 sei ich ein geradezu vorbildlicher Jugendlicher gewesen. Somit wurde ich in einem Anklagepunkt für unschuldig und der zweite wegen Geringfügigkeit zu einer Ordnungswidrigkeit erklärt, für die ich 20 Dollar an die Wohlfahrt bezahlen sollte.

Auf die Verleumdung, die mir Jackos noch anhängen wollte, war man nicht eingegangen, sie wurde in dem Brief nicht mal erwähnt.

Der Winter kam und mit ihm die Weihnachtsferien. Caren war inzwischen längst aus dem Hospital entlassen. Arm in Arm liefen wir durch den Central Park, bauten Schneemänner oder lieferten uns einer herrlichen Schneeballschlacht. Noch immer mit den beiden G-men im Nacken. Oft saßen wir auch bei mir zu Hause und lernten. Abends strolchten wir durch Manhattan und machten die Discotheken unsicher.

Aber wir hatten uns auch verändert. Früher lebten wir mit diesem süßen Kinderglauben an die heile Welt. Der Glaube, daß uns nichts geschehen könnte, wir unbesiegbar seien. Natürlich wußten wir, daß die heile Welt nicht wirklich existierte. Täglich lasen wir in den Zeitungen von Verbrechen, Morden, Revolten, Putschversuchen und Kriegen. Wir sprachen darüber, nahmen Anteil an den Schicksalen, waren schockiert, wenn in unmittelbarer Nachbarschaft jemand überfallen wurde und diskutierten natürlich auch über den Krieg in Vietnam, an dem auch amerikanische Soldaten beteiligt waren. Und doch schien es uns, als sei dies alles weit weg. Als geschehe dies in einer anderen, grausamen Welt.

Bis zu jenem Tag, als uns Jackos mit brutaler Gewalt in die Wirklichkeit geschleudert hatte und unseren Glauben wie ein Kartenhaus zum Einsturz brachte. Die grausame Welt war nicht mehr weit weg, sie betraf uns selbst und nahm uns gefangen. Viel zu schnell hatte sie uns verschlungen und unsere unbeschwerte Teenagerzeit zerstört.

Caren und ich wußten jetzt, wie kostbar die Momente zusammen waren und wie vergänglich. Wie schnell das gegenwärtige Glück in Haß, Trauer und Schmerz umschlagen konnte. Wir genossen jede Minute, die wir zusammen waren und erlebten diese Momente wesentlich intensiver als früher. Die Angst, daß das Glück jeden Augenblick Zuende sein konnte saß uns noch immer im Nacken. Selbst die geglaubte Sicherheit des Colleges und der intakten Gruppe der Freunde schien uns plötzlich trügerisch. Die Blicke neuer Mitstudenten wurden mit Argwohn betrachtet. Mißtrauisch beobachteten wir unsere Umwelt, bei allem, was wir außerhalb unserer Wohnungen taten. Wenn wir in der Diskothek versehentlich angerempelt wurden, zuckte Caren erschrocken zusammen und ich war ständig angespannt und bereit Caren gegen alle möglichen Gefahren zu verteidigen und zu beschützen.

Mit Erleichterung registrierten wir immer wieder die FBI Agenten, die uns noch immer wie Schatten folgten. Sie gaben uns die Sicherheit, die wir ohne sie nicht mehr gehabt hätten. Aus diesem Grund verbrachten wir immer mehr Zeit zu Hause. Entweder in Carens Zimmer, oder in meinem und unser Zusammenhalt, unsere Beziehung wurde immer intimer.

Daß ich mit Caren noch nicht geschlafen hatte, lag nicht daran, daß ich Angst vor ihrer Abwehrtechnik hatte. Sondern zum einen daran, daß es einfach unüblich war. Ein Boy konnte sich so etwas zwar erlauben, aber ein Girl hatte bis zur Hochzeit jungfräulich zu bleiben, sonst galt sie als Schlampe und riskierte ihren guten Ruf. Das änderte auch nichts daran, daß Caren und ich schon ewig zusammen waren. Ich war der Letzte, der ihren Ruf geschädigt hätte.

Zum anderen war ich gar nicht so gierig darauf, mit ihr zu schlafen. Nicht, daß ich nicht das Verlangen auf Sex gehabt hätte. Das war natürlich vorhanden. Aber irgendwie war ich nicht wirklich so wild darauf, mit ihr zu schlafen, wie ich erwartet hätte, zu sein, wenn es denn soweit war. Deshalb war ich etwas zurückhaltender, als Caren die Initiative ergriff.

Aber vielleicht lag es auch daran, daß ich sie nicht an die Männer erinnern wollte, die ihr so übel mitgespielt hatten. Caren wollte und sollte dieses Kapitel ihrer Jugend genauso hinter sich lassen und vergessen, wie ich. Es gab auch andere Möglichkeiten, sich die notwendige Befriedigung zu verschaffen, ohne über seine Freundin herzufallen oder zu einer Prostituierten gehen zu müssen.

Zu meinem Leidwesen oder besser gesagt, zu meiner Beunruhigung spielten in meinen sexuellen Phantasien nur selten Mädchen eine Rolle. Wirkliche Gedanken machte ich mir jedoch auch nicht darüber. Ich schob es einfach auf verdrehte spätpubertäre sexuelle Auslotung und war mir sicher, daß das Interesse an Sex mit Mädchen mit der Zeit schon kommen würde.

Da Caren nun die Initiative ergriff und mehr als deutliche ihr Verlangen zeigte, stürzte ich mich kopfüber in das Abenteuer der sexuellen Erforschung mit einem Partner. Ich war Caren insgeheim dankbar, daß sie soviel Verständnis für meine Unerfahrenheit aufbrachte, es war schließlich das erste Mal für mich.

Die Gefühle waren zwar nicht neu, aber es war doch etwas anderes, wenn es nicht die eigenen Hände waren, die einen berührten, streichelten und zum Höhepunkt brachten. Ich empfand es als herrlich und berauschend und nun tauchte auch Caren immer öfter in meinen sexuellen Träumen auf. Somit wurden die heimlichen Ängste, doch "anders" zu sein, noch weiter verdrängt. Wobei ich mir ja sowieso nicht wirklich Gedanken darüber gemacht hatte. Schließlich liebte ich Caren heiß und innig und wenn ich "anders" wäre, dann hätte ich mich kaum in ein Mädchen verliebt. Ich war also ganz normal.

Diese Erfahrung brachte uns noch enger zusammen und immer öfter sprachen wir nun über die Zukunft und die gemeinsamen Kinder, die wir irgendwann haben wollten.

Das College begann mit seinem vierten Semester. Caren mußte eine Prüfung ablegen, bevor sie in dieses Semester einsteigen durfte, sie hatte immerhin ein dreiviertel Jahr versäumt. Doch wir hatten viel gelernt und Caren während ihres Entzugs ständig Bücher gewälzt. Sie war vorbereitet und schaffte die Prüfung dann auch mit Bravour.

Der Schnee taute und die Blüten brachen auf. Mit Beginn des Frühlings begann die Verhandlung gegen Jackos und Konsorten. Man hatte alle Hebel in Bewegung gesetzt, um einen möglichst raschen Verhandlungstermin zu bekommen. Doch die Hoffnung, endlich mit diesem Kapitel unseres noch recht jungen Lebens abschliessen zu können, erfüllte sich nicht.

Immer wieder wurde unsere Glaubwürdigkeit in Frage gestellt. Jackos' Anwalt betitelte uns als Lügner und tat alles, um uns vor Gericht schlecht zu machen. Die Richter hatten es nicht leicht, sich durch diesen Aktenberg aus Indizien zu wühlen und ein Urteil zu fällen. Richtige Beweise gab es nicht. Nichts, was für eine Verurteilung wirklich ausgereicht hätte. Die Entscheidung der Richter war für uns ein Tiefschlag. Das Verfahren wurde eingestellt. Aus Mangel an Beweisen.

Mit höhnischen Gesichtern zogen Jackos und seine Bande ab. Das FBI gab unsere Bewachung auf und widmete sich wieder dem Alltag, und Caren und ich versuchten, die Richter zu verstehen. Einerseits hatten sie nicht anders entscheiden können. Selbst wenn wir die Wahrheit kannten, so mußten die Richter doch die Glaubwürdigkeiten abwägen und die Beweise begutachten, und da es richtige Beweise nicht gab, mußte die Entscheidung einfach so ausfallen. Andererseits fühlten wir uns verraten und verkauft und mußten selbst sehen, wie wir damit fertig wurden.

Caren und ich konnten das Urteil nicht mal anfechten, da wir keine Kläger, sondern lediglich Zeugen waren. Der Einzige, der in Revision gehen konnte, war die Staatsanwaltschaft und die würde es nicht tun, wie uns Federal Attorney Curtis später erklärte. Der Grund: es gab weder einen Freispruch, noch eine Verurteilung. Die Richter hatten das Verfahren eingestellt. Aus diesem Grund sei wieder alles offen.

Jackos würde sich in Sicherheit wähnen, und die Gefahr, daß er später aufgrund eines gefällten Freispruches nicht noch einmal wegen der begangenen Verbrechen angeklagt werden konnte, war damit gebannt. Sobald es neue und handfeste Beweise gegen ihn gäbe, könne das Verfahren ohne weiteres neu aufgerollt und Jackos rechtskräftig verurteilt werden. Somit blieb die Chance offen, daß er doch noch irgendwann einmal für seine Verbrechen die Strafe zahlen mußte.

Es war trotzdem schwer, damit umzugehen. Besonders für Caren. Sie hatte ja am meisten durchgemacht und litt noch immer unter schweren Angstzuständen und Alpträumen, weswegen sie auch einmal wöchentlich die Praxis eines Psychologen aufsuchte.

Doch der Alltag kehrte wieder ein, mein Physikprofessor langweilte wieder mit seinen staubigen Vorträgen und ich interessierte mich immer mehr für Architekturgeschichte und amerikanische Geschichtswissenschaften. In letzterer Vorlesung hatte sich auch ein neuer Kommilitone eingetragen, der mein Gefühlsleben kräftig durcheinander wirbelte.

Arthur Phillips hieß er und saß in der Bank vor mir. Er schien absolut perfekt. Breite Schultern, schmale Taille, Waschbrettbauch, wohlgeformter Po. Ich wußte, daß er in der Handballmannschaft des College spielte und auch sonst viel Sport trieb. Wenn ich mich morgens etwas früher mit Caren auf dem Gelände einfand, sah ich ihn oft, wie er auf dem Sportplatz bereits seine Runden drehte. Und jedesmal wurden meine Hormone in Wallungen versetzt.

Obwohl ich Caren über alles liebte, so konnte ich doch nicht verhindern, daß mich seine erotische Ausstrahlung immer mehr erregte. Und genau diese Tatsache erschreckte und irritierte mich. Wenn ich ihn sah, bekam ich Herzklopfen und das Verlangen, mich an seine Schulter zu lehnen wurde so stark, daß ich mich nur schwer zurückhalten konnte. Ich versuchte es vor mir selbst damit zu rechtfertigen, daß es sich um ganz normale Schwärmerei handelte, wie es Jugendliche etwa bei Filmstars taten. Doch es war eine Lüge, denn das hier war wesentlich mehr und das Schlimme daran war, daß ich mit niemandem darüber reden konnte. Wer hätte das schon verstanden? Zudem war ich bereits 19 Jahre alt und aus dem Teenie-Schmacht-Alter längst heraus.

Zum ersten Mal machte ich mir wirklich Gedanken darüber, ob ich eventuell doch anders war, was mein sexuelles Verlangen betraf. Ich mußte es einfach wissen. Also stattete ich, nach langem Zögern und Verleugnen, dem einzigen und ganz neu eröffneten Homo-Buchladen New Yorks[1] einen Besuch ab und gab vor, ein Referat schreiben zu müssen. Der Verkäufer lächelte nur dazu und es war offensichtlich, daß er an meiner Ausrede zweifelte. Doch mein Gewissen war damit wenigstens beruhigt.

Ich suchte mir zwei der interessantesten Bücher aus, zahlte sie und versteckte sie zu Hause in meinem Zimmer. Nicht auszudenken wenn meine Mutter beim Putzen oder Bettenmachen die Bücher entdeckt hätte. Erst nachts, wenn meine Eltern längst schliefen, schnappte ich mir die Bücher und las.

Ich hoffte, eine vernünftige Erklärung dafür zu finden, weswegen mein Blut jedesmal in die unteren Körperregionen schoß, wenn ich diesen Mann in T-Shirt und Sporthosen sah? Oder auch in körperbetonten Jeans. Weswegen ich derart erregt wurde, daß es peinlich geworden wäre, wäre es jemandem aufgefallen?

Alleine der Gedanke, ihn zu berühren, ihn zu schmecken oder von ihm berührt zu werden brachte meinen Puls zum rasen. Er tauchte in meinen Träumen auf und sorgte dafür, daß ich mitten in der Nacht selbst Hand an mir anlegte, um die sexuelle Spannung abzubauen. Selbst wenn ich mit Caren intim wurde, stellte ich mir immer öfter vor, daß es seine Hände wären, die mich berührten und streichelten.

Ich schalt mich selbst einen Narren. Ich hatte eine wunderbare Freundin, die ich über alles liebte und der ich niemals untreu werden wollte oder gar könnte. Ich wollte und konnte meine Beziehung zu Caren nicht durch einen kranken Wunsch zerstören, der sowieso niemals in Erfüllung gehen würde. Und doch konnte ich es nicht verhindern, daß mein Herz einige Takte schneller schlug und mein Blut in Wallung geriet, wenn ich ihn sah.

Ich sehnte mich nach seiner Nähe und war gierig darauf, Sex mit ihm zu haben, wußte aber gleichzeitig, daß dies nicht gehen würde. Nicht nur, weil er vermutlich kein Interesse an mir hatte, sondern auch, weil ich Caren liebte und unsere Beziehung nicht aufs Spiel setzen wollte. Und auch, weil ich feige war und die Kommentare fürchtete, meinen Ruf und den meiner Eltern nicht gefährden wollte.

Der Wunsch nach gleichgeschlechtlicher Liebe wird in allen Sach- und Fachbüchern als Geisteskrankheit beschrieben, die durch Umerziehung, Kastration oder gehirnchirurgische Eingriffe therapiert werden müßte. Wer würde mir verübeln, wenn ich zugebe, daß ich deswegen einfach Angst davor hatte, meine Faszination für Arthur Phillips zuzugeben? Ich konnte nicht mal vor mir selbst zugeben, daß ich möglicherweise schwul sein könnte. Es konnte nicht sein und es durfte nicht sein. Es war nicht nur krank, es war auch gesetzlich verboten und allein der sexuelle Wunsch, das Verlangen war schon pervers genug, um mich gewaltig in Gewissenskonflikte zu treiben.

Ich versuchte also mein Verlangen zu unterdrücken, konnte aber doch nicht verhindern, daß meine Gedanken immer wieder zu ihm abglitten und ich mir vorstellte, daß er es war, bei dem ich zum Höhepunkt kam. Ich konnte nicht schwul sein. Ich durfte nicht schwul sein. Ich liebte Caren schließlich und wäre ich tatsächlich schwul, dann wäre ich kaum in der Lage, Caren zu lieben. Zudem hätte ich dann sicher auch Ken, Phil und Jack gegenüber andersartige Gefühle. Doch wenn ich an sie dachte, regte sich bei mir gar nichts. Sie waren einfach nur meine Freunde oder fast so etwas wie Brüder, die ich niemals hatte. Also konnte ich nicht schwul sein. So einfach war das. Zudem war Sex nicht alles in einer Beziehung. Es gehörte noch mehr dazu und dieses Mehr gehörte ganz alleine Caren. Und so klammerte ich mich fast verzweifelt an sie, um aller Welt zu zeigen, daß ich "normal" war.

Das Frühjahrssemester ging seinem Ende entgegen und Prüfungen standen ins Haus. Wir brauchten unsere ganze Konzentration für das College. Nicht nur Arthur Phillips, sondern auch Jackos und seine Bande rückten immer weiter in den Hintergrund. Wurden unwichtig.

Caren und ich saßen oft bei mir und lernten. Die seltenen Tanzabende wurden noch seltener. Wir waren zu sehr mit den bevorstehenden Prüfungen beschäftigt. Nur Samstags abends trafen wir uns noch mit Phil und Ken bei Marta. So war es auch für den Abend des 24. April verabredet.

Es war einer dieser Tage, an denen man lieber nicht aus dem Haus geht, denn den ganzen Tag schon jagten schwarze Wolken vom Atlantik kommend über die Stadt hinweg. Der Wind pfiff in Sturmstärke zwischen den Wolkenkratzern hindurch und Phil war davon überzeugt, daß die Naturgewalten das Empire State Building zum schwanken brachten. Er versuchte auszurechnen welche Windstärke unser geliebtes Empire denn wohl aushalten würde, ehe die Spitze weggerissen würde.

Ich konnte nichts davon sehen und schüttelte nur den Kopf. Das Empire hatte schon stärkeren Stürmen standgehalten und bis jetzt auch jeden Winter-Blizzard heil überstanden.

Doch die Großbaustellen stellten aus Sicherheitsgründen den Betrieb ein. Besonders die am südlichsten Zipfel Manhattans direkt an der Hudson Bay, wo ein neuer Wolkenkratzerkomplex entstehen sollte. Es wußte zwar keiner so recht, für was wir noch einen oder besser gesagt zwei Wolkenkratzer mit Büros brauchten. Doch die Stadtväter hatten entschieden, daß es wichtig für Wirtschaft und Welthandel sei und zahlungskräftige Firmen gerne ihre Büros in Nähe der Börse und des Zentrums der Stadt unterhalten würden. Zudem sei es eine Maßnahme der Modernisierung und der Repräsentanz, gegenüber anderen wichtigen Industrienationen. New York sollte damit zum Welthandelszentrum Nummer 1 werden.

Wo die ganzen Menschen wohnen sollten, die in diesen Türmen arbeiten würden, darüber machte sich keiner Gedanken. Auch nicht, daß Wohnraum immer teurer wurde und die Pendler immer größere Strecken zurücklegen mußten, um zu ihrem Arbeitsplatz zu gelangen.

Aber wie dem auch sei, an diesem Tag wurde auf den Baustellen in der Hudson Bay nicht gearbeitet. Der heftige Wind sorgte allerdings dafür, daß die Kräne nicht wirklich still standen. Die Windböen brachten sie immer wieder zum schwanken und zittern.

Genau an diesem Abend, nachdem der Sturm den ganzen Tag über immer mehr

Wolken ins Landesinnere getrieben hatte und der Himmel gegen Abend doch noch seine Schleusen öffnete, um innerhalb weniger Minuten die Straßen unter Wasser zu setzen, schlug das Schicksal abermals zu und diesmal auf furchtbarste Weise.

## 25. April 1968; 6 Uhr morgens

Caren hatte an diesem Abend einen Termin bei ihrem Therapeuten. Ich hatte ihr versprochen, sie wie immer zu Hause abzuholen und dorthin zu bringen. Doch als ich bei ihr ankam, erfuhr ich von ihrer Mutter, daß der Termin vorgezogen wurde und Caren beim Therapeuten wohl bald wieder fertig sein mußte. Also machte ich mich auf den Weg zu ihrem Therapeuten, um sie wenigstens nach Hause zu begleiten.

Das Gefühl einer bösen Vorahnung überflog mich, als mir die Sprechstundenhilfe erklärte, daß Caren bereits wieder gegangen sei. Etwa 10 Minuten vor meinem Auftauchen in der Praxis hätte sie diese verlassen. Und nein, sie hätte nicht erwähnt, daß sie noch irgendwo hin wollte.

Hastig eilte ich wieder zu ihr nach Hause. Sie war nicht da und tauchte auch nicht auf. Während ihre Eltern nun selbst noch einmal bei dem Therapeuten anriefen, versuchten Phil und ich Carens Freundinnen zu erreichen. In der Hoffnung, daß sie doch einen Abstecher dorthin gemacht hatte. Doch keiner hatte sie gesehen. Keiner wußte, wo Caren abgeblieben, was mit ihr geschehen war.

Ihre Eltern gerieten langsam in Panik und riefen schließlich Lieutenant Monroe an, während Phil mit mir durch die Stadt fuhr und alle bekannten Lokale absuchte. Phil hielt sogar in der 12th Street und wollte sich bei den Stricherinnen erkundigen. Doch bei diesem Wetter waren nicht mal diese Frauen auf der Straße.

Durch die starken Regenfälle war das Autofahren eine Qual. Gullis standen unter Wasser weil sie die Massen nicht mehr aufnehmen konnten. Keller liefen voll, der Verkehr brach fast völlig zusammen. Unfälle waren aufgrund von Aquaplaning und fast nicht vorhandener Sicht keine Seltenheit. Die Feuerwehr war ständig im Einsatz, um Keller wieder leer zu pumpen. Abschleppwagen versuchten verkeilte Pkws von der Fahrbahn zu schaffen und überall heulten Sirenen der Streifenwagen, die fast im Dauereinsatz waren.

Als der Regen gegen Mitternacht dann nachließ und das Amt für Kanalreinigung es endlich geschafft hatte, einige Überläufe zu öffnen, damit das Wasser wieder abfließen konnte, war Phil nahe dran, aufzugeben.

"Ich glaube, ich weiß wo sie ist", knurrte ich plötzlich. Mir war ein Gedanke gekommen.

"Wo willst du hin?", fragte Phil unsicher.

"Zu Jackos. Dieses Schwein hat noch eine Rechnung mit uns offen. Ich wette, er steckt auch diesmal dahinter."

Phil fuhr rechts ran und dachte nach. Dann schüttelte er den Kopf. "Nein, wir fahren nicht zu Jackos! Wir fahren zu Monroe! Er weiß was zu tun ist und wenn er nichts unternehmen kann, fahren wir zum FBI. Denke daran, was die Kerle das letzte Mal mit dir gemacht haben."

Wir fuhren zu Monroe.

Der Lieutenant stöhnte auf, als er uns sah. "Marechal. Nein, wir haben Caren noch nicht gefunden. Ich habe auch nur wenige Leute hier, die mir bei der Suche helfen können. Die meisten sind da draußen und versuchen ein Chaos zu verhindern. Die Telefone stehen kaum noch still. Also bitte, laß mir Zeit, okay?"

"Ich glaube, ich weiß wo Sie Caren finden. Ich bin sicher das Jackos dahinter steckt. Wir brauchen Sie, sonst fahre ich alleine zu diesem Bastard", blieb ich stur.

Monroe seufzte, "Auf diese Idee bin ich selbst schon gekommen.", und griff zum Hörer. Er sprach mit den Einsatzleitern anderer Reviere und versuchte Unterstützung von dort zu bekommen. Es war nicht leicht, eine Mannschaft zusammen zu stellen, da die meisten Cops noch immer auf den Straßen gebraucht wurden, um weitere Unfälle zu vermeiden, oder den Verkehr umzuleiten, weil ein Straßenzug vielleicht noch unter Wasser stand.

Es ging bereits auf 4:30 Uhr zu, bis Monroe endlich alles koordiniert hatte und der Einsatz besprochen war. Kugelsichere Westen wurden ausgeteilt und die Waffen kontrolliert. Beim zuständigen Richter hatte Monroe für Jackos Etablissements und dessen Wohnung Hausdurchsuchungsbefehle beantragt. Doch nur für Jackos Bars hatte der Richter sie ausgestellt. Für Jackos Wohnung wurde der Antrag abgelehnt. Die vorliegenden Indizien seien zu mager, da noch nichts wirklich darauf hindeutete, daß Jackos hinter dem Verschwinden steckte. Sollte sich jedoch auch nur der Hauch eines Beweises oder einer Spur zu Jackos zeigen, würde der Befehl sofort nachgereicht werden.

Als die ganze Mannschaft dann aufbrach, fürchtete ich schon, Monroe würde uns nach Hause schicken. Doch zu meiner Überraschung durften Phil und ich ihm folgen. Wir schwangen uns auf die Rückbank seines Dienstwagens und schwiegen. Ich war erstaunt wie viele Mannschaften Monroe zusammengetrommelt hatte. Sechs Polizei-Vans und etliche Streifenwagen brachen mit uns auf und machten sich auf den Weg zu Jackos Bars.

Wir wurden von einem zweiten Streifenwagen begleitet. Die Besatzung würde sich zusammen mit Monroe Jackos Domizil vornehmen. Es gab Möglichkeiten auch ohne Durchsuchungsbefehl einen kleinen Einblick zu erhalten. Und wenn es nur eine einfache Befragung war.

Jackos bewohnte ein Penthouse in einem Wolkenkratzer. Als Monroe vor dem Haus hielt, sah er uns scharf an, ehe er ins Freie kletterte: "Ihr rührt euch hier nicht von der Stelle. Verstanden?"

Wir nickten nur und warteten, während Monroe mit seinen Leuten das Haus stürmte. Durch meine Gedanken geisterte das Bild von Jackos. Ich sah wieder das höhnische Grinsen, als er den Gerichtssaal verließ. Alleine in seinem Blick hatte schon eine Drohung gelegen. Ich hoffte, daß Monroe dieses Schwein diesmal fassen konnte - und vor allem, daß er Caren heil und gesund mitbrachte.

Es dauerte ewig, bis Monroe wieder auf der Straße erschien. Sein Gesichtsausdruck sprach Bände. Er schüttelte resignierend den Kopf, als er sich wieder hinter dem Steuer niedergelassen hatte. "Tut mir leid Jungs. Nichts. Er hat uns sogar erlaubt, uns in seiner Wohnung umzusehen. Caren ist nicht bei ihm. Und wie ich inzwischen von den anderen Mannschaften gehört habe, konnten sie sie auch in

Jackos Bars nicht finden. Jackos setzt sich nicht selbst in die Nesseln. Caren verschwand gestern Nachmittag gegen 5 Uhr, jetzt haben wir 6 Uhr morgens. Das heißt, wenn Jackos tatsächlich dahinterstecken sollte, dann hatte er mindestens 11 bis 12 Stunden Zeit, sie so zu verstecken, daß wir sie nicht finden können. Er ..." Sein Kollege aus dem zweiten Streifenwagen unterbrach ihn. Er solle dringend zu einem Unfall kommen. Ein Lieutenant Harrison verlangte ihn dort.

Monroe warf uns einen kurzen Blick zu und kletterte ins Freie, um genauere Details zu erfahren. Sein Gesichtsausdruck versteinerte sich.

Irgend etwas mußte geschehen sein. Das war klar. Da Monroe vor dem Einsatz mit den anderen Revieren gesprochen hatte, wußte man dort mit welcher Aktion er beschäftigt war und hätte ihn sicher nicht für eine Banalität von seinem Einsatz weggeholt.

Ohne eine Erklärung sprang er wieder in den Wagen und fuhr los. Mit Sirene und Rotlicht hielt er die Kreuzungen frei. Es war offensichtlich, daß er es eilig hatte. Trotz des wieder heftigeren Regens und den immer noch stellenweise überfluteten Straßen, hatte der allmorgendliche Berufsverkehr eingesetzt und machte ein Durchkommen schwierig.

Die Fahrt ging nach Süden. Kurz vor der Ecke Broadway und John Street schien das Chaos perfekt. Rotlichter flackerten über die Kreuzung. Der Verkehr staute sich. Menschen hatten eine Traube gebildet, um zu sehen, was geschehen war. Cops versuchten den Verkehr umzuleiten und eine Gasse für Monroe freizumachen. Nur langsam kamen wir durch.

Gelbschwarze Absperrbänder riegelten die Kreuzung ab. Monroe ließ den Wagen stehen und kletterte ins Freie. Phil und ich schoben uns ebenfalls nach draußen und sahen uns neugierig um. Der Regen klatschte uns ins Gesicht und innerhalb weniger Minuten waren wir naß bis auf die Haut.

Mitten auf der Kreuzung stand ein Truck. Der Fahrer lehnte an einem Ambulanzwagen und starrte abwesend und bleich vor sich hin. Ein Zivilist redete ununterbrochen auf ihn ein. Ein Wagen der Rechtsmedizin stand direkt hinter dem Krankenwagen. Vor dem Laster lag das Opfer. Man hatte es mit einer weißen Plane zugedeckt. Zivilbeamte eilten über den Platz, befragten Passanten oder untersuchten den Lkw.

Lieutenant Monroe hatte sich zu einem Beamten mit einem großen schwarzen Regenschirm gesellt und unterhielt sich mit ihm. Einmal wandte er sich um und deutete mit dem Finger auf mich, dann kamen die beiden auf uns zu.

"Das ist Lieutenant Harrison von der Homicide Division", stellte uns Monroe den Zivilbeamten unter dem Schirm vor.

Wir gaben artig Shakehands und nannten unsere Namen. Phil und ich waren beide reichlich verwirrt und fragten uns, was das alles sollte? Weshalb hatte man Monroe zu diesem Verkehrsunfall gerufen? Weshalb hatte er uns mitgenommen? Und was tat ein Lieutenant der Mordkommission vor Ort, oder weshalb hatte ihn Monroe uns vorgestellt? Doch weder Monroe, noch sein Kollege fanden es angebracht, uns aufzuklären.

Die Beiden zogen wieder ab. Monroe stapfte auf das Opfer zu, kniete sich nieder und warf einen Blick unter das Laken. Es schien, als würde ihm jemand die Luft ablassen. Er ließ den Kopf hängen und nickte resignierend.

Das alles konnte nur einen einzigen Grund haben. Mein Blick glitt über den Platz. Hinweg über den Lastwagen, die Cops, das Laken und schließlich zu Phil. Mein Freund wirkte etwas blaß. Vermutlich war uns zur selben Sekunde der gleiche Gedanke gekommen.

Erneut sah ich zu dem weißen Tuch.

Phil krallte seine Finger um meinen Arm. "Al, bleib hier. Geh nicht hin. Bitte." Seine Stimme klang kratzend und tonlos.

Ich schüttelte seine Hand ab und stapfte langsam auf die weiße Plane zu. Harrison und Monroe standen mit einem dritten Zivilisten bei der Besatzung des eben erst eingetroffenen Leichenwagens der Pathologie und unterhielten sich. Niemand achtete auf mich.

Rote Blutflecken schimmerten schwach durch das weiße Plastik. Wasserpfützen hatten sich darauf gebildet. Nur zögernd ging ich in die Hocke und faßte langsam nach der Plane. Mein Herz hämmerte laut. Ich hatte Angst. - Angst, daß sich meine Ahnung bestätigen würde.

Ich atmete noch einmal tief durch und schloß die Augen, ehe ich vorsichtig das Plastik zurückschlug. Ich betete, daß es nicht Caren war, die darunter lag. Langsam schlug ich die Augen auf und hatte das Gefühl, als würde mir jemand mit einem Dampfhammer einen Tiefschlag verpassen.

Es war Caren. Ihre Arme und Beine standen in groteskem Winkel vom Körper ab. Ihre Kleidung war halb ausgezogen und zerfetzt. Eine riesige Blutlache hatte sich unter ihr ausgebreitet. Ihr Kopf war zur Seite gerollt. Das seidige lange Haar naß und mit Blut und Straßenschmutz verklebt. Sie war blaß. Die Augen hatte sie geschlossen. Der Apshalt unter ihr schimmerte, trotz des starken Regens blutrot. Rot wie die Liebe, die ich für Caren empfand, rot wie der Schmerz, der in meiner Brust tobte und rot wie die kalte Wut, die sich in mir festgesetzt hatte. Wut auf einen Mann, der die Gesetze mit Füßen trat und glaubte, er könnte über das Leben anderer entscheiden. Wut auf Jackos.

Ich hatte Caren über alles geliebt. Für sie wäre ich durchs Feuer gegangen. Nun war sie tot. Dieser Bastard hatte sie getötet und ich konnte nichts mehr für sie tun. Oh, wie ich Jackos haßte.

Tränen liefen mir über das Gesicht. Meine Beine knickten um. Die nächsten Geschehnisse entziehen sich meiner Erinnerung.

## 25. April 1968; 12 Uhr mittags

Ich weiß nicht, wann ich das erste Mal wieder etwas registrierte. Ich lag in einem großen, weißen Bett, hatte mich auf die Seite gerollt und bis zu den Ohren zugedeckt. In meinem Kopf herrschte ein taubes Gefühl. Ich blinzelte unter der Decke hervor und versuchte zu ergründen, was eigentlich vorgefallen war.

Phil hockte auf einem Stuhl und hatte die Beine weit von sich gestreckt.

Langsam fiel mir wieder ein, was geschehen war. Entsetzt stöhnte ich auf.

"Geht es dir wieder besser?", kam es von Phil.

"Wo bin ich hier?"

"Im Hospital. Der Doc mußte dir etwas zur Beruhigung geben. Du hättest den Fahrer sonst umgebracht", versuchte er zu erklären und musterte mich dabei genau.

"Was ist geschehen?"

"Du kannst dich an nichts mehr erinnern, wie?"

Ich schüttelte nur den Kopf und sah ihn abwartend an. Phil erklärte. "Du hast neben Caren einen Nervenzusammenbruch bekommen und wie ein Verrückter versucht, ihr Schmutz aus den Haaren und aus dem Gesicht zu streichen. Monroe wollte dich von Caren wegbringen. Du hast wie ein Berserker um dich geschlagen, dich plötzlich von ihm losgerissen und mit den Worten: "Ich bringe das Schwein um.", auf den Trucker gestürzt. Du hast ihn übel zugerichtet. Zu dritt mußten sie dich von ihm zurückziehen. Der Pathologe, der sich ebenfalls dort befand, mußte dir ein starkes Beruhigungsmittel geben. Er meinte, du hättest einen Schock."

Ich sah Phil sprachlos an. Ich konnte es einfach nicht glauben.

"Der Fahrer konnte nichts dazu. Es war ein Unfall. Laut Arzt stand Caren unter Drogen, als sie vor den Truck stolperte. Es ging alles zu schnell. Der Fahrer konnte nicht mehr rechtzeitig bremsen. Er hat mit Jackos nichts zu tun. Er kennt ihn nicht einmal", fuhr Phil fort.

"Caren war clean. Sie hat keine Drogen mehr genommen. Das weißt du."

"Lieutenant Harrison kümmert sich um den Fall. Ich denke, du kannst ihm vertrauen. Er wird die Täter finden. Halte dich diesmal da raus. Mit diesen Kerlen ist nicht zu spaßen. Die gehen über Leichen und ich will nicht, daß du dabei auch noch drauf gehst. Die bringen dich um, wenn du ihnen zu nahe kommst. Bitte, höre auf meine Worte."

"Du scheinst dich in der Unterwelt ja sehr gut auszukennen", seufzte ich und wischte mir einige Tränen aus dem Gesicht.

"Wie fühlst du dich jetzt?", forschte Phil und sah mich fragend an. "Soll ich dem Doc Bescheid geben?"

Ich schüttelte den Kopf. "Ich brauche keinen Arzt. Ich will, daß die Kerle, die Caren auf dem Gewissen haben, endlich hinter Gitter landen. Sie war erst 18 Jahre alt. Sie war noch ein Kind." Ich fuhr mir mit den Händen über das Gesicht, setzte mich auf und schlug die Decke zurück. "Muß ich hier bleiben?"

"Das mußt du schon den Arzt fragen", erwiderte Phil.

Ich sah an mir hinunter. Sie hatten mich bis auf die Unterwäsche entkleidet. Meine Oberbekleidung entdeckte ich auf einem Stuhl. Ich schwang mich aus dem Bett und wollte mich anziehen, doch das Zimmer begann zu wanken und meine Beine wurden weich, der Boden unter meinen Füßen schwammig.

Phil drückte mich auch gleich wieder in die Kissen zurück. "Du solltest noch etwas liegen bleiben. Du warst ziemlich lange weggetreten. Laß deinen Körper erst einmal das Medikament wieder abbauen, bevor du aufstehst. Mit einem Schock ist nicht zu spaßen."

Ich warf einen Blick auf meine Uhr. Phils Worte wurden auch gleich bestätigt. Es war fast 12 Uhr mittags. Mein Black Out mußte gegen 7 Uhr gewesen sein. Fünf Stunden, von denen ich nichts mehr wußte.

Ich legte mich zurück und versuchte nachzudenken. Es kam nichts rechtes zustande. Noch immer hatte ich das taube Gefühl im Kopf und fühlte nichts anderes, als Trauer, Schmerz und Wut.

Irgendwann tauchte ein Arzt auf. Er untersuchte mich gründlich und wollte wissen, wie es mir ging.

"Besser. Wie sieht es aus, kann ich gehen?", fragte ich auch gleich.

Der Doc musterte mich kurz und nickte dann zögernd. Ich sollte jedoch noch keine Maschinen lenken, sondern möglichst Ruhe haben und mich zu Hause noch etwas hinlegen. Ich versprach es.

Daß ich noch immer nicht ganz bei mir war, bemerkte ich allerdings doch. Phil mußte mir in die Kleider helfen, da ich alleine nicht imstande war, meine Beine zu koordinieren. Er brachte mich auch nach unten und schob mich auf den Beifahrersitz seines Wagens.

"Ich bringe dich nach Hause. Dort kannst du dich noch etwas ausruhen. Es war alles etwas zuviel für dich", erklärte er.

Ich nickte nur. Ich brauchte tatsächlich Zeit, um das alles zu realisieren. Um zu verstehen, was geschehen war.

## Sommer 1968

Am nächsten Tag hatte mein Körper das Medikament abgebaut und ich mußte wieder aufs College, doch ich bekam kaum etwas mit. Es war, als ginge alles an mir vorbei, ohne mich direkt zu betreffen. Ich befand mich wie in einer Art Trance.

Sechs Tage nach dem Unfall wurde Caren dann beerdigt. Zwar sah ich, wie ihr Sarg in der Erde verschwand, doch ich wollte nicht wahrhaben, daß sie tatsächlich nie mehr zurückkommen würde. Daß ich hier für immer von ihr Abschied nahm. Es war schwer und ich hatte Mühe, neben dem Grab nicht abermals zusammenzubrechen.

Carens Eltern weinten und auch meine Eltern waren sehr blaß. Ich war ihnen dankbar, daß sie mitgekommen waren. Alleine hätte ich es wohl nicht durchgestanden.

Daß auch einige G-men und Beamte der City Police der Beerdigung beiwohnten, registrierte ich nur schwach. Phil und Ken, sowie Marta und ihr Mann waren gekommen. Zudem noch viele Studenten die mit Caren die verschiedenen Vorlesungen besucht hatten und ihre Freundinnen. Jack hatte sich schriftlich entschuldigt. Er hatte seine Seminare und Vorlesungen nicht verschieben können.

Doch selbst diese Beerdigung riß mich nicht aus dem Tief, in das ich gefallen war. Nach wie vor fuhr ich täglich mit dem Bus zum College und mittags wieder nach Hause. In der Mensa traf ich einmal mit Arthur Phillips zusammen. Er legte mir die Hand auf die Schulter und erklärte, wie Leid es ihm täte, daß ich auf diese Weise meine Freundin verloren hätte. Wenn ich etwas bräuchte oder mit jemandem reden wolle, sollte ich mich ruhig an ihn wenden.

Zu jeder anderen Zeit hätte alleine seine Berührung meinen Herzschlag erheblich beschleunigt und mich zum stammeln gebracht. Jetzt nickte ich nur flüchtig, bedankte mich und wandte mich ab.

Ich ging nicht mehr aus und nicht mehr zu Marta, obwohl sie sich oft nach mir erkundigte. Phil und Ken richteten immer wieder Grüße von ihr aus. Sie kamen öfter zu Besuch. Doch sie blieben nie lange. Ich wollte einfach nur meine Ruhe haben und konnte mich auf ihre Gespräche sowieso kaum konzentrieren.

Die Zeit verging und nur langsam begriff ich, daß es Caren nicht mehr gab. Ihre Eltern riefen oft bei uns an und berichteten, was sich bei der Polizei tat. Die Ergebnisse waren niederschmetternd. Die ganzen Untersuchungen und Verhöre hatten so gut wie nichts gebracht.

Es gab Sommerferien und ich hing noch immer in meinem Zimmer herum. Daß ich die Zwischenprüfungen schaffte, grenzt schon fast an ein Wunder.

Irgendwann stattete ich Marta mal wieder einen Besuch ab. Phil und Ken waren da und beglückwünschten mich zur bestandenen Prüfung. Doch es war nicht mehr wie früher, als ich mit den Freunden über Vorlesungen debattiert hatte. Ich blieb auch nicht lange. Zu schmerzhaft war die Erinnerung daran, welchen Spaß ich hier schon mit Caren hatte.

Phil und Ken waren mitten in ihren Abschlußprüfungen. Phil hatte das Angebot einer großen Versicherungsgruppe vorliegen, bei der er nach bestandenem Examen eine Ausbildung machen konnte und Ken praktizierte bereits in einer Anwaltskanzlei und durfte sogar schon die ersten Fälle vor Gericht vertreten. Da Ken die Meisten davon gewann, weil er es einfach verstand, Argumente und Beweise genau richtig anzubringen, machte er sich vor Gericht schon einen gefürchteten Namen. Jack befand sich ebenfalls mitten im Examen. Die Zusicherung vom FBI hatte er inzwischen. Sobald er seinen Abschluß hatte, durfte er nach Quantico und dort die Ausbildung zum FBI-Agenten machen.

Irgendwann kam dann der Tag, der alles für mich veränderte.

Es war der 15. August. Ich saß wieder zu Hause, hatte die Bücher vor mir und las doch nicht, als das Telefon klingelte. Zuerst wollte ich es einfach klingeln lassen, entschied mich aber doch anders und hob ab. Es war Carens Mutter. Ihre Stimme klang resigniert. Sie erkundigte sich, wie es mir ging und was ich tat. Ich solle doch endlich wieder anfangen zu leben. Caren sei bereits seit 4 Monaten tot. Das Leben ging weiter und ich sei noch jung. Ich solle wenigstens versuchen, langsam zu vergessen. Ich versprach es.

Als ich mich von ihr verabschieden wollte, erklärte sie, daß man die Akte Caren Bernstein geschlossen hätte. Noch vor Beginn eines Verfahrens gegen Jackos, wurde es bereits eingestellt. Aus Mangel an Beweisen. Die Akte Caren Bernstein gehörte somit zu den ungeklärten Fällen und würde in irgendeinem Regal verstauben, wenn nicht irgendwann doch noch neue Beweise gegen Jackos gefunden wurden.

Ich bedankte mich für den Anruf und schlurfte deprimiert in mein Zimmer zurück. Ich ließ mich einfach auf mein Bett fallen und starrte Löcher in die Luft. Die Welt war so ungerecht. Jeder wußte, daß Jackos für Carens Tod verantwortlich war. Daß er sie ermordet hatte. Wenn auch nicht persönlich, so hatte er doch den Befehl dazu gegeben. Und er konnte nicht mal dafür belangt werden, weil keine Beweise gegen ihn vorlagen.

Mit Indizien und dem Wissen alleine konnte man ihn nicht vor Gericht stellen. Kein Richter der Welt würde ihn auf diese Weise schuldig sprechen. Und wenn einmal ein Urteil gesprochen war, konnte man ihn später nicht noch einmal für das gleiche Verbrechen auf die Anklagebank bringen. Also legte man die Akte zu den ungeklärten Fällen und hoffte darauf, daß es doch irgendwann mal einen Beweis für seine Schuld gab.

Caren. Dieses miese Schwein hatte sie einfach getötet. Er hatte mir das Liebste genommen, was ich hatte. Nie wieder würde ich ihr Lachen hören, sie nie wieder in die Arme nehmen können. Es konnte einfach nicht sein, daß sie so völlig sinnlos gestorben war. Es durfte nicht sein, daß dieser Mistkerl ungeschoren davonkam, für das, was er getan hatte.

Zum ersten Mal seit Carens Tod liefen mir wieder die Tränen über das Gesicht. Ich heulte. Heulte, wie schon lange nicht mehr. Heulte meinen ganzen Schmerz, meine Trauer und meine ganze Resignation heraus. Ich heulte, bis keine Tränen mehr kommen wollten. Und auch danach lag ich noch lange auf dem Bett und schluchzte trocken.

Erst als die Tränen endgültig getrocknet waren und sich mein Herzschlag und meine Atmung wieder beruhigt hatten, erhob ich mich und schlüpfte in meine Jakke. Ich konnte nicht länger alleine in meinem Zimmer hocken. Ich hatte das Gefühl, sonst verrückt zu werden. 4 Monate lang hatte ich mich selbst eingesperrt und in meiner Trauer vergraben. Ich mußte einfach hinaus.

Ich fuhr mit dem Bus hinunter zu Martas Snackbar. Sie freute sich sichtlich, als sie mich sah. Doch zum Reden war ich noch nicht aufgelegt und so saß ich dort lange Zeit einfach nur an der Theke, trank Kaffee und dachte nach.

Irgendwann tauchte Phil auf und schob sich neben mich. Er fragte, was los sei. Mit kurzen Worten erklärte ich, was mir Carens Mutter erzählt hatte.

"Und jetzt?" Phil sah mich forschend an.

Ich hob ratlos die Schultern. Die G-men hatten alles in ihrer Macht stehende getan und doch schien es, als sollte dieser Gangster ungestraft davon kommen. Das durfte einfach nicht sein. Ich glaubte an unser Gesetz. Es hatte durchaus seinen berechtigten Sinn. Es war wichtig. Es schaffte Ordnung. Es sorgte dafür, daß keine Unschuldigen bestraft wurden. Doch was konnte man tun, um auch solche Verbrecher wie Jackos ihrer gerechten Strafe zuzuführen?

Es gab eigentlich nur eines. Ich mußte endlich aufwachen und handeln. Ich selbst mußte etwas tun. Ich selbst mußte ihn zur Strecke bringen und die gesuchten Beweise finden. Denn das FBI und die City Police waren dazu nicht in der Lage. Sie wurden durch die Gesetze, die Unschuldige vor übereilten Zugriffen schützen sollten, behindert. Sie konnten nicht einfach bei ihm einbrechen und alles auf den Kopf stellen, in der Hoffnung, irgendwelche Beweise zu finden. Sie konnten und durften ihm keine Daumenschrauben anlegen, um ihn zu einem Geständnis zu bewegen. Jackos Rechtsanwälte hätten auf unsachgemäße Ermittlungsmethoden gepocht und er wäre wegen Verfahrensfehlern zwangsweise freigesprochen worden. Somit wäre er am Ende doch der Sieger geblieben.

Es dauerte eine Weile, bis ich Phils Frage registrierte.

"Mir reicht es. Endgültig!", knurrte ich. "Das Maß ist voll. Jackos hat es übertrieben."

"Drehe mir jetzt nicht durch. Sonst rufe ich gleich die Männer mit der Zwangsjacke hierher", drohte Phil und sah mich erschrocken an.

"Keine Angst, ich weiß was ich tue", versuchte ich ihn zu beruhigen.

"Was hast du denn jetzt schon wieder vor?"

"Ich wollte immer ein ruhiges, geregeltes Leben führen. Mit einem anständigen Beruf und festen Arbeitszeiten. Mein Dad wollte mich im Immobiliengeschäft sehen. Doch das ist jetzt alles unwichtig. Damit ist Schluß. Keine Immobilien, keine geregelte Arbeitszeit."

Phil sah mich fragend an. "Nun mache es nicht so spannend. Entweder sagst du jetzt, was du vorhast oder ich bringe dich ins Hospital und lasse dich für unzurechnungsfähig erklären."

"Das kannst du gar nicht. Ich werde Privatdetektiv und dann räuchere ich die ganze Bande aus. Ich werde so lange suchen, bis ich Jackos und seine Bande hinter Gitter bringen kann. Das verspreche ich. Die Unterwelt wird noch vor mir zittern, wenn sie nur meinen Namen hört", war ich mir sicher.

Phil warf mir einen resignierenden Blick zu. "Hoffentlich machst du damit nicht einen gewaltigen Fehler, mein Freund. Die Unterwelt ist nicht so harmlos, wie du glaubst. Die besteht auch keineswegs nur aus Kleinganoven, die einer älteren Dame vielleicht mal die Handtasche klauen. Die lassen sich von einem Anfänger nicht an der Nase herumführen. Selbst das FBI hat es bei ihnen schwer. Laß es die Cops oder G-men erledigen. Die haben mehr Erfahrung darin."

Ich lachte verbittert auf. "Sicher, aber die hat Jackos auch. Er kommt wieder vor einen Richter und wird freigesprochen. Aus Mangel an Beweisen. Doch das treibe ich ihm aus. Noch einmal schlüpft er nicht durch die Maschen des Gesetzes. Denn jetzt komme ich."

"Und weshalb glaubst du, daß du gerade das schaffen könntest, was unser geheiligtes FBI nicht mal schafft?"

"Weil die G-men durch unsere eigenen Gesetze behindert werden und deshalb nicht so agieren können, wie sie wollen und sollten."

"An diese Gesetze mußt du dich aber auch halten."

"Ich weiß, aber wenn ich es nicht tue, dann schade ich nur mir selbst und nicht gleich einer ganzen Polizeibehörde. Wenn ich bei Jackos einsteige und Beweise finde, kann ich höchstens wegen Hausfriedensbruch drankommen, während sich Jackos erst mal gegen diese Beweise wehren muß. Und wenn die Special Agents erst mal diese Beweise in den Fingern haben, werden sie Jackos nicht mehr so schnell gehen lassen. Sie werden ihn so lange kochen, bis er weich ist und ihm seine zehn Anwälte auch nicht mehr raushelfen können, während ich vielleicht einige Dollars Strafe zahlen muß. Aber das ist es mir wert. Er muß für Carens Tod das zahlen, was ihm zusteht."

Ich war fest entschlossen, Jackos endlich hinter Gitter zu bringen und davon konnte mich auch Phil nicht mehr abbringen.

## Herbst 1968

Ich bewarb mich in einem kleinen Ausbildungscamp für Sicherheitspersonal und wurde tatsächlich genommen. Mit Semesterbeginn meldete ich mich an der Columbia University ab, packte meine Tasche und fuhr mit dem Greyhound Bus zum Camp. Es lag nördlich von New York City. Hier würde ich nun 4 Monate leben.

Meine Eltern hielten mich zwar für völlig übergeschnappt und waren nicht sehr überzeugt davon. Doch sie wollten mir die Ausbildung bezahlen, da sie wußten, daß sie meinen Entschluß sowieso nicht umstoßen konnten. Zudem hatte ich mit einer solchen Ausbildung gute Chancen einen vernünftigen Arbeitsplatz zu bekommen. Mit einem guten Abschluß konnte ich zwar noch nicht für den Secret Service arbeiten, da die Schule dazu zu klein und die Ausbildung nicht umfassend genug war. Aber ich konnte danach als Kaufhausdetektiv anfangen oder einen Job als Bodyguard annehmen. Doch das hatte ich ja nicht vor.

Ich bezog also in dem Camp mein Zimmer, packte meine Tasche aus und war gespannt, was ich hier alles lernen würde.

Asiatische Kampfsportarten und Boxen standen auf dem Lehrplan. Zudem noch Schußwaffentraining und einige andere, wertvolle Dinge. So kannte ich bald den Unterschied zwischen Long Rifle-, Parabellum- und Magnumpatronen. Zwischen Voll- und Teilmantelgeschossen, Faust- und Lang-, Teil-, Vollautomatik- und Schnellfeuerwaffen.

Ich mußte zig verschiedene Modelle zerlegen und wieder zusammen bauen. Aus den verschiedensten Stellungen heraus schießen. Mit rechts und links oder beidhändig. Im Stehen, Sitzen, Liegen, Fallen, Knien und aus der Hüfte heraus. Dazu kam noch Geschwindigkeitstraining mit möglichst hoher Trefferquote.

Leider bestand die Theorie auch hier aus Physik. Genauer gesagt, aus Ballistik. Wir mußten errechnen, mit welcher Geschwindigkeit ein Projektil den Lauf verläßt, welchen Flugverlauf es nimmt, mit welcher Durchschlagskraft es bei welcher Entfernung einschlägt und ab welcher Entfernung die Abweichung der Flugbahn zu ungenau wird, um noch einen erfolgreichen Treffer landen zu können. Das alles war zwar mehr oder weniger Mathematik, aber wir mußten dafür trotzdem die physikalischen Grundkenntnisse der Flieh- und Anziehungskräfte besitzen. Mit resigniertem Seufzen ergab ich mich in mein Schicksal.

Auf dem Schießstand stieg meine Trefferquote auf 99% und an Schnelligkeit mangelte es auch nicht mehr. Mein Lehrer war mit mir zufrieden. "Also, Marechal, für einen Sicherheitsbeamten bist du fast schon zu gut."

Ich mußte grinsen. Mein Rezept für die hohe Trefferquote konnte ich ihm schlecht verraten. Doch es war ganz einfach. Ich stellte mir nur Jackos' Gesicht vor und da mußte ich einfach treffen.

Meine Lizenz bekam ich für Handfeuer- und Langwaffen, in Teil- und Vollautomatik. Bis zur Kalibergröße .357 Magnum. Abgesehen von MPi's oder MG's durfte ich nun mit allem schießen. Unsere Dienstwaffen mußten wir uns allerdings selbst besorgen.

Mittags fuhr ich sofort los und stattete einem Waffenhandel einen Besuch ab. Ich entschied mich für eine Walther PPK, Kaliber .45 Magnum. Die Geschosse haben eine hübsche Durchschlagskraft und bohren verdammt große Löcher. Für Jackos genau das Richtige. Ich nahm noch Munition, ein Schulterhalfter, zwei Ersatzmagazine und ein Gürtelholster dazu und zahlte alles. Selbst wenn dabei mein letztes Geld draufging.

Abends schoß ich mich mit der Waffe gleich ein und mein Lehrer war sehr zufrieden mit mir.

Ich lernte wie man anständige Fotografien macht, wie man sie entwickelt und eventuelle Ausschnitte vergrößert, wie man einen Wagen sicher durch die Straßen lenkt, wenn man einen Verfolger im Nacken hat. Wie man solche Verfolger erkennt und abschüttelt oder festnimmt und wie man Objekte und Personen vor unerwünschten Anschlägen schützt und sichert.

Zusammen mit anderen Kursteilnehmern spielten wir alle möglichen Situationen durch. Unsere Lehrer waren dabei stets die bösen Buben. Hinterher wurden Fehler diskutiert und Verbesserungsvorschläge gemacht.

Was wir nicht lernten, war, wie man diese bösen Buben aufspürt und verfolgt. Wie man mit Verbrechern umgeht, oder versucht, sie von einem geplanten Verbrechen abzuhalten. Eine wichtige Lektion, die ich dringend benötigt hätte. Doch unser Lehrer hatte dies in seinem Schulungsprogramm nicht vorgesehen, da es für den Objekt- und Personenschutz irrelevant war. So etwas hätte ich auf einer richtigen Akademie gelernt, doch dort dauert die Ausbildung ganze 8 Monate und das war mir zu lang.

Weiterbilden konnte ich mich später immer noch. Zum Beispiel in einer Agentur für Kautionsflüchtlinge. Dort werden moderne Kopfgeldjäger ausgebildet und dort konnte ich mich irgendwann später auch noch fortbilden, um zu lernen, mit welchen modernen Methoden man flüchtige Verbrecher aufspürt und dingfest macht. Jetzt wollte ich erst mal Jackos möglichst schnell aus dem Verkehr ziehen. Eine Unbedachtsamkeit, die mir leicht zum Verhängnis hätte werden können.

Die Zeit verging wie im Flug. Die ersten Bewerbungen gingen raus. Viele der Teilnehmer bewarben sich bei irgendwelchen Sicherheitsagenturen oder in Kaufhäusern. Daß ich keine einzige Bewerbung heraus schickte, machte meinen Lehrer zwar etwas stutzig, doch er konnte nichts dagegen tun. Erst als ich meinen Gewerbeschein und meine Detektivlizenz beantragte, wußte er, was ich vorhatte.

Ich wurde 20 Jahre alt und erlebte den ersten Geburtstag ohne die geliebte Freundin. Ich hätte den Tag am liebsten auf dem Übungsplatz verbracht und ohne Besonderheiten verstreichen lassen. Doch meine Mitstreiter im Camp und meine Lehrer sorgten dafür, daß ich meinen Geburtstag nicht einfach vergaß. Sie hatten eine Feier vorbereitet und ließen sich durch nichts von einer ausschweifenden Party abbringen.

Am 23. Dezember bekam ich dann endlich mein Abschlußzeugnis und kurz darauf auch meine Lizenz, samt Schein. Ich hatte viel gelernt. Alles, was noch fehlte, war die praktische Erfahrung im realen Leben. Doch die würde ich bei diesem ersten Fall mit Sicherheit sammeln. Ich war bereit, diesem Mistkerl Jackos den Garaus zu machen.

## Winter 1968 / '69

**W**eihnachten, das Fest der Liebe und des Friedens war in diesem Jahr eher ein Trauerspiel. Zwar verbrachte ich den Feiertag recht besinnlich mit meinen Eltern, aber meine Gedanken und Gefühle waren weit ab von Liebe und Frieden. Der Schock über Carens Tod saß noch immer zu tief, der Haß auf Jackos war noch zu groß und gerade jetzt, in der eher ruhigen Zeit wurden diese Gefühle nicht durch Arbeit abgelenkt. Weihnachten war ein trauriges Fest für mich. Die Freundin fehlte mir zu sehr. So ging ich dann einen Tag nach Weihnachten zu Carens Eltern. Ich wollte sie sehen. Sehen wie es ihnen ging.

Mr. Bernstein, früher ein lebenslustiger Mensch, war in sich gekehrt. Als ich ihm gegenüber saß und mich mit ihm unterhielt, schien er zwar anwesend, aber doch mit seinen Gedanken weit weg. Stellenweise hatte ich fast das Gefühl, als wüßte er gar nicht, worüber wir eigentlich sprachen. Auch Mrs. Bernstein hatte der Verlust des einzigen Kindes sehr verändert. Aus der mütterlichen und herzlichen war eine verbitterte Frau geworden. Früher war ihre Wohnung immer warm und gemütlich und zu Weihnachten festlich geschmückt. Mit einem stattlichen Weihnachtsbaum, Kerzen, Mistelzweig, Bratäpfeln und frischem Gebäck dessen Duft durch das ganze Haus zog und zum verweilen einlud. In diesem Jahr wirkte die Wohnung kühl und trostlos. Kein Weihnachtsduft, kein Weihnachtsschmuck, nichts. Carens Eltern hatten Weihnachten einfach ausfallen lassen. Es gab für sie keinen Grund mehr, sich an dieses Fest zu erinnern. Es war kein Kind da, dem sie damit Freude machen konnten und sich gegenseitig Freude machen entzog sich für sie jeglichem Sinn.

Mrs. Bernstein versuchte jedoch ihr möglichstes, um sich mir gegenüber nicht allzuviel von ihrem Schmerz anmerken zu lassen. Wußte sie doch, wie sehr ich selbst noch unter dem Verlust der Freundin litt. Ich erzählte, was ich in den letzten Monaten getan hatte und verkündete dann auch mit ein klein wenig Stolz, daß ich nun Privatdetektiv sei und mich gerne um Jackos kümmern würde. Denn wirklich jeder wußte, daß Jackos für Carens Tod verantwortlich war. Doch ihm war ja nichts zu beweisen. Und genau diese Beweise wollte ich finden.

Mrs. Bernstein lächelte nur gequält und war der Meinung, daß ich lieber mein Studium beenden sollte und Mr. Bernstein war davon überzeugt, daß ich ebenfalls nichts gegen Jackos finden würde. Schließlich hatte die Polizei schon alles versucht.

Ich gab jedoch nicht so leicht auf. Ich brauchte einen Klienten und ich wollte wenigstens die Chance bekommen, es zu versuchen. Ich war überzeugt, daß ich es schaffen, daß ich Jackos irgendwie mürbe machen konnte und dadurch irgendwann ein Geständnis von ihm bekommen würde. Etwas, daß vor Gericht Beweiskraft genug hatte, um ihn endlich verurteilen zu können.

Ich zeigte Mr. Bernstein meine Abschlußpapiere und meine Lizenz und ließ nicht locker. Endlich, am 3. Januar gab er nach und vertraute meinen Fähigkeiten. Ich hatte somit meinen ersten Auftraggeber und konnte den Fall Jackos in Angriff nehmen.

Als erstes besorgte ich mir für knapp 100 Dollar einen Wagen. Einen uralten Ford Mustang, dessen Öl- und Kühlwasserverbrauch fast höher war als sein Benzinverbrauch, und dessen Heizung auch erst nach langem und gutem Zureden funktionierte. Aber der Wagen fuhr wenigstens und das war mir das wichtigste.

Nachdem ich die Heck- und Seitenscheiben des Mustang mit durchsichtiger schwarzer Folie beklebt hatte, um ein hinein schauen zu erschweren, bezog ich Stellung, direkt vor Jackos Bar. Der "Hot Pool", in der ich kurze Zeit gearbeitet hatte. Ich wußte, daß ich auf der Hut sein mußte. Ich hatte keine Lust auf eine Begegnung mit seinen unfreundlichen Gorillas. Und so suchte ich mir bereits um 8:30 Uhr abends, eine halbe Stunde bevor die Bar öffnete, einen hübschen Platz, von dem aus ich den Eingang im Auge behalten konnte. Auf der Beifahrerseite hatte ich die Scheibe einen Spalt nach unten gekurbelt, um ein Beschlagen der Fenster durch meinen Atem zu verhindern. Neben mir auf dem Beifahrersitz lagen griffbereit mein Fotoapparat, sowie 2 Ersatzfilme und mein Fernglas.

Pünktlich um 9 Uhr baute sich Ricky vor dem Eingang auf. Die ersten Gäste kamen. Es war durchweg Stammkundschaft. Man kannte sich und Ricky ließ sie mit einem Kopfnicken ein. Unbekannte wurden genauer gemustert, ehe sie die Bar betreten durften. Ich machte einige Fotos von interessanten Typen und wartete.

Die Zeit tröpfelte dahin. Neue Gäste kamen, andere gingen bereits wieder. Stündlich wechselte sich Ricky mit Lionel ab, der dann Stellung vor dem Eingang bezog und sich die Gäste genau anschaute, ehe er sie in die Bar ließ.

Gegen 6 Uhr morgens streckte ich mich und beschloß Feierabend zu machen.

Die nächsten Tage und Wochen verbrachte ich mit eintönigem Warten. Es war eine Tortur. Zwar gewöhnte ich mich an den gewählten Rhythmus, aber da die Bar keinen Ruhetag hatte und ich auch nichts verpassen wollte, stand ich 7 Tage die Woche, Woche für Woche vor der Hot Pool und wartete. Einzige Ausnahme waren die Nächte, an denen die Temperaturen zu weit unter den Gefrierpunkt sanken. Es war doch zu auffällig und dadurch auch zu gefährlich, wenn alle Autos zufroren oder zuschneiten, nur mein Mustang nicht. Wenn die Kältewelle zu lange andauerte, versuchte ich es mir in einem Hausflur gegenüber der Bar bequem zu machen und die Bar durch ein Flurfenster zu beobachten. Aber das ging auch nicht immer, da sonst die Hausbewohner mißtrauisch geworden wären. Doch die kältesten Tage waren schnell vorüber und es waren auch nicht so viele, an denen ich die Beobachtungen ausfallen lassen mußte. Der Winter war in diesem Jahr nicht ganz so streng, wie in den vorangegangenen und so schien sich mein Leben bald nur noch darum zu drehen, jede Nacht 9 Stunden lang im Wagen zu sitzen und den Eingang im Auge zu behalten. Meist eingepackt wie ein Eskimo, mit Pudelmütze, Handschuhen und einer Wolldecke über den Beinen und wach gehalten von fast einem Liter Kaffee aus der Termoskanne, der jedoch meist gegen 2 Uhr nachts schon erheblich an Hitze verloren hatte und zum aufwärmen auch nicht mehr taugte.

Wenn ich morgens um 7 Uhr reichlich durchgefroren nach Hause kam, konnte ich mit meinen Eltern gerade noch frühstücken, ehe sie zur Arbeit gingen und ich todmüde ins Bett fiel. Nachmittags, wenn ich ausgeschlafen hatte, entwickelte ich meist die Bilder, die ich in der Nacht zuvor verknipst hatte, sofern der Film schon voll war, und machte mich dann gegen 8 Uhr Abends erneut auf den Weg, um wieder eine Nacht vor Jackos Bar zu verbringen. In der Hoffnung, endlich etwas entscheidendes zu beobachten und dabei nicht ganz einzufrieren oder einzuschneien.

Ich glaubte schon bald nicht mehr an einen Erfolg. Als ich wieder einmal enttäuscht abgebrochen und mir über zwei Monate lang fast jede Nacht um die Ohren geschlagen hatte, klagte ich Marta mein Leid - und bekam unerwartete Hilfe. Martas Ehegatte, Federal Attorney Curtis. Zuerst riet er mir zwar davon ab, Jackos sei zu gefährlich und ich zu jung und unerfahren. Aber da ich eine gültige Lizenz und auch einen Auftraggeber hatte, gab es keinen Grund, mir die Arbeit verbieten zu wollen. Vielleicht überlegte er auch, daß mir, solange ich mich im Hintergrund hielt und nur beobachtete, nicht viel passieren konnte, die Gefahr gering war. Also unterstützte er mich und sprach mir gut zu. Ich sollte Ausdauer und Geduld haben. Seufzend machte ich mich erneut an die Arbeit und bezog Stellung. Warten, warten und nochmals warten.

Anfang April, bzw. nach 3 Monaten vergeblichem Warten war meine Geduld fast am Ende. Der Zeiger rückte bereits auf die elfte Stunde des Abends, als endlich etwas geschah.

Jackos silbergrauer Cadillac fuhr vor und hielt direkt vor dem Eingang. Wie immer überschlug sich Ricky fast, um den Wagenschlag zu öffnen. Jackos entstieg mit seiner Schlägergarde. Tony und Burt.

Das war an sich nichts aufregendes, da Jackos seine Bar ja regelmäßig einmal die Woche besuchte. Doch irgend etwas schien heute in der Luft zu liegen. Jackos hatte sich in Schale geworfen und auch seine beiden Lakaien trugen diesmal, statt der üblichen Jeans und Lederjacken, richtige Straßenanzüge und wirkten darin wie professioneller Zivilschutz.

Ich war gespannt, was das zu bedeuten hatte.

Kaum waren die drei im Freien, fuhr der Cadillac auch schon wieder an und bog um die Ecke, um dort auf dem Hof zu parken. Greg, der den Wagen gefahren hatte, kam kurz darauf aus dem Hof, um seinem Boß in die Bar zu folgen. Auch er trug einen Straßenanzug, mit weißem Hemd und Krawatte. Ich hatte wieder einige Bilder verknipst und spähte die Straße entlang.

Nach weiteren 5 Minuten bremste ein deutscher Daimler Benz vor dem Portal. Die Luxuskarosse spuckte zwei kräftige Kerle aus, die sich sofort mißtrauisch umsahen. Ihre Hände hatten sie in Höhe der Jackenausschnitte. Die leichte Erhebung unter der linken Achsel zeigte, daß sie bewaffnet waren. Sie sahen so aus, als wären sie richtig ausgebildete Bodyguards, die ohne weiteres auch für den Schutz des Präsidenten hätten eingesetzt werden können.

Der Blick des Größeren streifte nur kurz über meinen Mustang. Schnell ging ich auf Tauchstation. Kein Zweifel, die beiden Kerle waren pflichtbewußte Personenschützer. Ihr Herr und Meister folgte ihnen, nach einem beruhigenden Kopfnicken. Er war klein und etwas verfettet. Der harte Zug auf seinem südländischen Gesicht verlieh ihm Autorität.

Es war schwer, ihn irgendwo einzuordnen. Prominent konnte er nicht sein, da ich sein Gesicht noch in keiner Zeitung gesehen hatte. Und doch mußte er über Macht und Einfluß verfügen.

Auch sein Blick huschte kurz über die Straße und streifte dabei meinen Mustang. Dann nickte er seinen beiden Gorillas kurz zu und gab seinem Fahrer einen Wink. Der Benz verschwand ebenfalls auf dem Hof. Mit energischen Schritten betrat der zu kurz geratene Dicke, flankiert von seinen Bodyguards, die Bar. Ricky verbeugte sich tief.

Ich fragte mich, wer er wohl war, was er hier tat und was er mit Jackos zu tun hatte? Daß er nur für ein schnelles Vergnügen hierher gekommen war, daran glaubte ich nicht recht. Der Typ sah einfach zu vermögend für Jackos' "Hot Pool" aus. Jackos' Gäste bestanden aus dem unteren Mittelstand, Arbeitern und kleineren Ganoven, die hier ihr legal oder illegal erworbenes Geld für ein wenig Vergnügen ausgaben. Und dieser Südländer paßte absolut nicht in diese Gesellschaft. Er konnte also nur wegen Jackos hier sein.

Meine Spannung wuchs und ich hätte zu gerne Mäuschen gespielt, um zu erfahren was in der Bar gerade ablief. Gebannt starrte ich zum Eingang hinüber und wartete darauf, daß die 'feine Gesellschaft' wieder herauskam. Meine Geduld wurde auf eine harte Probe gestellt.

Es war 4 Uhr morgens, als der Benz endlich vom Hof kam und vor dem Portal hielt. Einer der beiden Bodyguards trat auf die Straße und ließ seinen Blick gleiten. Erst als er sich davon überzeugt hatte, daß die Luft rein war, öffnete er die Tür und ließ auch seinen Boß, flankiert vom zweiten Leibwächter, auf die Straße treten. Erneut dienerte Ricky und verhielt in dieser Stellung, bis die Mannschaft im Wagen verschwunden war. Wenn man sich Ricky betrachtete konnte man meinen, der König persönlich hätte die Bar besucht.

Als ich ebenfalls den Motor anließ und aus der Parkbucht ausscherte, sah ich Jackos aus der Bar kommen. Sein Blick streifte meinen Ford, als ich an ihm vorüber fuhr. Doch es kümmerte mich nicht.

Ich hielt einen sicheren Abstand zu dem Benz und hatte mit der Verfolgung leichtes Spiel. Es war noch dunkel und der Verkehr mäßig. Zudem hielt sich der Fahrer an das Tempolimit.

Die Fahrt ging hinüber nach Richmond - oder Staten Island, wie wir sagen. In einer ruhigen Straße, direkt an der Raritan Bay, bog der Benz in eine breite Einfahrt ein. Ein schmiedeeisernes Tor schwang unmittelbar hinter dem Wagen zu.

Ich fuhr rechts ran und ließ meinen Blick über diese Gegend gleiten.

Das Anwesen war von einer hohen Mauer umgeben. Ich hatte keine Ahnung, wem es gehörte, doch ich war neugierig geworden. Schnell kletterte ich ins Freie und schlenderte die Straße entlang. Vor dem Tor blieb ich kurz stehen und tat, als müsse ich meinen Schuh binden. Dabei sah ich mich unauffällig um.

Rechts hinter dem Tor befand sich ein verwaistes Wärterhäuschen. Den zugehörigen Aufpasser konnte ich jedoch nirgends ausmachen. Ein Namensschild oder einen Briefkasten entdeckte ich auch nicht. Enttäuscht zog ich mich wieder zurück. Ich mußte einen anderen Weg suchen.

Ich kletterte in meinen Wagen und fuhr ein Stück die Straße hinauf. Sie führte immer an der Mauer entlang, bis hinunter zur Bucht. Erneut fuhr ich rechts ran und hielt direkt neben der Wand. Den Fotoapparat hängte ich mir um den Hals. Noch einmal sah ich mich sichernd um, bevor ich über die Kühlerhaube und das Wagendach auf die Mauerkrone kletterte.

Es war zu dunkel, als das mich jemand hier oben hätte entdecken können. Ich legte mich flach auf die Steinplatte und spähte auf das Grundstück hinunter. Es war riesig. Unter mir erstreckte sich eine große Rasenfläche, beschattet von niedrigen Sträuchern. Im Hintergrund gab es einen großen Pool, dessen Beleuchtung das Wasser weißlich aufglitzern ließ. Rechts davon lag ein langgestrecktes zweistöckiges Wohnhaus. Aus einem, der unzähligen Fenster fiel Licht in den Park.

Ich angelte mein Fernglas, das ich immer einstecken habe aus der Tasche und preßte es vors Auge. Damit konnte ich das Haus nahe genug heranholen, um alles deutlich sehen zu können. Es dauerte allerdings etwas, bis ich das beleuchtete Fenster entdeckt hatte, das ich suchte.

Den Mann, der hinter dem großen Schreibtisch saß, erkannte ich sofort wieder. Der fette Südländer. Vor seinem Tisch hatten sich drei Gorillas aufgebaut. Sie waren alle bewaffnet. Einer hielt sogar eine Thompson-Maschinenpistole in der Hand.

Ich schoß noch einige Fotos, auf denen man jedoch nicht mehr erkennen konnte, als das Haus und das Grundstück, und zog mich wieder zurückzog.

Zu Hause machte ich mich sofort in meinem Zimmer an die Arbeit und mußte mich selbst loben. Die Schwarzweißaufnahmen waren erstklassig. Zumindest die, die ich vor der Bar geschossen hatte. Ich war gespannt, was Federal Attorney Curtis dazu sagte.

Gleich am Nachmittag fuhr ich bei ihm im Office vorbei und legte ihm die Bilder vor die Nase.

Er war sehr erstaunt. "Wie hast du diese Fotos gemacht?"

"Mit meinem Fotoapparat", grinste ich kurz und deutete auf den dicken Südländer. "Wer ist dieser Mann?"

Curtis seufzte. "Ich glaube, diese Sache hier wird etwas zu groß für dich."

"Wer ist das?", blieb ich stur.

"Ein Nachwuchs Al Capone oder auch ein zweiter Lucky Luciano. Er heißt Alfredo Caraldi und macht alles, was schmutzig ist."

Der dicke Südländer gehörte also der Mafia an. "Und warum unternimmt man nichts gegen ihn?"

"Er hat eine weiße Weste. An ihn ist noch schwerer heranzukommen als an Jackos. Jackos ist im Vergleich zu Caraldi nur ein kleiner Fisch. Daß Caraldi die Mafia im Rücken hat, wissen wir. Doch wir können es ihm nicht beweisen. Selbst Caraldi ist nur ein kleiner Fisch, wenn du so willst. Nach Caraldi kommt der Nächste der Mafia. Dieser ist noch mächtiger als Caraldi und hat noch mehr Leute, die für ihn arbeiten. Nach ihm kommt ein Weiterer und so setzt sich die Reihe fort bis hinauf zum großen Boß. Dem Don. Dem großen Unbekannten. Wir wissen zwar, daß er existiert, doch wir haben keine Ahnung, wie er heißt, wo er wohnt oder wie er aussieht. Deshalb rate ich dir, die Finger davon zu lassen, ehe es zu spät ist."

"Wenn man weiß, daß Caraldi Dreck am Stecken hat, wieso läßt sich das dann nicht beweisen?"

"Es gibt keine Zeugen gegen ihn. Entweder schweigen sie aus Angst oder sie bekommen für ihr Schweigen Geld geboten. Selbst Kronzeugen hatten wir schon gegen ihn. Die Meisten sprangen noch vor dem Gerichtstermin ab und widerriefen ihre Aussagen. Andere kippten während der Verhandlung um oder kamen erst gar nicht bis zum Gerichtssaal."

"Ich dachte immer, Kronzeugen werden so scharf bewacht?"

Curtis schüttelte resignierend den Kopf. "Diese Kerle finden immer einen Weg, um Zeugen stumm zu machen. Und wenn sie sie vor den Augen der G-men abknallen. - Junge, an Caraldi ist nicht heranzukommen. Der schleift, wenn es sein muß, zehn Anwälte an und 20 falsche Zeugen, die beeiden, daß er nichts getan hat. - Deine Spur könnte uns jedoch weiterbringen. Vielleicht kommen wir über Jackos endlich an ihn heran. Aber ich bitte dich, die Sache aufzugeben. Ich möchte nicht daran Schuld sein, wenn dir etwas geschieht. Bei Caraldi geht so etwas sehr schnell."

"Ich mache weiter. Ich will Jackos und nicht Caraldi. Wenn ich ihn mit drankriegen kann, ist es mir recht. Doch mir geht es hauptsächlich um Jackos", antwortete ich entschieden.

"Wenn Jackos mit Caraldi gemeinsame Sache macht, dann ist es nicht damit getan, wenn du Jackos aus dem Verkehr ziehst. Dann kommt dir anschließend Caraldi in die Quere. Dann bist du mit Blei vollgepumpt, ehe du bis Drei zählen kannst. Hör auf!", legte mir Curtis noch einmal nahe.

"Ich mache weiter und von diesem Entschluß wird mich auch der Möchtegernganove Caraldi nicht abbringen. - Trotzdem wäre es mir lieb, wenn ich über ihn noch etwas erfahren könnte."

Der Federal Attorney schob sich eine Zigarette zwischen die Lippen und gab sich selbst Feuer. Er überlegte lange, ehe er nach vier Zügen endlich nickte. "Okay. Du bekommst von mir alles über Caraldi. Aber du hältst dich möglichst von ihm fern und machst die Sache nicht mehr alleine. Ich kenne einen Kollegen von dir, der schon einige Jahre Erfahrung hat. Er wird dir dabei helfen und notfalls auch Rückendeckung geben."

"Schon wieder ein Kindermädchen", knurrte ich.

"Ja, aber diesmal wirst du es brauchen."

Ich war davon weniger überzeugt.

## April 1969

Ich bekam tatsächlich alle Informationen über Caraldi.

So erfuhr ich, daß er Nichtraucher war, gerne Tennis und Golf spielte, mit Leidenschaft pokerte oder in Long Island badete. Unregelmäßig ging er aus, wobei er hauptsächlich Striplokale und Privatclubs besuchte. Caraldi war 58 Jahre alt, gebürtiger Sizilianer und in Minnesota aufgewachsen.

Sein Geld verdiente er, auf legale Weise, mit zwei Autohäusern, einem Kasino und einer Handelsgesellschaft. Im Jahr machte er damit Millionenumsätze und zahlte dafür auch pünktlich seine Steuern. Allerdings vermutete man, daß er illegal noch drei Nightclubs und einen schwungvollen Drogenhandel betrieb. Doch war dies, genauso wie bei Jackos, nicht nachweisbar.

Caraldi war mit allen Wassern gewaschen. Sogar eine Straßengang hörte auf ihn. Er hatte haufenweise Freunde, und ebenso viele Feinde. Davon hatte er jedoch den größten Teil bereits unter die Erde gebracht. - Ebenfalls nicht nachweisbar.

Zu seinen engsten Freunden zählten zwei Rechtsanwälte - die selben, die Jackos bisher vertreten und versucht hatten, Caren und mich vor Gericht schlecht zu machen. Über einen Richter und zwei Staatsanwälte wußte man noch nichts genaues. Doch sogar ein Senator sollte von seinem Geld leben. Natürlich ebenfalls nicht ...

Ich gebe zu, daß ich diesen Mann nicht unbedingt zum Feind haben wollte. Ich hoffte darauf, daß ich ihm auch nicht wieder begegnete, denn meine Arbeit konzentrierte sich ja hauptsächlich auf Jackos. Doch alleine der Gedanke daran, möglicherweise gegen ihn anzutreten, erschien mir geradezu größenwahnsinnig. David mußte sich wohl so gefühlt haben, als er den Kampf gegen Goliath aufgenommen hatte. Allerdings hatte mir Curtis auch sehr viel über diesen Mann erzählt, so, daß ich ihn wenigstens halbwegs einschätzen konnte. Denn eine Gefahr, die man kennt, ist nur halb so groß.

Zusammen mit Ted Richards - meinem Kindermädchen - kümmerte ich mich um Jackos. Wir teilten uns die Arbeit in Schichten ein, da wir Jackos rund um die Uhr beschatten wollten. Während einer von uns Wache hielt, konnte der andere ein Nickerchen machen.

Zu unserer Ausrüstung zählten zwei sehr gute Fotoapparate, sowie der neueste Schrei in Sachen Überwachungstechnik. Ein Richtmikrophon mit dazugehörendem Kassettenrecorder und Kopfhörer. Mit dem Mikrophon konnte man die Flöhe husten hören. Oberstaatsanwalt Curtis hatte uns das Teil besorgt und ich war sichtlich stolz darauf, es für unsere Zwecke benutzen zu dürfen. Ted war davon jedoch weniger beeindruckt. Er kannte das Gerät bereits.

Unzählige Ersatzfilme lagen griffbereit, die Fotoapparate waren gespannt. Wir richteten das Mikrophon in den Himmel. Ungefähr dorthin, wo Jackos sein Penthouse besaß. Das Mikrophon war mit dem Recorder verbunden, der sich sofort einschaltete, sobald gesprochen wurde. Auf diese Weise bekamen wir einige interessante Gespräche mit. Auf Band wurden sie aufgezeichnet und später, samt Fotos, bei Federal Attorney Curtis abgeliefert.

Das Ganze hatte nur einen Nachteil. Man konnte das Mikrophon noch so genau ausrichten, man bekam immer noch zu viele Nebengeräusche mit. Etwa Gespräche von Nachbarn. Und aus diesem ganzen Wirrwarr mußte dann erst sehr umständlich das gewünschte Gespräch herausgefiltert werden. Nicht gerade einfach, denn dazu gehörte nicht nur die passende Technik, sondern auch ein gutes Gehör.

Nichtsdestotrotz standen wir jeden Tag vor Jackos Domizil und nahmen auf, was der Herr den ganzen Tag über so tat. Viel war es meist nicht. Er klapperte jede Nacht eine andere seiner fünf Bars ab, schlief regelmäßig bis mittags und brütete die Nachmittage in seiner Wohnung, um irgendwelchen Schriftkram zu erledigen.

Lediglich an einem Tag mußte Ted die Arbeit fast völlig alleine erledigen. Das war am 25. April. Dem Todestag Carens. Ein Jahr war es nun her, daß sie mir genommen wurde. Brutal aus dem Leben gerissen. Die Wunde, die sie hinterlassen hatte, schmerzte und brach immer wieder auf. Noch hatte sie keine Chance gehabt, zu heilen.

Ich verbrachte den halben Tag auf dem Friedhof, an ihrem Grab, unfähig etwas anderes zu tun, als an sie zu denken. Und wieder stieg die Wut auf Jackos in mir hoch.

Als ich mich an diesem Abend mit Ted traf, brauchte er lange, bis er mich wieder einigermaßen beruhigt hatte und ich objektiv an die Sache herangehen konnte. Zumindest halbwegs.

Meinen klaren und sachlichen Verstand hatte ich allerdings erst am nächsten Tag wieder und wieder hieß es warten, daß etwas geschehen, daß sich Jackos irgendwie verraten würde.

Doch erst am 2. Mai, genau ein Jahr nach Carens Beerdigung, tat sich wirklich etwas.

## 2. Mai 1969

Wie jeden Tag standen wir vor Jackos' Haustür. Mikrophon und Tonband waren einsatzbereit. Ted hatte sich im Fond zusammen gerollt und träumte selig vor sich hin, während ich einem kleinen Ehekrach lauschte, dessen Zeuge ich zwar nicht unbedingt werden wollte, der aber trotzdem interessant war.

Es war gerade erst 6 Uhr abends und Ted sollte die erste Nachtwache übernehmen. Ich hatte mir die Kopfhörer übergestülpt und versuchte die Zwistigkeiten dieses Ehepaars auszublenden. Es gelang erst, als man sich zur Versöhnung ins Schlafzimmer zurückzog.

Das Tonband lief und zeichnete nun auf, wie Jackos in der Nachbarwohnung seine Schlägergarde einließ. Eddy, Mart, Greg, Tony und Burt.

Geräuschvoll begrüßte man sich. Sitzplätze und Getränke wurden angeboten. Ich hörte Eiswürfel in Gläser klimpern. Langsam kehrte wieder Ruhe ein, wenn man von dem nun leicht stöhnenden Pärchen im Hintergrund absah.

Jackos begann. "Ihr wißt, weshalb ich euch hergerufen habe?"

"Yes!", kam es fast gleichzeitig aus 5 Kehlen.

"Angela macht Zicken. Giorgio kommt mit ihr nicht mehr klar. Sie schadet dem Lokal und verärgert die Gäste. Sie gibt patzige Antworten und wirft den Kunden Schimpfworte an den Kopf. Giorgio hat sie mehrmals verwarnt. Erfolglos. Eddy, Mart, ihr kümmert euch um sie", gab Jackos Order. "Zudem müssen wir die Quoten für die Girls erhöhen. Die Einnahmen im Prostitutionsgeschäft sind zu gering. Es wird unrentabel. Burt, du sorgst dafür, daß die Girls mehr Kunden machen und uns nicht ständig bescheißen. Greg, du fährst zu Vittorio und holst Nachschub, unsere Bars sind fast ausverkauft. Caraldi weiß Bescheid. Tony wird dir später helfen das Zeug zu verteilen. Ich brauche ihn vorher noch für wichtigeres. Alles klar?"

"Was ist mit der Teewurst? Sie nervt langsam. Giorgio wird bereits unruhig, weil der Knirps ständig vor dem Lokal herumhängt. Ich finde, wir sollten dem Kerl mal eine ordentliche Abreibung verpassen, damit er uns endlich in Ruhe läßt", kam es von Burt.

Es wurde interessant.

"Der Junge geht euch nichts an. Er wird bald niemandem mehr in die Quere kommen. Macht euch jetzt an die Arbeit. Ihr wißt, was ihr zu tun habt. Tony, du bleibst hier. Ich muß mit dir reden", kommandierte Jackos.

Schritte trappelten, dann schlug eine Tür zu. Das Pärchen kam auch langsam zum Höhepunkt. Das Stöhnen wurde so laut, daß es fast die nächsten Worte übertönte.

"Burt hat recht. Der Boy schnüffelt überall herum. Auch in Caraldis Angelegenheiten. Du weißt, daß er so etwas nicht gerne hat. Er gibt dir die Schuld dafür", hörte ich Tonys Stimme.

"Wieso mir?", erkundigte sich Jackos verdutzt.

"Wegen des Girls. Die ganze Aktion ging damals von dir aus. Du wolltest die

Kleine unbedingt auf die Straße stellen, obwohl dich Caraldi davor gewarnt hat. Hättest du sie gleich umlegen lassen, wäre uns einiger Ärger erspart geblieben. Caraldi sagt, daß die Teewurst mit einem Oberstaatsanwalt gemeinsame Sache macht. Wir müssen gegen den Giftzwerg endlich etwas unternehmen."

Daß nur ich mit der Teewurst oder dem Giftzwerg gemeint sein konnte, war klar. Sie wollten mir also ans Leder - und dieser Befehl kam von Caraldi. Er war der Boß. Er entschied, was getan wurde. Curtis hatte also recht.

"Okay", kam es von Jackos. "Kümmere dich mit Greg und Burt um den Knirps. Schafft ihn aus dem Weg, aber endgültig und macht nicht den selben Fehler wie damals bei der Kleinen. Kapiert?"

Ich hatte endlich den Beweis dafür, daß Jackos Caren auf dem Gewissen hatte. Allerdings hatte ich mit diesem Beweis vor Gericht keine Chance. Tonbänder können gefälscht werden und sind deshalb als Beweismittel nicht zugelassen. Zudem hätte sich jeder Richter über diese Aufnahme nur köstlich amüsiert, da das Pärchen eindeutig zu oft in die Aufnahme stöhnte. Zudem war diese Aufnahme im Gerichtssaal sowieso nicht als Beweis gestattet, da sie zu sehr in die Privatsphäre von Unschuldigen eingriff.

Die Tatsache, daß mich Jackos auf seine Abschußliste gesetzt hatte, beeindruckte mich allerdings nicht sonderlich. Irgendwie hatte ich mir schon die ganze Zeit eingebildet, längst auf dieser Liste zu stehen. Denn mir war durchaus klar, daß ich Jackos mit meinen Beobachtungen auf die Nerven ging und ihn ziemlich nervös gemacht haben mußte. Daß er meine Schnüffelei so lange dulden würde, hätte ich niemals erwartet. Denn selbst mir war bewußt, daß er mich längst bemerkt haben mußte.

"Ich mache keine Fehler. Doch du machst einen, wenn du Angela aus dem Weg räumst?", erklärte Tony sachlich.

Das Pärchen hatte sich wieder versöhnt und wanderte nun ins Badezimmer. Deutlich hörte man die Dusche angehen. Minimal schwenkte ich das Richtmikrophon, da das fließende Wasser doch arg störte. Nun bekam ich allerdings Jackos' nächste Nachbarin auf das Band. Sie telefonierte gerade und erzählte irgend etwas von Schuhen, die sie sich gerade neu gekauft hatte und die noch etwas drückten.

Wieder schwenkte ich leicht das Mikrophon und irgendwo zwischen Telefonat und Brause konnte ich Jackos' Stimme hören.

" ... kennt die Drogengeschäfte in der Bar. Die Narcs warten nur auf eine Chance, endlich zuschlagen zu können. Das ist mir zu riskant. Wir können uns keine Fehler mehr leisten. Im Augenblick haben wir so schon genug mit den G-men zu tun. Die Kerle sind hartnäckiger, als man ihnen zutraut. Was also soll ich tun?", Jackos schien ehrlich verzweifelt und er brauchte Tonys Rat.

"Rede ihr noch mal gut zu und erkläre ihr, daß sie dran ist, wenn sie das Maul aufmacht oder sich weiterhin so unkooperativ verhält."

Tony war also Caraldis rechte Hand, gab dessen Befehle an Jackos weiter und spielte anscheinend auch etwas den Aufpasser und Berater. Jackos hatte sich wohl einmal zu oft in die Nesseln gesetzt, weswegen Caraldi nun auf Nummer Sicher gehen wollte.

Ich rüttelte Ted wach und schob das Tonband in den Recorder. "Hör dir das mal an. Ist interessant", erklärte ich kurz und ließ den Motor kommen.

Ted gähnte herzhaft und kletterte nach vorne. "Ich hatte einen so schönen Traum."

Ich nickte nur, rangierte den Wagen aus der Parkbucht und gab Gas.

Ted fuhr sich mit einer Hand über das Gesicht und gähnte noch einmal. "Wohin willst du?"

"Zur "Hot Pool". Hör dir mal das Tonband an."

"Was willst du denn dort schon wieder? Ist Jackos auf dem Weg dorthin oder gibt es da was interessantes?", brummte Ted müde.

"Würdest du die Klappe halten und zuhören, dann wüßtest du es."

"Nun sag schon, was du dort willst. - Wir haben gerade mal halb 9. Die Bar öffnet doch erst in einer halben Stunde."

Ich drückte die Stopptaste und spulte das Band zurück.

"Genau so lange brauchen wir auch, um dorthin zu kommen. - Hoffentlich noch rechtzeitig. Angela ist in Gefahr. Sie wollen sie fertig machen."

"Aha!?", gähnte Ted und schmatzte. "Und du willst sie da rausholen?"

Ich seufzte: "Nein, ich will zusehen."

Ted lachte auf: "Und wie willst du das machen, du Meisterdetektiv?"

"Da lasse ich mir schon noch was einfallen - und jetzt höre dir bitte mal das Band an, ohne ständig dazwischen zu Quasseln."

"Geile Aufnahme. Porno als Hörspiel."

"Du sollst dir nicht das Pärchen anhören, sondern Jackos. Es ging leider nicht besser."

Ted schwieg und lauschte Jackos' Worten, während ich den Wagen nach Norden lenkte und angestrengt überlegte, wie ich Angela aus der Bar herausholen konnte. Ich konnte ja nicht einfach hineinspazieren. Besonders jetzt nicht mehr, nachdem mich Jackos zum Abschuß freigegeben hatte.

Ich hörte dem Rest des Gespräches zu - und da kam mir der Gedanke.

Jackos hatte Eddy und Mart auf Angela angesetzt. Doch diese beiden waren keine Ernst zu nehmende Gefahr. Tony suchte mich. Er konnte nicht damit rechnen, daß ich ausgerechnet in der "Hot Pool" auftauchte. Und hier lag meine Chance.

"Okay, Kleiner", begann Ted, als das Band leerlief. "Du hast sicher selbst schon bemerkt, daß du auf Jackos' Abschußliste stehst?"

Ich nickte. "Sicher, und weiter?"

"Du willst jetzt in die "Hot Pool", um eine gewisse Angela vor Prügel zu bewahren. Habe ich das richtig verstanden?"

"Du hast."

"Du bist ein Optimist", lachte Ted auf. "Jackos setzt seinen besten Mann auf dich an, um dich zu töten und du willst ausgerechnet in eine seiner Bars. Sicher weiß dort schon die ganze Belegschaft, was los ist. Die werden froh sein, wenn sie dich sehen. Junge, du kannst nicht ganz dicht sein. Bist du so scharf auf deine Hinrichtung?"

"Ted, du bist heute wieder so wahnsinnig intelligent. Wie machst du das nur?"

Ted sah mich herausfordernd an. "In Ordnung. Aber dann erkläre mir doch bitte mal eines: Jackos weiß, daß wir ihn ständig im Auge haben und trotzdem gibt er ganz offen Carens Ermordung zu und setzt dich vor deinen Ohren auf seine Abschußliste? Hast du mal daran gedacht, daß Jackos niemals so blöd wäre, das alles so offen zuzugeben, wenn er dich damit nicht nur in die Hot Pool locken wollte, um dich dort dann in aller Ruhe endgültig ausschalten zu können?"

"Das Jackos mit Sicherheit weiß, daß er uns auf den Fersen hat, ist mir klar. Aber ich bezweifle, daß er auch weiß, daß er von uns abgehört wird. Nicht mal um uns in eine Falle zu locken, würde er so offen zugeben, Carens Ermordung befohlen zu haben, oder mich auf seine Liste setzen. Er muß ja damit rechnen, daß wir die Beweise erst in Sicherheit bringen, ehe wir in der "Hot Pool" auftauchen. Und damit hätte er sich dann selbst ins eigene Fleisch geschnitten. Selbst wenn die Beweise vor Gericht nicht anerkannt werden, so hätte die Staatsanwaltschaft doch einen Punkt, an dem sie ansetzen könnte und damit muß Jackos einfach rechnen. Deshalb glaube ich nicht, daß er von unserem Mithören etwas weiß oder ahnt und deshalb kann es auch keine Falle sein." Diese Überlegung war einfach am logischsten. Denn nicht mal Jackos wäre so dusselig, so etwas nicht zu bedenken.

"Klingt einleuchtend. Und was hast du dir nun schlaues überlegt, Kleiner?"

"Nenne mich nicht immer Kleiner. Du weißt genau, daß ich das hasse."

"Reg dich wieder ab. Erzähle lieber, was du jetzt vorhast. Du hast doch sicher schon einen Plan?"

"Habe ich", bestätigte ich triumphierend. "Ich gehe rein und hole Angela raus, daß ist alles."

Ted starrte mich ungläubig an. "Bist du jetzt total übergeschnappt? Gerade eben hast du mir erklärt, daß es keine Falle ist. Also hat Jackos es ernst gemeint. Das heißt, die bringen dich um, wenn du da reinspazierst. Die warten doch nur auf dich. Weißt du überhaupt, was das bedeutet?"

"Sicher, ich bin ja nicht blöd. Aber soll ich dir mal etwas verraten?"

"Da bin ich aber gespannt. Wenn du mir jetzt erklärst, daß du unsterblich bist, stecke ich dich eigenhändig in die Klapsmühle. Darauf kannst du dich verlassen."

"Erzähle nicht solchen Mist. Es gibt nur einige Gründe, weshalb wir hingehen können."

"Hoffentlich kennen Jackos' Leute diese Gründe auch und halten sich daran."

"Erstens rechnen die sicher nicht damit, daß ich dort aufkreuze und bis sie es merken, sind wir hoffentlich längst weg. Und zweitens habe ich ja mein Kindermädchen dabei. Du wirst schon darauf aufpassen, daß sie mir nicht zu Nahe kommen."

"Verlaß dich darauf. Trotzdem spinnst du. Sobald du vor dem Laden auftauchst, wird der Türsteher schon Alarm schlagen", blieb Ted skeptisch.

"Ich werde mich hüten, vor dem Laden aufzutauchen solange Ricky oder Lionel noch dort steht. Ich werde warten, bis du ihn schlafen gelegt hast. Du schaffst das schon. Immerhin verfügst du über jahrelange Erfahrung in solchen Sachen. Zudem kann ich auf diese Weise gleich noch etwas von dir lernen", versicherte ich treuherzig.

Ted fühlte sich geschmeichelt und dachte darüber nach. "Klingt einleuchtend. Aber was machen wir, wenn diese Angela überhaupt nicht dort ist?"

"Sie ist dort, verlaß dich darauf - und wenn nicht, dann hat sie Pech gehabt. Ich hoffe für sie, daß sie am Arbeiten ist."

Ich lenkte den Wagen rechts ran und schaltete in den Leerlauf. "So, ich verdrücke mich jetzt nach hinten, bis der Türsteher schläft." Ich kletterte über die Sitze und legte mich vor der Rückbank auf den Fußboden. Direkt auf zwei Dosen Motoröl, die mich wieder daran erinnerten, daß ich den dringend benötigten Ölwechsel an dem Mustang machen sollte, da die Ventile doch schon ziemlich lange klapperten.

Ted übernahm das Steuer.

Eine Querstraße vor Jackos Bar rief ich plötzlich: "Stop!" Mir war etwas eingefallen. "Wir hätten eben beinahe einen riesigen Fehler gemacht. Die kennen dort den Wagen und werden sofort mißtrauisch, wenn du aussteigst. So funktioniert das nicht. Ich würde sagen, ich warte hier und gebe dir 2 Minuten. In der Zeit hast du den Türsteher sicher schlafen gelegt, dann komme ich mit dem Wagen. Wir treffen uns vor dem Eingang der Bar. Bist du damit einverstanden?"

Ted überlegte kurz und nickte dann. "Okay. Aber sollte ich noch nicht dort sein, dann wartest du. Egal was geschieht. Du steigst nicht aus dem Wagen und gehst nicht alleine in die Bar. Ist das klar?"

Ich nickte pflichtschuldig: "Okay. 2 Minuten. Ich warte, bis du da bist - und wenn die Welt untergeht. Ich rühre mich nicht aus dem Wagen. Versprochen!"

Ted warf einen kurzen Blick auf die Uhr. "Ab jetzt 2 Minuten. Solltest du früher dort auftauchen, bekommst du von mir eine Tracht Prügel."

"Versuch's", grinste ich. "Mach dich endlich auf den Weg, sonst sind deine 2 Minuten um."

Ted stieß die Tür auf und schob sich ins Freie. Kurz darauf verschwand er aus meinem Sichtfeld. Ich kletterte ebenfalls aus dem Wagen und huschte zur Ecke. Vorsichtig spähte ich die Straße entlang und hinter Ted her. Ich war gespannt, ob mein Plan tatsächlich klappen würde.

## 2. Mai 1969; 9:03 Uhr abends

Ted stapfte auf die "Hot Pool" zu und blieb vor Ricky stehen, der die erste Stunde Türstehen übernommen hatte. Sie unterhielten sich kurz. Im nächsten Augenblick sackte der Mann zusammen. Ted fing ihn auf und schleifte ihn um die Ecke in den Hof. Schnell sprang ich in den Wagen und warf einen Blick auf die Uhr.

Noch 20 Sekunden. Ich startete den Wagen und fuhr langsam vor den Eingang. In Ermangelung eines Parkplatzes mußte ich den Wagen in zweiter Reihe parken. Auf die Sekunde genau stellte ich den Motor aus. Ted stand bereits vor der Tür und wischte sich den Schweiß von der Stirn.

Als ich aus dem Wagen kletterte, ließ ich meinen Blick die Straße entlang wandern. Es war weit und breit niemand zu sehen.

"Mann, war der Kerl schwer, aber er schläft jetzt für mindestens eine halbe Stunde. Wir können uns also Zeit lassen", erklärte Ted kurz.

"Na denn mal los", sagte ich zufrieden.

Im nächsten Moment drückte ich bereits die Tür auf und stand direkt vor dem roten Samtvorhang. Bevor ich ihn zur Seite schieben konnte, hielt mich Ted am Arm zurück. "Moment mal. Wie sieht das Girl eigentlich aus, für das wir hier unseren Hals riskieren?"

"Wenn ich sie sehe, zeige ich sie dir."

"Na ist ja toll. Ich wüßte nur vorher gerne, für wen ich vielleicht draufgehe. Lohnt es sich überhaupt?"

"Ja - und jetzt komm endlich. Sonst stehen wir Weihnachten noch hier."

Ted seufzte und begann zu philosophieren: "Okay, ich ergebe mich in mein Schicksal und folge meinem Herrn und Meister."

"Das wäre nett. Können wir jetzt endlich?"

"Bitte der Herr, ich warte nur auf Sie."

Ich schob den schweren Vorhang zur Seite und machte eine einladende Handbewegung. Ted ging voran. Ich hielt mich direkt hinter ihm und wurde durch seine breiten Schultern relativ gut gedeckt. Es reichte zumindest, um nicht sofort erkannt zu werden.

Zwei Stufen führten zum Lokal hinunter. Wir blieben auf der Obersten stehen, da wir so einen besseren Überblick hatten.

Das Lokal hatte erst geöffnet und so waren die meisten Tische und die Hocker vor der Theke noch leer. Die Girls scharten sich um die paar Gäste, die sich bereits eingefunden hatten. Suchend schweifte mein Blick durch das Lokal. Skin stand mit sauertöpfischer Miene hinter dem Tresen. Klar, denn jetzt mußte er ja auch selbst die Gläser spülen. Gottlob hatte er mich noch nicht gesichtet.

"Was ist denn nun, hast du das Girl endlich entdeckt?", brummte Ted vor mir.

"Noch nicht."

"Leg mal einen Zahn zu. Ich bekomme schon Plattfüße", beschwerte er sich leise.

"Die hast du schon. - Dort drüben ist sie." Ich zeigte auf die langbeinige Brünette, die gerade im hinteren Teil der Bar von Eddy und Mart bedrängt wurde. "Halte mir den Rücken frei, ich hole sie."

Skin rief Eddy gerade etwas zu und zeigte die Faust, worauf sich Angela heftig gegen die Griffe wehrte.

Ich schob mich an Ted vorbei und setzte meinen Fuß auf die letzte Treppenstufe. Genau in diesem Augenblick entdeckte mich Skin. - Viel zu früh. Er stieß einen Schrei aus und zeigte auf mich. Schlagartig war es still im Lokal. Alle Köpfe ruckten zu mir herum. Neben der Theke ging nun auch noch die Tür auf und Giorgio kam heraus. Über sein Gesicht huschte ein Grinsen, als er mich entdeckte. Nur kurz raunte er Skin etwas zu, der auch sofort seine 2 Zentner auf mich zuschob. Es wurde brenzlig.

Angela starrte mich aus großen Augen an. Ihr Gesicht war aschfahl. Mart krallte seine Finger in ihr rötliches Haar und rief lauthals: "Macht sie fertig, Jungs!"

Ted riß seine 32er hervor. Ebenso schnell hielt ich meine 45er in der Faust. Die Mündung meiner Waffe zeigte auf Skins Nasenspitze. "Mach jetzt keine Dummheiten, Skin", zischte ich durch die Zähne und ließ ihn nicht aus den Augen. "Dasselbe gilt für euch. Wir sind FBI-Beamte. Auf euch kommt einiges zu, wenn ihr euch auch nur einen Schritt weiter bewegt!", rief ich in den Saal, als sich die Leute auf uns zuschoben.

Sie wurden tatsächlich unsicher und verhielten. Ich hoffte, daß mein Bluff möglichst lange zog. Denn sonst sahen wir bald verdammt schlecht aus.

"Mart, laß Angela los", befahl ich scharf.

"Du bluffst doch. Du bist nie und nimmer G-man. Die Ausbildung dauert etwas länger, Kleiner", rief er zurück.

"An deiner Stelle würde ich es nicht darauf ankommen lassen. Der ganze Bau ist umstellt. Ihr habt keine Chance. Laß das Girl los, oder der Dicke hier fängt sich eine Kugel ein", blieb ich hart, und konnte doch nicht verhindern, daß mir etwas heiß wurde. Besonders weil nun auch noch Lionel hinter der Theke auftauchte.

Mart zögerte noch etwas, ließ Angela dann aber tatsächlich los.

Sie kam sofort, darauf bedacht, mir nicht in die Schußlinie zu laufen. Mit dem Daumen wies ich kurz nach hinten. Angela verstand und gesellte sich zu Ted, der sie in Empfang nahm. Es wurde Zeit, das Feld zu räumen.

"Alles okay, Lady?", erkundigte sich Ted hinter mir und schob Angela ins Freie.

Ich zog mich Schritt für Schritt zurück. Noch immer rührte sich nichts. Als ich den Samtvorhang erreichte, rief Lionel plötzlich: "Das ist ein Bluff. Die Dienstwaffe des FBI heißt immer noch Smith & Wesson, und der Kerl hat 'ne Walther. Los Jungs, holt sie euch."

Mit einem Satz jagte ich durch den Ausgang. Ted und Angela warteten bereits im Wagen. Der Motor lief. Hinter mir wurde es laut. Die ganze Mannschaft stürmte mir nach. Ich sprang quer über den Bürgersteig, machte einen Hechtsprung über die Kühlerhaube und landete hart auf dem Asphalt. Sofort rollte ich ab, sprang auf und warf mich auf den Beifahrersitz. Ted trat bereits das Gaspedal durch, ehe die

Tür zu war. Mit quietschenden Reifen setzte sich der Wagen in Bewegung. Zwar nicht ideal für das Automatikgetriebe, aber auf alle Fälle besser für die eigene Gesundheit.

Hinter uns ballerten Schüsse los. Die Heckscheibe zersprang und Glaskrümel rieselten auf Angela nieder. Ich riskierte einen vorsichtigen Blick nach hinten. Noch immer ballerten die Schüsse. Allerdings galten sie nicht mehr nur uns alleine. Erst jetzt entdeckte ich den Kastenwagen auf der anderen Straßenseite. Von dort knallten ebenfalls Revolver auf.

Irgend jemand hatte großes Interesse daran, uns die Kerle vom Leib zu halten. Zwar hatte ich keine Ahnung, wer es war. Doch ich war ihm dankbar dafür. Wir bekamen dadurch tatsächlich etwas Luft.

Trotz unserer unbekannten Helfer löste sich ein Scheinwerferpaar vom Bordstein und nahm die Verfolgung auf. Ted fuhr wie der Teufel. Scharf zog er meinen Mustang in eine Seitenstraße. Ich wurde auf dem Sitz herum geworfen. Angela quietschte auf, als der Wagen auszubrechen drohte. Ted bekam ihn jedoch schnell wieder unter Kontrolle. Hinter uns tauchten die Scheinwerfer der Verfolger auf.

Ich hechtete auf die Rückbank. Angela kreischte kurz auf, als ich etwas unsanft auf ihr landete.

"Sorry", sagte ich hastig und drückte sie in die Polster.

Keine Sekunde zu früh. Hinter uns ertönten erneut Schüsse. Das entstehende Geräusch, wenn sich Blei in Blech bohrt, ist nervenzerfetzend. Ted hatte alle Mühe, den Kugeln auszuweichen. Treffer waren Zufall.

Ich lugte über die Lehne und zog zur Sicherheit meine 45er aus dem Holster. Schießen wollte ich lieber nicht. Aus einem beweglichen Objekt heraus ein bewegliches Ziel zu treffen ist reine Glückssache. Die Chance, tatsächlich einen Treffer zu landen etwa so gering, wie ein Sechser im Lotto. Ich hätte nur unnötig Munition verballert. Zudem hätten Querschläger leicht Unbeteiligte verletzen oder gar töten können.

So blieb mir nichts anderes übrig, als Angela vor eventuellen Glückstreffern unserer Verfolger zu schützen und darauf zu hoffen, daß Ted die Kerle abhängen konnte.

Mein Kollege versuchte sein möglichstes. Trotzdem holten die Verfolger immer mehr auf.

Im nächsten Moment zog Ted den Wagen scharf nach links, in die nächste Seitenstraße hinein. Ich wurde gegen den Holm gedrückt und knallte mir versehentlich ein Loch ins Wagendach.

"Ted, du verdammter ...", begann ich und sicherte schnell meine Waffe. Weiter kam ich jedoch nicht, denn Ted fluchte ebenfalls auf.

Entsetzt warf ich einen Blick nach vorne. Ted hatte uns in eine Einbahnstraße manövriert. Allerdings in die falsche Richtung. Uns kam eine Menge Blech entgegen.

"Ich denke, du kennst dich hier aus? Sieh zu, wie du uns hier wieder heil heraus bringst", knurrte ich.

Einen Vorteil hatte dieses Manöver allerdings. Unsere Verfolger hatten die gleichen Schwierigkeiten, wie wir. Selbst sie konnten in diesem Augenblick nicht ans Schießen denken.

Immer wieder mußte Ted den entgegenkommenden Fahrzeugen ausweichen. Wütendes Hupen war die Antwort auf unser Manöver.

Angela hatte sich tief in das Polster gedrückt und wagte kaum noch zu atmen, geschweige denn, nach vorne zu schauen. Die Verfolger fielen etwas zurück. An der nächsten Kreuzung bog Ted ab und nun fuhren wir wieder mit dem Verkehr.

Unsere Fahrt ging quer durch Manhattan. Immer die Verfolger im Nacken. Was mich aber erstaunte war die Tatsache, daß uns bisher kein einziger Streifenwagen begegnet war. Normalerweise trifft man alle naselang auf einen Wagen der Cops. Und bei unserer Fahrweise war es wirklich mehr als verwunderlich, daß sich die Polizei überhaupt nicht zeigte.

"Fahre zu den Piers. Dort werden wir die Kerle los", wandte ich mich an Ted. Mir war eine Idee gekommen.

"Was hast du denn jetzt schon wieder vor?", fragte mein Kollege gestreßt.

"Ich bin noch nicht zum Ölwechsel gekommen", grinste ich und hielt die beiden Dosen Motoröl hoch. "Jetzt werden wir den Kerlen mal zu einer Rutschpartie verhelfen."

Ted zog meinen Mustang hart nach links und steuerte die Piers an. Oberhalb von Pier 83 herrscht um diese Zeit kein Verkehr mehr. Nur im Süden wird auch die Nacht über gearbeitet. Also ein idealer Platz, um meinen Plan in die Tat umzusetzen. Ich schraubte die Deckel auf und gab Ted Anweisungen, wie er zu fahren hatte.

"Angela, du hältst mich bitte fest", erklärte ich kurz, ehe Ted erneut abbiegen konnte.

Unser Wagen war noch nicht um die Kurve, als ich mich bereits durch das zerschossene Heckfenster auf den Kofferraum schob. Angela hielt meine Beine fest. Sorgfältig kippte ich das Öl auf die Teerdecke. Direkt in der Kurve leerte ich die Dosen dann endgültig. Allerdings mußte ich aufpassen, daß ich nicht aus dem Wagen fiel. Ich schaffte es.

Unsere Verfolger sahen zwar, daß ich etwas auf die Fahrbahn kippte, aber bis sie begriffen, was es war, war es für sie längst zu spät. Sie mußten um die Ecke biegen, wollten sie nicht im Hudson landen. Doch sie hatten überhaupt keine Chance, ihren Wagen auf die Gerade zu lenken, geschweige denn, rechtzeitig abzubremsen.

Ihr Wagen begann auch schon zu schlingern und kreiselte quer über die Öllache.

Ted hielt den Mustang an. Gespannt sahen wir durch die zersplitterte Heckscheibe.

Der Wagen unserer Verfolger kreiselte geradewegs auf die Bordsteinkante zu, die verhindern sollte, daß jemand versehentlich im Fluß landete. Dahinter ging es direkt abwärts in den Hudson. Der Wagen hüpfte über die Kante und verschwand aus unserem Blickfeld. Ein lautes Platschen verriet, daß er gelandet war.

Ich atmete auf.

"Gratuliere, Kleiner. Auf diese Idee muß erst mal jemand kommen", lobte Ted und hielt den Mustang vor einer nahe gelegenen Telefonzelle. Wir mußten den 'Unfall' wenigstens melden. Falls es doch Verletzte gab, daß ihnen geholfen wurde.

"Auf die Idee ist schon jemand gekommen", schmunzelte ich, als ich den Anruf gemacht hatte. "Das habe ich in einem billigen Krimi gesehen. Ich konnte mir nicht vorstellen, daß es tatsächlich funktioniert. Der einzige Nachteil besteht darin, daß irgend jemand die ganze Sauerei wieder wegmachen muß, ehe es doch noch einen Unbeteiligten erwischt."

## 2. Mai 1969; 9:40 Uhr abends

"**N**a, gibt es etwas neues?", begrüßte uns Marta freudig, als wir mit Angela im Schlepptau bei ihr einmarschierten.

"Yes!", nickte ich. "Wo ist dein Mann?"

"Zu Hause." Nach einem Blick auf die Uhr fügte sie hinzu: "Vermutlich schon im Bett. Was wollt ihr denn trinken?"

Während Angela einen Scotch bestellte, hielt sich Ted an Coke. Ich genehmigte mir einen Kaffee.

"Alain, warum hast du mich da rausgeholt?", wollte Angela wissen, nachdem ich sie mit Marta bekannt gemacht hatte.

"Weil es Jackos auf Sie abgesehen hat. Eddy und Mart sollten Sie etwas bearbeiten", nahm mir Ted die Antwort ab.

"Na und?"

Ich sah sie erstaunt an. "Na und? - Die hätten dich kalt lächelnd krankenhausreif geschlagen."

"Glaubst du, so läßt Jackos von seinem Plan ab?", blieb Angela ruhig.

"Zumindest muß er dich jetzt erst einmal finden", erklärte ich kurz.

Angela schüttelte den Kopf. "Da mach dir mal keine Sorgen. Wenn er will, findet der mich überall."

"Wenn du zum FBI gehst und die G-men um Hilfe bittest, kann er auch nichts mehr machen", war ich mir sicher.

"Hältst du mich für lebensmüde?", lachte Angela bitter auf. "Du glaubst doch wohl nicht im Ernst, daß ich zu den Bullen renne? Ne', Junge, nicht mit mir. Weißt du, was mir blüht, wenn ich beim FBI antrabe?"

"Die G-men müssen dich beschützen."

"Die G-men müssen gar nichts. Sie werden mich ausquetschen wie eine Zitrone und wenn ich nichts sage, wandere ich in den Bau, wegen Prostitution. Wenn ich rede, habe ich nicht nur Jackos im Nacken. Die Organisation für die Jackos arbeitet ist wesentlich größer und gefährlicher. Das Aufräumkommando würde mich vor den Augen der G-men abknallen und die Jungs können nichts dagegen tun. Mein Leben ist mir zu kostbar, als das ich es schon beenden möchte. Schlage dir das aus dem Kopf. Ich werde jetzt mein Glas austrinken und zu Jackos zurück gehen. Wenn ich mich bei ihm entschuldige, wird es schon nicht so schlimm werden."

"Du spinnst ja. Willst du dich von diesen Kerlen vielleicht zusammenschlagen lassen?"

"Lieber so, als unter der Erde zu landen. Ich gehe vielleicht für ein paar Tage ins Hospital, aber ich habe die Chance, mit dem Leben davonzukommen. Tut mir leid Alain, aber dein Aufwand war umsonst."

Ich verstand die Welt nicht mehr. "Das ist nicht dein Ernst? Glaubst du vielleicht, ich habe mein Leben aufs Spiel gesetzt und dich da rausgeholt, damit du nun freiwillig wieder zurück gehst? Oh nein. So haben wir nicht gewettet."

"Ich habe dich nicht gebeten, mir zu helfen. - Alain, das Spiel ist zu gefährlich. Du hättest dich da nicht einmischen sollen. Du bist noch zu jung, um schon ins Gras zu beißen. Und wenn du so weiter machst, wird das nicht mehr lange dauern. Was du auch versuchst, du hast keine Chance. Du hast selbst dein Todesurteil gesprochen, als du begonnen hast, dich da einzumischen. Ich gebe dir einen guten Rat. Packe deine Koffer und verschwinde, so weit weg wie nur möglich. Das ist das Beste was du tun kannst."

"Augenblick mal. Eben hast du selbst noch gesagt, daß dich Jackos umlegen wird, wenn du redest. Also mußt du doch etwas wissen. Warum gehen wir nicht zusammen zum Oberstaatsanwalt und erzählen ihm alles? Dann wandert Jackos hinter Gitter und mit ihm seine Mannschaft. Und wenn die hinter Gittern sitzen, können sie dich schlecht umlegen."

"Junge, du weißt nicht, mit wem du dich da anlegst. Vergiß es. Ich bin nicht lebensmüde. Kanntest du Stones, Meralis, Angelos oder Brigens? - Das waren Kronzeugen. Alle vier wollten gegen die Organisation aussagen. Sie wurden vom FBI in Schutzverstecken gehalten bis zum Prozeßbeginn. Keiner der Vier kam überhaupt bis zum Gerichtsgebäude. Keiner der Vier lebt noch. Die Kerle haben sie alle ins Jenseits befördert - und die G-men standen daneben und konnten nichts tun. Die Kerle waren schneller. Weshalb glaubst du, mußte deine Freundin sterben? - Weil sie die Burschen gereizt hatte. Selbst wenn sie vor Gericht mit ihrer Aussage nicht durchkam. Diese Kerle fackeln nicht lange. Es gibt gegen Jackos keine Beweise. Niemand ist bereit, gegen ihn auszusagen. Die Leute haben Angst, weil sie wissen was passiert, wenn sie den Mund aufmachen. Sie würden keine zwei Worte sagen können und hätten schon eine Kugel im Kopf. Ich habe keine Lust, die Radieschen schon von unten zu bewundern. Laß mich da raus."

"Es gibt Beweise. Wir haben die Tonbänder, auf denen Jackos nicht nur zugibt, Caren getötet zu haben, sondern auf denen er mich auch noch laut und deutlich auf seine Abschußliste setzt und wenn du aussagst, wird er für lange Jahre gesiebte Luft atmen", versuchte ich es weiter.

"Nein, ich werde bestimmt nicht aussagen", blieb Angela stur. "Mit deinen Bändern kannst du vor Gericht nichts anfangen. Sie sind nicht als Beweis zugelassen. Jackos würde mit grinsendem Gesicht den Prozeß gewinnen und ich müßte es ausbaden. Vergiß es."

"Der Kerl kocht auch nur mit Wasser."

"Ja, aber mit Feuerwasser. Und der Teufel persönlich steht direkt hinter ihm und paßt auf ihn auf. Und gegen den kann niemand etwas ausrichten. Wer es versucht hat, lebt nicht mehr. Der steckt alle in die Tasche. Der besticht Staatsanwälte, Cops, Minister und Richter. Der legt, wenn es sein muß, seine eigene Mutter um. Das ist kein kleiner Ganove, der sich mit anderen auf der Straße prügelt. Gegen den bist du nur ein winziger Wicht, den er mit dem kleinen Finger zerdrücken kann. Hör auf, bevor es zu spät ist. Du kommst an den Mann nicht heran. Das haben schon andere vor dir versucht. Selbst das allmächtige FBI ist gegen ihn machtlos."

"Das kann ich mir nicht vorstellen. Das glaube ich einfach nicht."

"Junge, du hast es hier mit der Mafia zu tun. Weißt du eigentlich, was das ist? - Das ist nicht nur Jackos und auch nicht nur sein Boß. Hinter Caraldi steht noch eine riesige Organisation. Die ist über die ganze Ostküste verteilt. Die haben überall ihre Leute. Nicht nur hier in Manhattan. Selbst Caraldi ist nicht der große Boß. Auch er hat nur die Befehle eines anderen zu befolgen. Solltest du es wirklich schaffen und Jackos aus dem Verkehr ziehen, dann bekommst du es mit Caraldi zu tun. Und wenn du den auch schaffst, kommt der nächste und dann wieder ein anderer. Jeder von denen ist noch eine Spur schlimmer als Jackos, oder gar Caraldi. Und selbst Caraldi ist schon eine Spur zu groß für dich. Was du da treibst ist Selbstmord. Hör auf!", wurde Angela eindringlich.

"Deine komische Mafia kann nicht die ganze Polizeiorganisation in die Tasche stecken. Irgendwann bekommt man sie. Außerdem will ich nicht Caraldi, sondern Jackos."

Angela lachte verbittert auf. "Es ist aber nicht damit getan, Jackos aus dem Verkehr zu ziehen. Sobald du Jackos ans Bein pinkelst, kommen Caraldis Leute und beseitigen nicht nur die Pisse, sondern auch den Verursacher. Und wenn Jackos dich tatsächlich auf die Liste gesetzt hat, dann kommt dieser Befehl von ganz oben, selbst wenn es nicht gesagt wird. - Alain, gegen die kommt keiner an. Glaube mir. Und selbst wenn, dann erlebst du das nicht mehr. Sollte wirklich mal einer von denen im Knast landen, dann ist es wegen Falschparken. - Träume von mir aus weiter, solange du noch kannst. Ich habe dich gewarnt. Ich mache bei diesem Spiel nicht mit."

Angela zahlte, schwang sich vom Hocker und verschwand.

Marta sah mich nachdenklich an. "Was die Frau gesagt hat, stimmt."

"Das glaube ich einfach nicht. Wenn diese Kerle soviel Dreck am Stecken haben, dann muß es auch Beweise dafür geben. Zeugen, irgend etwas."

"Gibt es nicht, sonst wäre die ganze Bande längst hinter Gitter. Und wenn Jackos tatsächlich ein Kopfgeld auf dich ausgesetzt hat, dann wird es in den nächsten Tagen verdammt ungemütlich für dich", erklärte Marta und ich sah ihr die Sorge sehr deutlich an.

"Ich mache weiter. Ihr könnt mir erzählen, was ihr wollt. Ich bin hinter Jackos her. Jackos hat zugegeben, daß er Caren auf dem Gewissen hat und Angela hat es ebenfalls gesagt. Den Rest werde ich auch noch beweisen. Das schwöre ich."

Ich zahlte meinen Kaffee und verließ fluchtartig die Snackbar. Ted eilte hinter mir her und warf sich auf den Beifahrersitz. "Wo fahren wir hin?", erkundigte er sich, als ich bereits den Motor startete.

"Zum Federal Attorney. Ich will die Bänder abgeben."

"Du hast doch gehört, daß er im Bett liegt und schläft. Er wird nicht gerade erfreut sein, wenn du ihn rauswirfst", gab Ted zu bedenken.

"Wir können nicht warten. Es gibt zuviel zu tun."

"Das heißt, du machst weiter?", fragte Ted nach.

"Ich meine, das hätte ich eben erst gesagt."

Ted sah mich von der Seite her an und verpaßte mir dann einen freundschaftlichen Stoß in die Rippen. "Okay Kumpel. Du hast Mut, das muß man dir lassen. Ich bin dabei. Es wird uns zwar vermutlich das Leben kosten, aber wir werden den Kerl schon zur Strecke bringen. – Und, wenn man der Kirche glauben kann, haben wir ja noch immer ein ewiges Leben im Himmel vor uns." Die leichte Spur Sarkasmus in seiner Stimme war deutlich herauszuhören.

Ich atmete erleichtert auf. Zu zweit würde es doch einfacher sein, gegen Jackos anzukommen. Naja, jedenfalls dachte ich das.

## 2. Mai 1969; 11:30 Uhr abends

"**A**lain, was du da vorhast ist Wahnsinn. Das klappt nie", rief Curtis entsetzt, als ich ihm meinen Plan erklärt hatte. Sein Entsetzen war verständlich. Doch wir hatten wirklich keine andere Möglichkeit.

"Mit dieser Einstellung bestimmt nicht. - Sir, es ist die einzige Möglichkeit Jackos zu überführen und vielleicht sogar Caraldi festzunageln. Sie haben doch die Bänder gehört. Sie wissen, daß mich Jackos umlegen lassen will. Die Kerle werden mich über den ganzen Kontinent jagen, um mich zu bekommen. Uns bleibt keine andere Wahl."

Über die ganzen Ereignisse vergaß er sogar, wegen der späten Störung böse zu werden. Nachdenklich lief er im Bademantel in seinem Wohnzimmer auf und ab. Ted saß schweigend in einem Sessel und verfolgte das Gespräch mit Spannung. Bisher hatte er sich aus allem heraus gehalten und mich reden lassen. Auch Marta war inzwischen nach Hause gekommen und versorgte uns mit weiterem Kaffee.

"Kann Ted mitmachen?", fragte Curtis.

"Nicht bis zum Schluß. Er muß mir den Rücken frei halten. Zudem hoffe ich ja auf weitere Hilfe."

Martas Gatte schüttelte den Kopf. "Ich weiß nicht ob das FBI da mitmachen würde. Sie haben es nicht gerne, wenn ihnen ein kleiner Schnüffler die Arbeit abnimmt."

"Sie wollen doch Jackos, oder? Was also spricht dagegen?"

"Dein Alter!", ließ Curtis die Katze endlich aus dem Sack. "Du bist zu jung. Den Agents wird das Risiko zu groß sein. Die Presse zerreißt sie in der Luft, wenn etwas schief geht."

"Es muß ja nichts schiefgehen. Was soll das Theater eigentlich? Ich bin volljährig. Ich kann selbst entscheiden, was ich mache", warf ich ein.

"Alain, du bist gerade mal 20 Jahre alt. Du kannst über so etwas nicht selbst entscheiden. Das geht erst ab 21 - und bis dahin hast du noch ein halbes Jahr Zeit. Versteh doch endlich. Was glaubst du, weshalb ich dir Ted mitgegeben habe? Gerade damit nichts geschieht. Ich darf es gar nicht zulassen. Das Risiko ist zu groß. Ich werde als Oberstaatsanwalt abgesetzt, wenn dir etwas geschieht."

"Es wird nichts geschehen", gab ich mich zuversichtlich. "Sir, ich habe doch alle Sicherheiten, die man sich nur wünschen kann. Wenn Sie den Rest erledigen, haben wir Jackos. Dann kann er sich nicht wieder herausreden. Dann helfen ihm auch seine zehn Anwälte nicht mehr. Mein Plan ist gut, das wissen Sie. Ich habe verdammt wenig Lust, noch sechs Monate zu warten, bis ich diesen Mistkerl endlich aus dem Verkehr ziehen kann. Wahrscheinlich wird er mich vorher schon erwischen. Wir haben einfach keine Zeit mehr", erwiderte ich heftig.

Curtis sah mich nachdenklich an und schüttelte den Kopf. "Ich kann es nicht zulassen."

"Ich ziehe es durch, so wie ich es geplant habe. Ob Sie mir dabei helfen oder nicht. Aber wenn ich dann dabei draufgehe, werden Sie sich ewig Vorwürfe machen", fuhr ich ihn an. Ich sprang vom Sessel und stürmte dem Ausgang entgegen.

"Marechal!", rief mich Curtis zurück, als ich schon an der Tür war. Ich blieb stehen und wartete.

"Du bist ein Dickkopf, selbst wenn du wahrscheinlich noch gar nicht begreifst, auf was du dich da einläßt. - Gib mir 12 Stunden. Ich will sehen, was ich bis dahin tun kann. Du wirst solange untertauchen. Die Kerle müssen dich nicht vorher schon in die Hände bekommen. Haben wir uns verstanden?"

Ich nickte erleichtert: "Ja Sir!"

"Melde dich heute mittag gegen 3 Uhr bei mir. Dann kann ich dir sagen, ob es anlaufen kann."

"Danke, Mr. Curtis."

Ich brachte Ted noch zu seinem Wagen, der vor Martas Snackbar parkte. Er wollte wieder zurück zum Federal Attorney, um mit ihm alles vorzubereiten. Ich benötigte dringend eine Mütze voll Schlaf und hatte Hunger. Doch Lust, mir ein Zimmer in einem Hotel zu suchen, hatte ich auch nicht. Weshalb untertauchen? So etwas kostete nur Geld, und das hatte ich nicht. Dafür besaß ich ein Zimmer in der elterlichen Wohnung.

### 3. Mai 1969; gegen 2 Uhr nachts

Es war bereits fast 2 Uhr morgens, als ich langsam die Columbus Avenue hinauffuhr. Noch war wenig Verkehr auf den Straßen und so fiel mir der Wagen auch sofort auf, der in gleichbleibendem Tempo hinter mir herfuhr.

Immer wieder sah ich in den Rückspiegel. Es mußte ein Chevrolet sein. Ich fragte mich, wer mir da an den Fersen klebte? Waren es die Leute von Jackos, oder die von Caraldi? Ich hatte weder Lust mit dem einen, noch mit dem anderen zusammenzustoßen. Mir blieb nur eins, ich mußte sie abschütteln.

Nun konnte ich zeigen, was ich während meiner viermonatigen Ausbildung gelernt hatte. Doch so einfach, wie es damals war, war es hier nicht.

Ich erwähnte schon, daß mein Mustang nicht das neueste Modell war? Die Ventile klapperten, doch der Motor hatte sich bis jetzt ganz gut gehalten.- Bis jetzt.

Ich fluchte und warf einen ärgerlichen Blick auf die Motorhaube. Weißer Qualm stieg darunter hervor und nahm mir die Sicht. Im nächsten Moment gab der Motor den Geist auf. Es sah fast so aus, als hätte ich nicht nur, trotz warnender Kontrollampe den Ölwechsel, sondern auch vergessen das Kühlwasser aufzufüllen.

"Verdammte Karre. Mußt du ausgerechnet jetzt den Geist aufgeben?" Der Wagen rollte aus und stand schließlich. Alleine mit gutem Zureden ließ er sich auch nicht mehr starten.

Ich warf einen Blick in den Rückspiegel. Ein gutes hatte es ja. Durch den dunklen Rauch der unter dem Wagen hervor quoll, wurde meinen Verfolgern ebenfalls die Sicht genommen. Sie fuhren mehr oder weniger im Blindflug hinter mir her. Wobei ich zu diesem Zeitpunkt ehrlich gesagt keine Ahnung hatte, ob sie überhaupt noch vorhanden waren, da ich ja ebenfalls nichts mehr sah.

So wie es um meinen Wagen herum qualmte, konnte ich froh sein, daß mir der Motor nicht gleich um die Ohren geflogen war. Vielleicht sollte ich bei meinem nächsten Fahrzeug doch mal regelmäßige Inspektionen machen.

Ich rutschte auf die Beifahrerseite hinüber und kletterte ins Freie. Und hier sah ich, daß meine Verfolger hartnäckiger waren, als ich gehofft hatte. Sie hatten ebenfalls angehalten, waren bereits ins Freie gesprungen und wollten gerade auf mich zustürzen. Es waren zwei Männer in Anzügen und Hüten, die sich einfach nicht abschütteln lassen wollten.

Ich ließ mein qualmendes Wrack zurück, nahm die Beine unter die Arme und lief los. Ich flitzte quer über die Avenue, tauchte in den nächsten Hausflur ein, eilte durch die Hintertür wieder hinaus und quer über den Hof. Sofort verschwand ich durch die Hintertür im nächsten Hausflur - und knurrte einen Fluch. Die Vordertür war abgesperrt und durch die Milchglasscheibe der Hintertür sah ich bereits die Verfolger nahen. Hastig blickte ich mich um. Es gab nur noch eine Fluchtmöglichkeit. Nach oben.

Immer drei Stufen auf einmal nehmend jagte ich die Treppe hoch. Als ich das zweite Stockwerk erreichte, hörte ich unten die Tür scheppern. Schritte polterten die Stufen hinauf. Ich jagte weiter. Im fünften Stockwerk schien Endstation zu sein. Erst in letzter Sekunde entdeckte ich die Holztür, die auf den Boden und das Dach führte. Ich hechtete weiter. Vom Dachboden aus führte eine schmale Stiege auf das Dach.

Meine Lungen stachen und mein Herz raste bereits, als ich die Stiege in Angriff nahm. Die Luke ließ sich leicht öffnen. Ich zog mich auf die Teerpappe hinauf und knallte die Klappe wieder zu. Gehetzt sah ich mich um.

Unsere Dächer sind im allgemeinen etwas feines. Mit etwas Glück kann man so einen ganzen Straßenzug entlang wandern. Zudem gibt es noch zahlreiche Deckungsmöglichkeiten. Aufzug- oder Luftschächte, und Schornsteine. Oft reicht sogar die Feuerleiter bis zum Dach hinauf.

Bei diesem Dach hatte ich im ersten und letzten Fall Pech. Nach vorne und rechts lagen Straßen und nach hinten der Hof. Das Haus zur Linken hatte zwei Stockwerke mehr. Fenster gab es auf dieser Seite nicht und die Feuerleiter war auch unerreichbar. Ich war also gefangen.

Mit letzter Kraft warf ich mich hinter einen der beiden Luftschächte in Deckung. Keine Sekunde zu früh. In der Luke tauchte bereits ein Hut auf. Ich preßte mich an die Wand des Schachts und atmete tief durch. Meine Finger zitterten etwas, als ich meinen 45er heraus fischte.

Ein bleiches Gesicht schob sich auf das Dach, beleuchtet vom schwachen Licht des Dachbodens und dem nächtlichen Schein, der wie eine Glocke immer über der City schwebt.

Ich hatte ein sonderbares Gefühl in der Magengegend. So sah doch kein Gangster aus? Oder legten die seit neuestem die Maske des Biedermannes an? Nachdem, was ich bisher alles über Caraldi erfahren hatte, war dem Mann alles zuzutrauen. Von Jackos Leuten war es jedenfalls keiner. Vorsicht schien geboten.

Ich entsicherte meine Walther, als der Oberkörper des Mannes in der Luke sichtbar wurde.

Ehe ich zielen konnte, war er schon auf dem Dach und tauchte in Deckung. Der zweite Mann streckte seinen Kopf durch die Luke. Ich visierte die Dachpappe an und zog durch.

Die Kugel sirrte über die Teerpappe. Das Gesicht des Mannes verschwand fast sofort.

"Marechal, hör mit dem Blödsinn auf. Wir sind vom FBI!", kam es hinter dem Kamin hervor, den sich der Erste als Deckung ausgesucht hatte.

"Der Bluff zieht nicht. Den habe ich selbst erst vor einigen Stunden gebracht. Laßt euch was besseres einfallen!", rief ich zurück und behielt die Luke im Auge.

"Das ist kein Bluff. Wir sind Special Agents des FBI. Ich würde dir gerne meinen Ausweis zeigen, wenn du mir die Möglichkeit gibst", kam es erneut.

Ich traute meinen Augen nicht, als der Kerl tatsächlich hinter dem Kamin hervortrat, die Arme vom Körper abgespreizt und deutlich unbewaffnet.

"Sobald ich die Nasenspitze heraus stecke, wird mich dein Kumpel abknallen."

"Nein, wir schießen nicht. Das verspreche ich dir. Wären wir auf der falschen

Seite, hätten wir dich längst umlegen können. Du kannst uns vertrauen."

"Nicht für alles Geld der Welt. Was wollt ihr von mir?"

"Wir wollen nur mit dir reden. Ein paar Kerle sind bei deinen Eltern eingedrungen. Dein Vater liegt mit einem Herzinfarkt im Hospital."

"Hör endlich mit dem Gesülze auf. Vor dem Trick hat mich meine Großmutter vor 16 Jahren schon gewarnt. Verschwindet, oder ich treffe das nächste Mal." Ich glaubte dem Kerl kein Wort. Das konnte nur ein Bluff sein. Doch, zu wem gehörten diese Kerle? Zu Caraldi, oder doch zu Jackos?

"Ich komme jetzt zu dir, damit ich dir meinen Ausweis zeigen kann."
Mein Blick wechselte zwischen Luke und diesem Kerl, der nun langsam auf mich zukam.

Waren Gangster denn wirklich so dreist? Hatten sie soviel Vertrauen in ihre Worte? Irgendwie traute ich Caraldi auch das zu. Seine Leute wußten mit Sicherheit, wie man solche Anfänger wie mich überrumpeln konnte.

Ich durfte diesen Typen einfach nicht trauen. Weshalb sollte auch das FBI plötzlich hinter mir her sein, oder weshalb sollte die Sache mit meinen Eltern stimmen? Das ergab einfach keinen Sinn.

Ich drückte mich flach gegen den Luftschacht und erwartete den Mann. Wenn er sich seiner Sache wirklich so sicher war, dann würde er wohl ziemlich deckungslos vor mir auftauchen.

Kaum hatte ich den Gedanken zu Ende gedacht, als ich auch schon seine Schritte hörte. Ich wartete noch kurz, dann war ich mir sicher, daß er direkt an der Ecke stand. Als er im nächsten Moment in meinem Blickfeld auftauchte, packte ich zu und rammte ihm meinen Kopf vor die Brust.

Der Aufprall dröhnte in meinem Schädel nach. Der Erfolg war jedoch deutlich sichtbar. Dem Mann wurde die Luft aus den Lungen gedrückt. Irgend etwas, daß er zuvor in der Hand gehalten haben mußte, wirbelte durch die Luft und landete zwei Meter weiter fast lautlos auf der Dachpappe. Es war mir egal, was es war, eine Waffe war es jedenfalls nicht, soviel hatte ich erkannt.

Mein Angriff kam für den Kerl so unerwartet, daß er gar nicht zu einer Gegenreaktion kam. Sofort setzte ich nach. Wie ein nasser Sack ging er zu Boden.

Das konnte kein G-man sein. Die waren härter im Nehmen, die ließen sich auch von so billigen Tricks nicht überrumpeln. So gut war ich schließlich auch nicht, daß ich einen ausgewachsenen FBI Agenten ausknocken konnte.

Schnell faßte ich unter seine Jacke und zog seine 38er aus der Schulterhalfter. Sicher war sicher.

Ich schob die Waffe in meine Jackentasche und ließ den Kerl liegen, ohne mich weiter um ihn zu kümmern. Mit einem Satz war ich wieder an der Ecke.

Ob sich der zweite Mann noch immer auf der Stiege befand, wußte ich nicht. Ich machte die Probe aufs Exempel und feuerte eine Kugel über das Dach. Nichts geschah.

Hm, das konnte ja nun alles bedeuten. Ich runzelte die Stirn. "He, ich habe hier deinen Komplizen. Wirf deine Knarre weg, oder dein Freund ist tot!", rief ich laut.

"Marechal! Mach keine Dummheiten", kam es hinter dem Kamin hervor. "Greife meinem Kollegen in die rechte Brusttasche. Dort steckt sein Ausweis. Dann kannst du dich davon überzeugen, daß wir wirklich Special Agents des FBI sind."

Ich dachte gar nicht daran. Während ich seinen Kumpel durchsuchte, schlich er sich womöglich an mich heran. Ich tat ganz etwas anderes. Ich warf dem Schlafenden noch einen kurzen Blick zu und huschte dann leise über das Dach.

Gleich darauf tauchte ich hinter dem zweiten Luftschacht in Deckung. Schnell sah ich mich um, ehe ich weiter schlich. Nichts geschah. Mir war gar nicht gut.

Vorsichtig pirschte ich mich an den Kamin heran und peilte, mit vorgehaltener Waffe, um die Ecke. Nichts.

Ich schluckte einmal trocken und lauschte angestrengt. Schleichend wurde die nächste Ecke in Angriff genommen. Der Schläfer schien wieder munter zu werden. Er rief mir irgend etwas zu. Ich verstand es zwar nicht, war aber doch für eine Sekunde abgelenkt. Ich wollte gerade um die Ecke peilen, als eine Faust auf mich zugeflogen kam.

Ich konnte gerade noch ausweichen und den Schlag damit etwas abschwächen. Trotzdem schrammte mir die Faust hart über den Wangenknochen. Ich taumelte zurück und da sah ich den zweiten Mann. Er flog förmlich auf mich zu.

Schnell sprang ich zur Seite und entging dem Angriff.

Der Mann hatte seinen Revolver eingesteckt und kam erneut auf mich zu. "Hör auf, Junge. Du machst dir nur unnötige Schwierigkeiten", sagte er leise.

"Wenn ich aufgebe, bestimmt. Aber darauf würde ich mich nicht verlassen." Kaum hatte ich das gesagt, da schoß ich auch schon meine Linke vor.

Der Mann blockte den Schlag ab und setzte mir gleichzeitig seine Rechte in die Magengrube. Ich schluckte den Schmerz hinunter und knallte ihm meine Rechte in die kurze Rippe. Er stöhnte auf.

Gleich darauf bekam ich seine Linke recht schmerzhaft zu spüren, als er sie mir ein zweites Mal in den Leib rammte. Sofort wollte er mit der Rechten nachsetzen, doch da war ich schon zur Seite gesteppt und ließ ihn meine Rechte spüren.

Der Kerl hatte eine verdammt gute Kondition. Ehe ich ausweichen konnte, knallte er mir seine Linke vor die Brust, daß mir die Luft aus den Lungen gedrückt wurde. Ich taumelte zurück.

Der Kerl ließ mir keine Zeit zum Luft holen, sofort war er wieder bei mir. Gerade noch rechtzeitig konnte ich unter seinem Schlag wegtauchen. Ich schoß meine Rechte vor.

Der Mann fing meinen Arm ab und wandte einen Karategriff an, der mich mit einem Salto durch die Luft wirbelte. Benommen rollte ich mich ab, sprang vor und riß meinen Gegner von den Füßen.

Er kam sofort wieder hoch und griff an. Der Kerl war einfach nicht müde zu kriegen. Kaum hatte ich einen Schlag plaziert, gab er auch sofort wieder Kontra. Dann brachte ich endlich etwas Luft zwischen uns. In meinem Magen rumorte es. Er hatte eindeutig einige Treffer zuviel abbekommen und beschwerte sich nun. Ich mußte dem Kampf endlich ein Ende machen.

Mein Gegner stand etwa 2 Yard vor mir und sah mich lauernd an. Ich nahm die Deckung hoch und wollte erneut angreifen, als mir plötzlich jemand ins Kreuz sprang und mich zu Boden riß. Hart knallte ich mit dem Kopf auf die Teerpappe. Sternchen zerplatzten vor meinen Augen.

Irgend etwas stemmte sich auf meinen verlängerten Rücken. Meine Arme wurden nach hinten gezerrt. Kaltes Metall legte sich um meine Handgelenke, Hände tasteten mich ab. Meine Waffe und die aus meiner Jackentasche verschwanden.

'Aus!', fuhr es mir irgendwo zwischen den Sternchen, dem Nebel vor meinen Augen und der Übelkeit im Magen durch den Kopf.

### 3. Mai 1969; 2:50 Uhr morgens

**D**er Kerl gab mich schließlich wieder frei. Zumindest verschwand er von meinem Rücken. Meine Hände waren noch immer gefesselt. Da nutzte auch alles Ziehen und Zerren nichts, zudem hatte sich mein Magen noch immer nicht beruhigt.

Ich rollte mich auf die Seite und krümmte mich zusammen. Mein Magen rebellierte und gab den reichlich genossenen Kaffee der letzten Nacht her. Erschöpft ließ ich mich zurück fallen, schloß die Augen und versuchte, meine Kräfte zu sammeln. Es dauerte etwas, bis das flaue Gefühl im Magen nachließ und ich mich wieder einigermaßen normal fühlte. Noch leicht benommen rollte ich mich auf die andere Seite und stieß gegen etwas hartes.

Nur zögernd lichtete sich der Schleier vor meinen Augen.

Mein Blick wanderte langsam nach oben. Hinweg über die grauen Hosen und das graue Straßenjackett, in das hagere Gesicht mit den hellen Augen.

Der Besitzer musterte mich neugierig. "Das hättest du dir ersparen können."

Ich reagierte nicht darauf. Mein Blick suchte den zweiten Mann. Er lehnte lässig am Kamin und hatte den selben Gesichtsausdruck wie sein Kumpel. Seinen Hut hatte er weit ins Genick geschoben und in seinem rechten Mundwinkel hing eine halb gerauchte Zigarette.

Die Kerle mußten so eine Art Uniform haben, denn dieser Bursche trug ebenfalls einen dunklen Straßenanzug. Unter dem Jackett leuchteten ein weißes Hemd und eine dunkle Krawatte hervor. Das Jackett war unter der linken Achsel leicht ausgebeult und verriet die Waffe. Und noch immer hatte ich keine Ahnung, was diese Kerle eigentlich von mir wollten.

Um mich umzulegen, hätten sie inzwischen Zeit genug gehabt. Oder wollten sie die Angst in meinen Augen sehen, die sicher kommen würde, wenn es soweit war?

"Na los. Komm schon hoch", forderte der Typ neben mir freundlich. Es war der Mann, den ich zuvor auf die Bretter geschickt hatte. Irgendwie hatte ich gehofft, daß er nicht so schnell wieder zu sich kommen würde und irgendwie mußte ich mich selbst als Esel bezeichnen.

Da hatte ich vier Monate lang ununterbrochen eingetrichtert bekommen, daß man einen Gegner nicht nur kampfunfähig machen, sondern auch weitere Angriffe von ihm verhindern sollte, indem man ihn vernünftig sicherte. Etwas, daß ich im Camp automatisch und im Schlaf beherrscht hatte, und hier in der Praxis, wo es um mein Leben ging, hatte ich es schmählich vergessen. Ein wirklich toller Privatdetektiv war ich.

Der Kerl beugte sich zu mir hinunter, packte mich am Arm und half mir auf die Füße. Ich revanchierte mich, indem ich ihm hart vors Schienbein trat. Automatisch ließ er mich los und wich zurück. Ich nutzte die Chance und jagte auf den Kaminsteher zu.

Doch ehe ich ihm meinen Kopf in die Magengrube rammen konnte, verpaßte er mir einen Schlag und schickte mich damit abermals auf die Teerpappe. Im nächsten

Augenblick war er bei mir, zerrte mich nach oben und stieß mich gegen den Kamin. Meine Gelenke hart im Griff, drückte er meine Arme schmerzhaft nach oben und mich mit dem Gesicht gegen die Kaminwand.

Ich stöhnte gequält auf.

"Hast du immer noch nicht genug?", quetschte er zwischen den Zähnen hervor und hatte nicht mal seine Zigarettenkippe aus dem Mundwinkel verloren.

Sein Komplize kam auf mich zu gehumpelt. Sein Gesicht wirkte hart und sein Blick schien mich durchbohren zu wollen.

Ich schluckte trocken. 'Jetzt legen sie dich sicher um. Jetzt bist du gerade 20 Jahre alt geworden und hast nichts dazu gelernt. Ade du schöne Welt', fuhr es mir durch den Kopf. Aber wer sollte mir solche Gedanken auch verdenken?

Der Mann schob seine rechte Hand unter das Jackett. Dorthin, wo seine Waffe steckte, während mich sein Kumpan noch immer eisern festhielt. Der Griff war so hart, daß ich mich überhaupt nicht mehr rühren konnte, ohne Gefahr zu laufen, mir selbst den Arm zu brechen, oder die Nase, die am Kamin sowieso schon krummgebogen wurde.

Der Blick meines Gegenübers hielt mich noch immer gefangen. Langsam zog der Kerl seine Hand wieder zurück und ich bemerkte das kurze Flackern in seinen Augen. Nur kurz versuchte ich mich gegen den eisernen Griff zu wehren. Mit unterdrücktem Stöhnen mußte ich jedoch gleich wieder aufgeben.

Mein Gegenüber sah fast amüsiert aus, wirkte jedoch auch etwas ratlos, als er nun seine Taschen absuchte und doch nicht das fand, was dort eigentlich sein sollte.

Erneut schluckte ich - und starrte dann erstaunt auf das braune Mäppchen, das mir der Kerl in meinem Rücken nun vor die Nase hielt.

Oh, ich Riesenkamel. Ich war ein noch größeres Rindvieh, als ich gedacht hatte. Die Kerle waren tatsächlich G-men. Der blaugoldene FBI-Stern leuchtete mir entgegen und wies ihn als Special Agent aus. Laut Ausweis hieß er Jimmy Caron und war Beamter des Federal Bureau of Investigation. Der Ausweis sah zumindest sehr echt aus.

"Du hättest dir doch eben fast in die Hosen gemacht vor Angst. Stimmt's?", kam es auch schon von Caron.

Diese Antwort blieb ich ihm schuldig.

"Ich hoffe, du bist nun zufrieden?", sagte sein Kollege und ließ den Strahl einer kleinen Taschenlampe über das Dach gleiten. Endlich hatte er gefunden, was er suchte und nun wurde mir auch klar, was ihm bei unserem 'Zusammentreffen' aus der Hand gefallen und von mir unbeachtet geblieben war.

Es war sein Ausweis. Schnell sammelte er ihn auf und hielt ihn mir ebenfalls unter die Nase. Ich hätte vielleicht doch gleich einen Blick darauf werfen sollen. Dann wäre mir einiges erspart geblieben. Zumindest sein Kollege, der mir noch immer die Schultergelenke auskugelte und damit beschäftigt war, mich in die Kaminwand zu drücken.

"Special Agent Fred Stone", stellte er sich noch vor und grinste triumphierend.

"Okay, ich bin zufrieden. Aber könnte mich Ihr Kollege vielleicht wieder loslassen, ehe ich doch noch eins mit der Wand werde?", erkundigte ich mich stöhnend.

Der G-man lockerte seinen Griff und drehte mich um, während er mich auch weiterhin am Jackenärmel festhielt. Vermutlich befürchtete er, daß ich ihm doch noch entwischen würde.

"Hätten Sie sich nicht gleich ordentlich vorstellen können? Ich dachte schon, meine letzte Stunde hätte geschlagen", knirschte ich sauer und rollte die Schultern. Sie taten verteufelt weh und auch mein Nacken hatte etwas gelitten.

"Das haben wir, doch du wolltest es ja nicht glauben", verteidigte sich Caron.

"Ich wußte ja nicht, daß Sie ebenfalls hinter mir her sind. Den Bluff mit dem FBI habe ich ja selbst erst vor kurzem gebracht. - Ich glaube, ich habe mich ziemlich blöd benommen."

"Da siehst du mal, wieso man nicht leichtfertig den Namen des FBI mißbrauchen soll. Allerdings hoffe ich, daß du deine Lektion gelernt hast. Sei froh, daß wir keine Gangster sind. Die hätten dich kalt lächelnd über den Haufen geschossen. Du hast zu viele Fehler gemacht, die dir leicht das Genick hätten brechen können. Du mußt noch einiges lernen. So, hast du gegen Jackos und Caraldi keine Chance. - Doch eines muß man dir lassen. Du bist ein verdammt harter Gegner", lächelte Caron und rieb sich vielsagend das Kinn.

"Tut mir leid, soll nicht wieder vorkommen", entschuldigte ich mich zerknirscht. "Aber da das nun geklärt ist, könnten Sie mir vielleicht diese albernen Handschellen wieder abnehmen, oder bin ich wegen irgend etwas verhaftet?"

"Ich denke, die lassen wir zur Sicherheit vorerst mal noch dran", bekam ich zur Antwort.

Ich mußte ihnen wirklich ganz schön zugesetzt haben, daß sie noch immer darauf bestanden. Wie ein Schwerverbrecher kam ich mir vor, als wir zu dritt das Dach verließen und zu ihrem Dienstwagen zurück kehrten.

Meinen Mustang hatte die Verkehrspolizei inzwischen von der Fahrbahn geräumt und auf irgendeinem Hof in Verwahrung genommen. Wahrscheinlich würde ich bald ein Ticket wegen Abstellen von Schrott auf öffentlichen Straßen, Parken in zweiter Reihe oder Verkehrsbehinderung zugeschickt bekommen.

Caron hielt mir die Fondtür auf und schob mich in den Wagen, darauf bedacht, daß ich mir nicht den Kopf am Holm anstieß.

"Was wollen Sie eigentlich von mir? Ich meine, weshalb sind Sie mir gefolgt?", erkundigte ich mich, als die Tür geschlossen war und die beiden sich auf den Vordersitzen niedergelassen hatten.

"Auch das sagte ich dir schon. Jemand war bei deinen Eltern und hat sie überfallen. Dein Dad wurde zusammengeschlagen und liegt mit einem Herzinfarkt im Hospital."

"Was ...? Wie ... wie geht es ihm?", es traf mich wie ein Schlag in die Magengrube.

"Den Umständen entsprechend. Dein Vater ist außer Gefahr. Ihm konnte rechtzeitig genug geholfen werden. Er wird wieder völlig gesund. Deine Mutter stand kurz vor einem Nervenzusammenbruch. Auch sie wird vorerst noch zur Beobachtung im Krankenhaus bleiben. Du brauchst dir um sie keine Sorgen zu machen. Sie sind in den besten Händen. Kollegen von uns passen dort auf sie auf. Es wird niemand an deine Eltern heran kommen."

Ich war beruhigt und lehnte mich im Sitz zurück. Etwas unbequem, wenn man die Hände hinter dem Rücken gefesselt hat. "Und weshalb trage ich noch immer Handschellen? Abhauen kann ich hier doch nicht mehr. Zudem gibt es keinen Grund für mich, abzuhauen."

"Wir wurden von Federal Attorney Curtis angewiesen, dich in Schutzhaft zu nehmen", erklärte Caron.

"Warum?" Ich erschrak. "Was heißt Schutzhaft? Soll ich etwa in eine Zelle eingesperrt werden? Ich habe doch überhaupt nichts verbrochen."

"Es ist zu deiner Sicherheit. Dort, wo wir dich hinbringen, findet dich Jackos garantiert nicht. Mr. Curtis glaubt nämlich nicht daran, daß du untertauchen willst. Womit er zweifellos recht hatte. Du warst doch gerade auf dem Weg nach Hause, oder?"

Ich nickte zögernd. "Ja, was ist daran so schlimm? Ich bin schließlich nicht Rokkefeller. Ich kann mir ein Hotel nicht leisten."

"Von einem Hotel war auch gar keine Rede. Untertauchen heißt nicht, in einem teuren Hotel das Geld auf den Kopf hauen, sondern in der Versenkung zu verschwinden. Entweder sich bei einem Freund einquartieren oder über einen solchen ein billiges Zimmer mieten. Stubenarrest. Verstanden? Zudem hätte dir Mr. Curtis sicher aus dieser peinlichen Misere herausgeholfen, wenn du ihm die Sache erklärt hättest. Aber wahrscheinlich warst du zu stolz, um dir Geld zu leihen", kam es nun von Stone, der mich durch den Rückspiegel forschend ansah.

Caron wandte sich zu mir um und musterte mich ernst. "Ich verstehe nicht ganz, wie du überhaupt bis jetzt überlebt hast? Vor deiner Haustür warten die Kerle nur darauf, daß du dort auftauchst. Du hast in ein Wespennest gestochen und weißt es nicht mal. Jackos ist nicht der einzige, der hinter dir her ist. Es gibt noch Caraldi und wenn der dich in die Finger bekommt, ist es aus mit dir. Verstehst du, was ich meine?"

"Ich weiß, daß er mich ebenfalls haben will. Aber ich weiß nicht, was er gegen mich hat? Ich will doch gar nichts von ihm."

"Du hast ihn gereizt. Das ist alles. Doch so etwas kann er nicht auf sich sitzen lassen."

"Wenn Sie so genau über das Vorgehen dieser Verbrecher informiert sind, wieso zum Teufel unternehmen Sie dann nichts?", fragte ich aufgebracht.

"Weil wir ihnen nichts nach..."

" ...weisen können", vollendete ich den Satz. "G-men, das habe ich schon zig mal gehört. Warum krallen Sie sich diese Kerle nicht endlich? Gehen Sie hin und verhaften Sie die Typen, die vor meiner Tür stehen."

"Weswegen? Nur weil sie vor deiner Haustür stehen? Sie werden sich alles mögliche einfallen lassen. Doch den wahren Grund werden sie nicht sagen. Wir können sie nicht einfach verhaften. Dafür brauchen wir einen triftigen Grund", klärte mich Stone auf.

"Hausfriedensbruch, Körperverletzung, Verdacht auf Bandenbildung. Reicht das? Gibt es denn keine Beschreibung von den Typen? Meine Eltern müssen die Kerle doch gesehen haben."

"Mit deinem Vater konnten wir noch nicht sprechen und deine Mutter konnten wir auch noch nicht fragen."

Der Wagen hielt im Fuhrpark des FBI Headquarters. Mit dem Lift ging es in die neunte Etage hinauf, wo Stone und Caron ein Büro haben. Sie boten mir Platz, Kaffee und Zigaretten an.

Während ich den Platz und den Kaffee dankend annahm, lehnte ich die Zigaretten ebenso dankend ab. Ich war Nichtraucher.

Als ich mich gesetzt und einen Becher Kaffee vor mir stehen hatte, nahm mir Stone auch endlich die Handschellen ab und begann: "Allright Sonnyboy, dann wollen wir mal. Ich nehme an, du weißt, wie es bei einem Verhör zugeht?"

"Nein - wieso Verhör? Ich verstehe nicht", stotterte ich verwirrt.

"Du hast einigen Staub aufgewirbelt. Du hast zusammen mit Ted Richards Angela Rodriges aus einer Bar entführt. Ihr seid, wie die Wilden, durch Manhattan gefahren und habt dabei nicht nur das Tempolimit von 35 Mph um einiges überschritten, sondern auch noch erheblich andere Verkehrsteilnehmer gefährdet. Abgesehen von einem Wagen, den wir aus dem Hudson Becken gefischt haben, gab es noch einige Verletzte und sogar einen Toten. Dazu kommen noch mehrere Blechschäden, die durch eure Fahrweise entstanden sind. Insgesamt beläuft sich der Schaden auf fast 20.000 Dollar. Inklusive Bergungskosten und Gebühren für die Straßenreinigung, die nach eurer Ölschlacht notwendig wurde. Dieser Betrag betrifft lediglich die Sachschäden. Zusammen ergibt das nächtliche Ruhestörung, Zerstörung fremden Eigentums, fahrlässige Körperverletzung in vier Fällen - mit Todesfolge in einem Fall, Gefährdung der öffentlichen Sicherheit, vorsätzliche Verschmutzung öffentlicher Verkehrswege, sowie unterlassene Hilfeleistung."

Mir war gar nicht gut. "Es war Notwehr", versuchte ich mich zu verteidigen, doch meine Stimme klang weniger überzeugend. "Die Kerle hätten uns umgelegt, wenn sie uns erwischt hätten. Wir wollten Angela nur helfen. Jackos hat es auf sie abgesehen. Die Beweise liegen bei Federal Attorney Curtis. Dort können Sie nachfragen. Und Erste Hilfe haben wir, mehr oder weniger geleistet. Wir haben die Rettung informiert und dafür gesorgt, daß den Kerlen geholfen wird."

Stone war wenig beeindruckt. "Das ist uns bekannt. Wir haben bereits mit Mr. Curtis gesprochen. Doch wir würden gerne von dir noch einmal erfahren, was eigentlich los war."

Ich hatte ein mulmiges Gefühl in der Magengegend. "Gab es wirklich einen Toten?"

"Ja!", bestätigte Caron. "Ein Passant der von einem Querschläger getroffen wurde. Zwei Pkw-Insassen wurden verletzt, als euch ihr Wagen ausweichen mußte. Der Fahrer verlor dabei die Gewalt über sein Fahrzeuge und prallte gegen zwei parkende Autos. Sein Beifahrer erlitt ein Schleudertrauma, er selbst eine Rippenprellung, als er gegen das Lenkrad geschleudert wurde."

"Weder Ted, noch ich haben geschossen. Ted hat den Wagen gelenkt und mir war es zu riskant, aus dem fahrenden Wagen heraus zu schießen. Erstens hätte ich vermutlich sowieso nur mit viel Glück etwas getroffen und zweitens weiß ich, was Querschläger anrichten können. Unsere Verfolger haben die Knallerei veranstaltet", rechtfertigte ich mich. "Was war mit den beiden anderen Verletzten?" Mir war gar nicht gut, wenn ich daran dachte, daß ich an ihrem Schicksal mitverantwortlich war. "Sind es die aus dem Hudson?"

"Nein. Die Insassen konnten sich ans Ufer retten und verschwinden, ehe die Cops eintrafen. Wir wissen bis jetzt noch nicht, wer sie sind. Zwei unbescholtene Gäste der "Hot Pool" Bar wurden verletzt, als sie dem Mädchen helfen wollten und mit einem ganzen Pulk aus der Bar stürzten. Sie dachten du und dein Kollege wollten sie entführen."

"Das - das wollte ich nicht", stammelte ich. "Ich wollte nicht, daß jemand verletzt, oder gar getötet wird. Wir wollten Angela helfen. Jackos hat zwei seiner Leute auf sie angesetzt. Das wollten wir verhindern. Aus diesem Grund fuhren wir zur "Hot Pool". Ted legte Ricky schlafen. Danach gingen wir in das Lokal. Ted wartete an der Tür, während ich Angela holen wollte. Doch Giorgio und Skin hatten mich zu früh entdeckt und hetzten die Leute auf uns. Da habe ich den Bluff mit dem FBI gebracht. Das gab uns etwas Zeit. Als wir die Bar verlassen wollten, bemerkte Lionel, daß es nur ein Bluff war und die ganze Meute setzte sich in Bewegung. Wir wußten, was uns blüht, wenn uns die Männer erwischen. Wir bekamen sogar noch unerwartete Hilfe. Irgend jemand hielt uns die Meute vom Leib. Bis auf den einen Pkw. Wir hatten Angst und wollten nur weg. Wir wollten niemanden verletzen", sagte ich leise.

"Warum bist du so scharf auf Jackos?", wollte Stone wissen.

"Er hat Caren auf dem Gewissen. Sie war meine Freundin und gerade erst 18 Jahre alt. Er hat sie entführt, drogensüchtig gespritzt und zur Prostitution gezwungen. Als ich herausfand, daß Jackos dahinter steckt, ließ er mich von Tony und Lionel mit Kokain vollpumpen und verprügeln. Ich lag über eine Woche im Krankenhaus und mußte danach noch zwei Wochen lang zu Hause bleiben. Meinen Freunden gelang es derzeit Caren zu finden. Sie machte ihren Entzug und wir unsere Aussagen. Jackos widersprach. Es stand Aussage gegen Aussage. Das Verfahren wurde mangels an Beweisen eingestellt. Einen Monat später hat er sich Caren geholt und erneut mit Heroin vollgepumpt. Sie war so high, daß sie vor einen Truck stolperte. Ich habe ihre Leiche gesehen. Noch am Tatort. Wie sie auf der Straße lag. Ich ...", ich unterbrach mich selbst und mußte erst einmal tief durchatmen. Hastig nahm ich zwei Schluck Kaffee, um den aufsteigenden Kloß loszuwerden.

Erneut sah ich die Bilder des Unfalls vor Augen. So deutlich, als sei es erst eben geschehen. Ich mußte mich zusammenreißen, um nicht in Tränen auszubrechen.

"Gegen Jackos gab es wieder keine Beweise", fuhr ich schließlich fort. "Doch er war es, das weiß ich. Er hat es selbst zugegeben und Angela hat es gestern Abend bei Marta bestätigt. Sie hat mir einiges von Jackos und Caraldi erzählt und mich auch vor den beiden gewarnt. Doch sie will nicht gegen sie aussagen. Sie hat Angst. - Jetzt haben diese Kerle auch noch meine Eltern mit hineingezogen."

"Du hast dich mit der übelsten Sorte Gangster angelegt, die man sich vorstellen kann. Man kommt nicht an sie heran. Wir hatten es geschafft, einen Kollegen in die Organisation einzuschleusen. Er war plötzlich wie vom Erdboden verschluckt. Es gibt nicht mal Beweise dafür, daß Jackos oder Caraldi mit seinem Verschwinden in Verbindung stehen. Wir haben diese beiden lange beschattet. Solange, bis du mit deiner Wild West Show in Jackos' "Hot Pool" aufgetaucht bist und unsere Tarnung sabotiert hast. Deine unerwarteten Helfer saßen in einem blauen Kastenwagen und waren gerade damit beschäftigt, die Telefone zu überwachen, als du aus der Bar gestürmt bist. Die Kollegen mußten zwangsweise ihre Deckung verlassen, um dir zu helfen. Schließlich konnten sie nicht zulassen, daß dich fast 20 Mann fertigmachen. Du hast alles über den Haufen geworfen. Jetzt können wir wieder ganz von vorne anfangen und solche Wildwestmethoden haben wir nicht gerne", erklärte Stone ernst.

"Sorry, das wußte ich nicht. - Aber eines irritiert mich. Wenn Sie mir schon vorwerfen, ich hätte eine lange Beschattung zunichte gemacht. Wieso, zum Geier, konnten sie dann den feigen Mord an Caren oder den Überfall auf meine Eltern nicht verhindern?"

"Wir können nicht überall zugleich sein", schaltete sich Caron ein. Das Telefon unterbrach ihn. Er nahm ab und meldete sich. Nachdem er einige Sekunden gelauscht hatte, sagte er kurz: "Wir kommen sofort!", und legte den Hörer wieder auf die Gabel. "So, Sonnyboy!", wandte er sich dann an mich. "Wir müssen das Verhör jetzt unterbrechen. Ein Kollege wird dich in eine Zelle bringen, wo du vorerst mal bleibst. Dort bist du sicher aufgehoben. Zudem können wir dich so besser im Auge behalten."

Gleich darauf stand auch schon ein uniformierter Beamter im Zimmer. Er brachte mich nach unten und führt mich in eine Einzelzelle. Hier mußte ich meine Taschen leeren, soweit mir Caron und Stone nicht sowieso schon meine Sachen abgenommen hatten, und mußte meine Schuhe und Jacke abgeben, dann schloß sich die Zellentür hinter mir.

Da stand ich nun. Eingesperrt, wie ein Schwerverbrecher. In einer Gefängniszelle des FBI New York City. Kein guter Anfang für meine Superkarriere.

## 3. Mai 1969; 5 Uhr abends

Sie ließen mich den ganzen Tag warten. Ich hatte Zeit genug, den dringend benötigten Schlaf nachzuholen und bekam sogar von einem Zivilisten zweimal Essen in die Zelle gebracht. Es war zwar nichts besonderes, vermutlich aus der hauseigenen Kantine, und bestand aus belegten Broten, Apfelkuchen und dünnem Kaffee. Aber es reichte wenigstens, um den Hunger notdürftig zu stillen.

Wenn ich nachfragte, wann ich denn endlich wieder gehen könne, hieß es nur, Stone und Caron würden mich holen, sobald sie Zeit für mich hätten. Sie seien gegenwärtig sehr beschäftigt.

Gegen 5 Uhr abends wurde ich dann doch endlich aus der Zelle geholt und in einen kargen Raum gebracht, der keinerlei Fenster, aber an einer Wand einen grossen Spiegel hatte und nicht mehr Mobiliar besaß als einen Tisch und drei Stühle.

Auf einem dieser Stühle saß ein hochgewachsener, schlanker Mann im Straßenanzug und war in eine Akte vertieft.

Als ich nun, etwas verwirrt, auf den Tisch zutrat und nicht recht wußte, was ich hier sollte, sah er auf und wies auf den Stuhl ihm gegenüber. "Ich bin Special Agent Jeremias Boops und möchte Ihnen einige Fragen stellen."

Ich ließ mich auf dem harten Stuhl nieder und nickte ihm zur Begrüßung kurz zu. "Wo sind Ihre Kollegen Fred Stone und Jimmy Caron? Ich dachte, sie wollten sich mit mir unterhalten?"

"Sie sind beschäftigt, deshalb werde ich das Verhör fortsetzen. Haben Sie ein Problem damit?"

"Äh ... nein. Es hat mich nur interessiert."

"Gut. Möchten Sie einen Rechtsbeistand informieren?"

"Weshalb? Ich habe nichts verbrochen und das, was ich getan habe, dazu stehe ich auch."

Er nickte zufrieden, beugte sich wieder über die Akte und begann mit dem Verhör. Es war furchtbar. Er bombardierte mich mit Fragen und ließ mir kaum Zeit zum Antworten. Er wollte alles von mir wissen, fragte nach meiner Vergangenheit, nach Drogen und ob ich schon mal welche genommen hatte oder noch nahm und betitelt mich auch gleich als Lügner, als ich guten Gewissens verneinte.

Es wäre aktenkundig, daß ich schon einmal mit Drogen in Kontakt gekommen sei. Laut Aussagen meiner früheren Kollegen hätte ich nicht nur in der "Hot Pool" hin und wieder einen Joint geraucht, sondern sei ja auch mit Kokain im Blut ins Hospital eingeliefert worden.

Ich wies den G-man darauf hin, daß der Vorwurf des Besitzes von verbotenen Substanzen vom Gericht abgewiesen wurde. Diese Anschuldigungen hätte Jackos gemacht, um mich vor Gericht zu diskreditieren und meine Anzeige gegen ihn als geradezu lächerlich darzustellen. Sowohl Lieutenant Monroe, als auch meine Eltern und Freunde hatten damals ausgesagt, daß sie mich niemals unter Einfluß von Drogen gesehen hätten. Zudem seien diese Vorwürfe veraltet und könnten kaum mit den jetzigen Geschehnissen in Verbindung gebracht werden. Dies sei rechtswidrig.

Boops verschränkte die Arme vor der Brust und musterte mich nachdenklich. "Sie haben Ihr Studium auf der Columbia University abgebrochen und eine Ausbildung als Bodyguard gemacht. Ist das richtig?"

"Ja."

"Aber Sie haben sich nie bei einer Sicherheitsagentur beworben."

"Nein. Ich habe die Ausbildung auch nicht deswegen gemacht, sondern um Privatdetektiv zu werden."

"Und alles wegen dem Tod Ihrer Freundin?"

"Ja."

"Kann es nicht so sein, daß der Tod Ihrer Freundin nur als Vorwand für ihre berufliche Laufbahn diente? Daß Sie diesen Weg nicht einschlugen, um den Mörder von Caren Bernstein zu überführen, sondern um Aufnahme in einer gewissen Personengruppe zu erlangen?"

"Bitte ... wie? Welcher Personengruppe? Ich verstehe nicht."

Boops zog ein Foto aus der Akte und schob es über den Tisch. Es war mehr als peinlich, denn es zeigte mich, wie ich gerade an die Tür des "Stonewall Inn"[2] klopfen wollte. Einer bekannten Schwulenkneipe in der Christopher Street. Gerade eine Querstraße von Martas Snackbar entfernt.

Ich war damals gerade 16 Jahre alt und hatte nachts immer wieder mal erotische Träume mit Männern. Ich fand keine vernünftige Erklärung dafür, außer der, daß solche Träume wohl zur sexuellen Reife dazu gehörten und ganz normal waren. Schließlich ist Homosexualität eine Geisteskrankheit und in meiner Familie hatte es solche Krankheiten niemals gegeben. Weshalb sollte gerade ich dann geistig nicht ganz richtig sein?

Eine Freundin hatte ich nicht und die meiste Zeit verbrachte ich mit Jack und Phil. Vielleicht, so überlegte ich, wurden diese Träume durch die Nähe zu den Freunden ausgelöst. Es gab eigentlich nur eines, was mir Gewißheit verschaffen konnte. Ich mußte mir die Kerle anschauen, die auf Sex mit anderen Männern standen. Mußte sehen, wie diese Typen aussahen, wie sie sich benahmen, wenn sie unter sich waren. Ich wollte mich davon überzeugen, daß ich ganz anders war als sie. Wollte die Gewißheit, daß ich normal war und nicht so pervers und krank wie diese Schwulen die diese Bar besuchten.

Aus diesem Grund raffte ich eines Tages meinen ganzen Mut zusammen und ging zur "Stonewall Inn". Ich hatte schon die Hand erhoben, wollte anklopfen, doch im letzten Moment verließ mich der Mut. Ich hatte Angst, wenn ich erst mal in dieser Bar bin, würde man mich zu diesen Homosexuellen zählen und das war das letzte, was ich wollte. Kurz danach hatte ich Caren kennen und lieben gelernt.

Ich hatte die Bar nie betreten und es war auch das einzige Mal, daß ich zumindest bis zur Tür gegangen war. Ich hatte es längst vergessen, bis mir der G-man nun das Foto vor die Nase legte und mir mit Schrecken bewußt wurde, daß ich möglicherweise bereits seit 4 Jahren beim FBI als schwul registriert war.

Er musterte mich schweigend und abwartend, was ich dazu wohl zu sagen hätte.

"Ich ..." Ich wurde wütend, bei dem Gedanken, mit welchen perfiden Mitteln das FBI in die Privat- und Intimsphäre anderer eingriff, ohne sie um Erlaubnis zu bitten. Wie man mehr oder weniger überwacht wurde und ohne sein Wissen einen Stempel aufgedrückt bekam. Und ich wußte nicht genau, wie ich den Verdacht, schwul zu sein, von mir weisen konnte. Mir fiel nur eines ein. "Es war eine Wette unter Jugendlichen. Ich sollte in die Bar gehen und einen "Beweis" meines Besuches mitbringen. Ich habe sie verloren."

"Das heißt, Sie wollten nicht austesten, ob Sie nicht doch eventuell die gleiche sexuelle Orientierung wie die Besucher dieser Bar haben?"

"Nein."

Der G-man zog ein weiteres Foto aus der Akte und schob es mir zu. Es zeigte mich beim Betreten des "Oscar Wilde Memorial Bookstore". Was sollte das?

Ich gebe zu, es war peinlich, aber es war noch längst kein Verbrechen einen Buchladen zu betreten und es war auch nicht verboten, vor der Tür einer Schwulenkneipe zu stehen.

"Sie wissen, was das für ein Laden ist und welche Personen sich dort in der Regel aufhalten?", fuhr Boops nach kurzer Pause fort.

Ich nickte nur und wartete ab was kam. Reichten die Fotos schon aus, um mich als homosexuell abzustempeln? War meine langjährige Beziehung zu Caren denn nicht Beweis genug dafür, daß ich ganz normal war?

"Sie wissen, daß sexuelle Handlungen zwischen zwei Männern, wovon mindestens einer das 21. Lebensjahr noch nicht vollendet hat, verboten sind und hohe Geld- oder sogar Gefängnisstrafen zur Folge haben können."

"Das ist ein Buchladen und kein Puff", konnte ich mir nicht verkneifen.

"Ich habe auch nie etwas anderes behauptet. Aber Fakt ist, daß sich in diesem Buchladen Gesetzesbrecher treffen und Dates ausmachen, um später ihren krankhaften Gelüsten zu frönen. Männer, die die Gesetze mit Füßen treten, gegen Moral und Anstand rebellieren und unschuldigen Jugendlichen Flausen in den Kopf setzen. Sie waren dort. Wie weit stecken Sie schon mit denen unter einer Decke?"

"Das ist doch Schwachsinn. Ich stecke mit niemandem unter einer Decke. Daß ich mir dort zwei Bücher gekauft habe, kann man mir wohl kaum zum Vorwurf machen."

"Und weshalb waren Sie dann dort, wenn Sie mit denen angeblich nichts zu tun haben? Weshalb waren Sie dort, wenn Sie sich nicht zu denen bekennen? Weshalb waren Sie nicht in einem normalen Buchladen?"

"Ich war dort, um zwei Bücher zu kaufen, die ich sonst nirgends bekommen hätte. Hören Sie, Agent Boops, ich war zu dieser Zeit nachweislich mit meiner Freundin Caren Bernstein zusammen. Glauben Sie vielleicht, sie wäre bei mir geblieben, wenn ich anderweitige Gelüste gehabt hätte? Glauben Sie, ihr Tod hätte mich derart getroffen, wenn ich sie nicht wirklich geliebt hätte? Ich habe mein Studium nicht abgebrochen und die Ausbildung gemacht, um mich der Schwulenbewegung anzuschließen. Ich habe es gemacht, um diesen Bastard von Jackos end-

128

lich zu kriegen. Um die Beweise zu finden, die ihn für das, was er getan hat, hinter Gitter bringen können. Und ich weiß verdammt noch mal nicht, was mein Besuch in diesem Buchladen mit Jackos zu tun haben soll."

"Weshalb waren Sie dann dort? War es ebenfalls eine "Mutprobe"?"

"Ich war dort um mir zwei Bücher zu kaufen. Das sagte ich doch schon."

Er blätterte die Akte durch und nickte: "'Liebe zwischen gleichgeschlechtlichen Partnern' und 'Homosexualität, was ist das?'", las er vor.

Was, zum Geier wußte der denn noch alles? "Sie haben verdammt viel Zeit, sich mit Nichtigkeiten zu beschäftigen, anstatt endlich den Abschaum der Stadt aus dem Verkehr zu ziehen. Halten Sie Homosexuelle wirklich für gefährlicher als Jackos und Konsorten? Oder kommt es mir nur so vor, als wäre es Ihnen wichtiger Leuten mit andersartigen Sexpraktiken nachzuspionieren, anstatt Schwerverbrecher und Mörder aus dem Verkehr zu ziehen?"

"Also gehören Sie doch zu diesen Menschen?", schlußfolgerte er auch gleich.

"Nein. Aber ich verstehe Ihre Motivation für diese Bilder nicht, für Ihr Interesse daran, daß ich einmal vor der Tür dieser Bar stand und daß ich mir in diesem Buchladen zwei Bücher gekauft habe. Dieser Mistkerl von Jackos konnte Caren eiskalt ermorden, während Sie vor einem Buchladen und einer Schwulenkneipe stehen und deren Kunden fotografieren."

"Sie verspüren durchaus solche Neigungen, trauen sich aber nicht, es vor anderen einzugestehen. Deshalb waren Sie dort, richtig?"

"Verdammt", fuhr ich auf. Mir riß nun endgültig die Hutschnur. "Was soll das? Wollen Sie mir mit Gewalt etwas ans Bein kleben, um einen Grund dafür zu finden, mich aus dem Verkehr zu ziehen? Ich finde es reichlich diffamierend, auf eine solche Weise in eine bestimmte Schublade gesteckt zu werden. Ich war aufgrund einer bescheuerten Wette vor dieser verdammten Kneipe. Aber ich war nicht drin, weil mich vorher der Mut verlassen hat. Und ja, ich war in diesem Laden, ich habe dort zwei Bücher gekauft und ich habe sie mit Interesse gelesen. Aber ich brauchte sie für eine Examensarbeit. Eines meiner Fächer auf der Uni war amerikanisches Strafrecht und ich kann nur ein Referat über etwas schreiben, daß ich auch verstehe. Aus diesem Grund habe ich mir die Bücher gekauft. Aus diesem Grund war ich in diesem Laden, weil es diese Bücher, die ich für meine Arbeit brauchte in keinem anderen Laden bekommen hätte. Sind Sie nun zufrieden? Ich bin nicht krank, ich bin nicht pervers und ich bin nicht schwul. Können wir nun endlich auf Caraldi und Jackos zurückkommen? Oder gibt es noch mehr Unwichtigkeiten, die sie mir vorwerfen wollen?"

"Das heißt, Sie zählen sich nicht zu dieser Gruppe Menschen gehörig?"

"Nein, verdammt noch mal. Oder wollen Sie mir auch noch eine Zugehörigkeit zu diesen Flower-Power-Hippies anhängen, die im Central Park ihre Anti-Vietnam-Demos veranstalten und mit Drugs and Love gegen den Krieg protestieren, nur weil ich gelegentlich durch den Central Park laufe?"

Der Blick des G-mans war nachdenklich. Schließlich nahm er die Fotos, schob sie in die Akte zurück und machte sich auf einem Zettel einige Notizen. Ohne noch einmal auf das Thema zurückzukommen, fragte er nun nach meinem Verhältnis zu Jackos und Caraldi. Was ich gegen sie hatte, weshalb ich sie haßte und töten wollte. Und immer wieder beteuerte ich, daß ich diese Gangster gar nicht ermorden, sondern lediglich für die Sache mit Caren hinter Gitter bringen wollte.

Er fragte auch nach Ted Richards. Welches Verhältnis ich zu ihm hatte, und wie er in der Sache mit drin hing. Auch das mußte ich ihm haarklein erklären.

Über zwei Stunden dauerte das Verhör noch und ich kam ganz schön ins Schwitzen. Der Agent drehte mir die Worte im Mund herum und versuchte mich immer wieder in Widersprüche zu verwickeln. Schließlich schnappte er die Akte, erhob sich und verließ ohne weitere Erklärung den Raum.

Ich war alleine. Erschöpft lehnte ich mich zurück und fuhr mir mit den Händen über das Gesicht und durch die Haare. Boops hatte erst frischen Kaffee aus der Kanne auf dem Tisch eingeschenkt. Er dampfte noch. Ich genehmigte mir einen Schluck und fragte mich, weshalb ich hier saß, während Jackos noch immer auf freiem Fuß war und ungehindert weitere Verbrechen verüben konnte.

Ich kam nicht darauf. Ich hatte keine Ahnung, was die G-men versuchten mir alles vorzuwerfen und weshalb überhaupt? Ich hatte nie gegen das Gesetz verstoßen. Was also sollte das?

Ich brauchte Bewegung. Nicht nur meine Knochen wurden auf diesem harten Stuhl steif, auch meine Gedanken schienen zu ermüden. Ich schob den Stuhl zurück und lief etwas in dem kargen Raum auf und ab. Doch auch das brachte keine neuen Erkenntnisse. Nur die Frage, was man jetzt noch von mir wollte und weshalb man mich so lange hier festhielt.

Irgendwann öffnete sich dann die Tür und Stone und Caron kamen mit noch einem Mann herein. Er war groß, kräftig und sportlich. Seine Haare waren dunkel und an den Schläfen leicht angegraut, und mit seinen mausgrauen Augen musterte er mich interessiert, aber ernst. Ich kannte ihn aus den Nachrichten.

"Das ist District Director George Tanner, unser Chef", wurde er mir von Stone vorgestellt.

Ich schüttelte auch ihm kurz die Hand, dann mußte ich mich wieder setzen, während sich Tanner auf dem Stuhl niederließ, auf dem bis vor kurzem noch Boops gesessen hatte. Auch er breitete eine Akte vor sich aus und blätterte darin herum. Ich war mir fast sicher, daß er den Inhalt inzwischen auswendig kannte und das blättern lediglich zum Zeitgewinn diente.

"Wir haben uns inzwischen mit Federal Attorney Curtis unterhalten und er hat uns von deinem Plan erzählt", begann Caron plötzlich, der schräg hinter seinem Chef stand.

Aha. Man kam endlich auf den Punkt.

"Sie stellen sich das sehr einfach vor, Marechal. Sie glauben, Sie brauchen nur bei Jackos reinspazieren, ihn etwas zu provozieren und ihn damit zu einem Geständnis zu bewegen, richtig?" Tanner hatte ruhig gesprochen und mich dabei forschend angesehen.

Ich nickte zögernd. So in etwa hatte ich es mir vorgestellt. Jackos hatte schließlich schon einmal zugegeben, daß er für Carens Tod verantwortlich war. Wieso sollte das also kein zweites Mal klappen? Und wenn die G-men aus dem Hintergrund zuhörten, dann wäre es ein leichtes, ihn damit zu überführen und endgültig festzunageln. Dann käme er aus dieser Sache nicht mehr so leicht raus.

"So einfach ist es aber nicht", fuhr Caron fort. "Jackos wird darüber nur ein mildes Lächeln verlieren und dich mit einem Fingerschnippen ins Jenseits befördern. Jackos ist eine Spur zu groß für dich. Er hat schon härtere Jungs abserviert, ohne dabei irgendwelche Spuren zu hinterlassen."

"Das heißt, Sie werden mich bei meinem Plan nicht unterstützen?", schlußfolgerte ich und sah in die Runde.

"Nein!" Dieses Wort, so ruhig es Tanner auch aussprach, war selbst für mich unmißverständlich.

"Sie wissen, daß mein Plan gut ist und klappen kann, und auch, daß es kaum einen anderen Weg gibt, Jackos endlich zu überführen. Weshalb lehnen Sie ab?"

"Du bist zu jung und zu unerfahren. Wir könnten diesen Plan niemals verantworten." Das war klar und deutlich.

"Das werde ich schon selbst verantworten", konterte ich und war entschlossen, nicht zurückzuweichen.

"Das kannst du nicht. Die Show, die du uns heute morgen geliefert hast, war uns Beweis genug dafür. - Junge, du würdest es nicht überleben. Sobald du bei Jackos auftauchst, bis du tot. Unser Kollege war seit 20 Jahren beim FBI und hatte Erfahrung genug im Umgang mit Verbrechern wie Jackos, und doch hat dieser Gangster ihn getötet, ohne auch nur den Hauch einer Spur zu hinterlassen. Und unser Kollege stand nicht auf der Abschlußliste - im Gegensatz zu dir."

"Aber ich habe doch Richards als Unterstützung und wenn sie mich überwachen lassen, dann kann gar nichts schief gehen."

"Ted Richards hat das einzig vernünftige getan und sich abgesetzt. Er ist längst nicht mehr in der Stadt. Weil er nämlich gerne weiterleben möchte. Zudem wurde unser Kollege ebenfalls überwacht. Jackos ist kein kleiner Handtaschendieb, der auf simple Tricks hereinfällt. Der Mann ist ein anderes Kaliber, und zwar ein ganz grosses. Wäre es so einfach, ihn herein zu legen, dann hätten wir das schon geschafft und der Mann säße längst hinter Gittern."

Ich weiß nicht weshalb, doch ich wollte von meinem schönen Plan einfach nicht ablassen. Ich wollte etwas tun. Egal was. Ich hatte keine Lust, mich aufs Abstellgleis schieben zu lassen und abwarten zu müssen, bis die G-men Jackos vielleicht irgendwann mal wegen einer Kleinigkeit zu fassen bekamen. Jackos würde mir niemals soviel Zeit dazu lassen, das war mir klar.

Ich versuchte es den G-men begreiflich zu machen, doch sie waren genauso stur wie ich und einen besseren Vorschlag hatten sie auch nicht anzubieten. Es gab nur zwei Möglichkeiten, die sie mir anboten. Entweder ich hielt mich da raus und überließ ihnen die Arbeit, oder sie zogen mich so lange aus dem Verkehr, bis Jackos hinter Gitter war. Sicher verständlich, daß mir die letzte Möglichkeit am wenigsten paßte.

Ich stimmte also zu: "Okay, aber ich werde ihn im Auge behalten."

"Nein, du hältst dich von ihm fern. Sobald wir dich in seiner Nähe sehen, kommst du in Schutzhaft. Ist das klar?"

Nicht mal aus der Ferne durfte ich ihn also beobachten. Aber die Schutzhaft wollte ich auch nicht. Womöglich hätte es Jahre gedauert, bis sie Jackos endlich etwas nachweisen konnten. Und so lange würde man mich dann festhalten. Im Gefängnis.

Resignierend gab ich nach. "Okay, ich lasse ihn in Frieden und halte mich von ihm fern, und Sie lassen die ganzen Anklagepunkte gegen mich fallen. Alles, was letzte Nacht geschehen ist."

Tanner, Stone und Caron wechselten einen Blick und überlegten. Schließlich stimmten sie zu: "Wir werden unser möglichstes tun, aber nur, wenn du unsere Abmachung auch einhältst und wenn du versprichst, einen vernünftigen Beruf zu lernen."

Es fiel mir zwar noch immer schwer, aber es blieb mir auch nichts anderes übrig, wollte ich nicht solange festgehalten werden, bis sie Jackos endlich geschnappt hatten oder eine Jugendstrafe wegen fahrlässiger Körperverletzung riskieren. Den Toten konnten sie mir ja nicht ankreiden.

Damit war dann alles gesagt und ich bekam meine persönlichen Gegenstände, meine Schuhe und Jacke wieder.

"Was ist, wenn sich Jackos Männer an mich heranmachen? Darf ich mich dann wenigstens zur Wehr setzen, oder nehmen Sie mich dann auch gleich fest?", fragte ich noch und steckte meine Waffe wieder ein.

"Solange du ihn nicht dazu provozierst und du keine andere Möglichkeit mehr hast, können wir es dir nicht verbieten. Es ist trotzdem ratsam, wenn du ihnen so weit wie möglich aus dem Weg gehst. Haben wir uns verstanden?"

Enttäuscht nickte ich. Somit war mir auch der letzte Weg versperrt, der mich vielleicht doch noch zu Jackos geführt hätte.

Frustriert schlüpfte ich in Schuhe und Jacke und verließ das FBI Gebäude. Mürrisch stapfte ich die Straßen hinunter. Mein Wagen befand sich ja noch immer auf irgendeinem Polizeiparkplatz und auf öffentliche Verkehrsmittel hatte ich momentan auch keine Lust. Dazu war ich viel zu sauer. Ein Spaziergang half mir da in der Regel am besten und vielleicht kam mir dabei ja eine gute Idee, wie ich es doch noch schaffen konnte, ohne die Abmachung zu brechen. Es mußte einfach einen Weg geben.

### 3. Mai 1969; 9 Uhr abends

Ich war noch immer ziemlich frustriert, als ich irgendwann bei Marta ankam. Zwar drängte es mich, meine Eltern im Hospital zu besuchen, doch ich wußte nicht mal, in welchem sie lagen und die G-men danach zu fragen, hatte ich auch keine Lust. Von ihnen hatte ich erst mal genug.

Marta hatte bereits von ihrem Mann erfahren, was geschehen war und mit meinem Erscheinen gerechnet. Auch wußte sie von dem Überfall auf meine Eltern. Doch auch sie konnte mir nicht sagen, in welches Krankenhaus man sie gebracht hatte. Frustriert erzählte ich ihr, daß mich die G-men zum Stillsitzen verurteilt hatten. Marta atmete erleichtert auf. Hatte sie sich doch große Sorgen gemacht, weil ich mich mit Jackos anlegen wollte.

Da ich noch immer nichts richtiges gegessen hatte und mein Hunger nicht geringer geworden war, bestellt ich mir bei Marta erst mal zwei Hamburger und einen Salat. Denn selbst etwas zu kochen, darauf hatte ich keine große Lust und bei Marta bekam ich immer Kredit.

Während sie das Essen zubereitete erzählte ich ihr, daß sich Ted einfach aus dem Staub gemacht hatte. Sie nickte. Auch das wußte sie bereits. "Es war das einzig Vernünftige, was er hatte tun können. Soviel ich weiß hatte er bisher zwar auch noch nicht persönlich mit der Mafia zu tun, aber er kennt sie und weiß, wozu die fähig sind. Vielleicht wäre es auch besser, wenn du eine Weile verreist. Zumindest so lange, bis etwas Gras über die Sache gewachsen ist."

"Ich sehe nicht ein, abzuhauen. Wenn Jackos mich haben will, dann soll er mich holen. Ich werde nicht wie ein Feigling einfach davonlaufen."

Marta schüttelte den Kopf. "Er wird dich töten, Alain. Ist es das denn wirklich wert? Willst du wirklich dafür sterben?"

"Wenn er dafür endlich das bekommt, was er verdient hat, dann nehme ich dieses Risiko in Kauf. Aber er wird mich nicht töten, da er sich damit selbst in die Nesseln setzen würde. Es wissen inzwischen zu viele, daß ich auf seiner Abschußliste stehe. Wenn mir etwas geschieht, dann ist er dran und wenn er wirklich so schlau ist, wie jeder behauptet, dann weiß er das auch und wird die Finger von mir lassen", war ich überzeugt.

"Das mag sein. Aber ich würde mich darauf nicht verlassen. Er findet einen Weg, wie er sich reinwaschen kann. Also überstürze nichts. Du bist noch jung und ungestüm, und wenn du tatsächlich irgendwann einmal gegen Leute wie Jackos eine Chance haben willst, dann mußt du lernen, dich zu beherrschen und abzuwarten. Einen kühlen Kopf bewahren und wachsam zu sein, nicht blindlings loszustürzen. Glaube mir, irgendwann wird Jackos geschnappt und landet im Gefängnis. Und wenn es nur wegen Geschwindigkeitsübertretung ist. Er wird die höchstmögliche Strafe dafür bekommen und für lange Zeit hinter Gitter verschwinden."

"Er soll gefälligst für das zahlen, was er verbrochen hat. Der Kerl gehört wegen Mordes auf den Stuhl und nicht wegen einer Lappalie für zwei oder drei Jahre ins

Gefängnis, um danach erneut seinen dreckigen Geschäften nachgehen zu können."

Marta wußte, daß sie mich so nicht überzeugen konnte. Kopfschüttelnd servierte sie mir die Hamburger und ihren selbstgemachten Maissalat und wandte sich ihren anderen Gästen zu.

Ich ließ es mir schmecken und hing meinen Gedanken nach. Noch immer war ich sauer auf Ted. Kaum wurde es ernst, zog er den Schwanz ein und verschwand. Da hatte mir Curtis ja wirklich ein tolles Kindermädchen besorgt. Dabei wollte mir Ted ja eigentlich helfen die Gangster zur Strecke zu bringen. Und wo war er nun? Verschwunden. Einfach abgehauen. Und ich dachte, ich könnte mich auf ihn verlassen. Naja, so wird man eben auch klug.

Ich schob schließlich den Teller zurück, nippte an meinem Kaffee und sah nachdenklich aus dem Fenster. Genau in dem Augenblick, als draußen ein Wagen hielt und zwei Männer ausstiegen. Eddy und Mart.

Ich sollte diesen Kerlen nicht zu nahe kommen und ihnen möglichst aus dem Weg gehen, wenn ich keinen Ärger wollte. Doch dazu war es bereits zu spät. Ich wäre nicht mal bis zum Ende der Theke gekommen, ehe sie mich entdeckt hätten. Also schied ausweichen aus. Aber wie sagt ein altes Sprichwort? "Angriff ist die beste Verteidigung!" Und hier im Lokal hatte ich noch den besten Schutz. Die beiden würden es gewiß nicht riskieren, mich hier drin eiskalt zu erschießen. Dazu war Martas Imbiß zu gut besucht. Es gab zu viele Zeugen. Und nicht mal Eddy und Mart würden sich auf diese Weise in die Nesseln setzen.

Ich blieb also wo ich war, zog meine Waffe und behielt sie im Schoß. Ich wollte erst einmal abwarten, was geschah. Wenn ich sie nicht beachtete, übersahen sie mich vielleicht und gingen wieder. Die Chancen dazu standen zwar nahezu bei Null, aber Eddy und Mart waren etwas unterbelichtet und so durfte ich ihnen sogar das zutrauen.

Hinter mir ging die Tür auf und die Schritte der beiden waren zu hören, als sie das Lokal betraten. Aus den Augenwinkeln heraus konnte ich ihre Spiegelbilder in der Fensterscheibe sehen. Sie steuerten sofort die Theke an, was bewies, daß sie mich schon von draußen entdeckt hatten. Direkt hinter mir bauten sie sich auf und sie schienen sehr siegessicher.

"Hi, Teewurst. Is' ja toll, daß wir dich hier finden", sülzte Eddy auch schon los.

Ich wandte mich langsam um und sah die beiden fest an. "Das beruht allerdings nicht auf Gegenseitigkeit", erwiderte ich ruhig. Meine Rechte hatte ich um den Knauf meiner 45er gelegt und mein Finger lag am Abzug. "Was wollt ihr von mir?", fuhr ich mit unbewegter Miene fort.

"Mr. Jackos hat Sehnsucht nach seinem Gläserwäscher. Skin kommt alleine nicht mehr klar. Er vermißt seinen kleinen Affen", griente Mart breit.

"Richtet ihm aus, daß ich kein Interesse daran habe. Skin soll seinen Dreck selbst weg machen." Der Lauf meiner Waffe zeigte auf Eddys Bauch. Doch er hatte es noch nicht bemerkt. Selbst Mart hatte die Waffe in meiner Hand noch nicht entdeckt.

"Das geht nicht. Mr. Jackos hat uns gesagt, wir dürften nicht ohne dich kommen, sonst ...", mit der Handkante fuhr sich Mart über die Kehle. "Dir bleibt also gar keine andere Wahl, als uns zu begleiten."

"Es ist euer Problem, wie ihr euch mit Jackos auseinander setzt. Ich bleibe hier. Wenn ihr mich zwingen wollt mitzukommen, dann bitte."

"Reiß das Maul nicht so weit auf und komm. Mit dir werde ich noch allemal fertig. Dich verspeis' ich doch zum Frühstück", spielte sich Eddy auf.

"Versuch's!", schlug ich vor und mußte nun doch grinsen. "Aber vorher würde ich an deiner Stelle mal ein wenig nach unten schauen, du Komiker."

Eddy tat es und starrte direkt in die Mündung meiner 45er. Die Farbe wich aus seinem Gesicht und mit ihr das Lächeln.

"Mach' keine Dummheiten, Marechal. Wir haben haufenweise Zeugen, die genau gesehen haben, daß du uns eiskalt abgeknallt hast. Das Ding da ist kein Spielzeug." Seine Stimme hatte viel von ihrer Festigkeit verloren.

"Kein Spielzeug? Na so was aber auch", schüttelte ich verdutzt den Kopf und schob spielerisch den Abzugshahn nach hinten, bis er einrastete. "Mir kam der Spielzeugladen doch gleich komisch vor. Und ich dachte, das wäre eine Wasserpistole. Bist du sicher, daß da nicht doch Wasser rauskommt? Das müßte ich doch gleich mal ausprobieren." 'Ich hätte Schauspieler werden sollen', fuhr es mir durch den Kopf.

Eddy begann zu schwitzen. "Mach' keinen Quatsch. Hier gibt es haufenweise Zeugen. Du wanderst auf den Stuhl, wenn du uns umlegst."

"Ach erzähl. Da werde ich euch wohl enttäuschen müssen, denn die Leute hier gehören schon zu mir und werden bezeugen, daß ich mich nur verteidigt habe. Ihr seid einfach hier reingeplatzt und wolltet die Gäste überfallen. Na, wie gefällt euch das?"

Eddy und Mart wurde es langsam etwas zu heiß im Lokal, denn auch der letzte Gast hatte inzwischen bemerkt, daß hier etwas im Busch war und hatte sein Gespräch eingestellt.

"Du kannst uns nicht gleichzeitig umlegen", versuchte es nun Mart.

"Vielleicht habe ich das ja auch gar nicht vor", sagte ich leichthin.

"Nicht? Aber ..."

Im Lokal war es so still, daß man eine Stecknadel hätte fallen hören. Alle starrten zu uns, warteten darauf, daß jeden Augenblick irgend etwas geschehen würde.

"Ich weiß. Ihr hättet mich zu gerne in einen Briefbeschwerer verwandelt und im Hudson versenkt. Dieses Vergnügen habe ich euch ja nun schon verpatzt. Vielleicht reicht es mir ja, euch für immer ins Krankenhaus zu bringen. Meine Chancen stehen jedenfalls sehr gut."

"Soweit kommst du gar nicht. Einer von uns wird immer noch genug Zeit haben, dich zu verarbeiten", war sich Eddy sicher.

"Ich würde es nicht darauf ankommen lassen. Vielleicht bist du ja der Erste, der es zu spüren bekommt."

Ich gebe zu, ich war keineswegs so ruhig, wie es den Anschein hatte. Zwar traute ich Eddy und Mart nicht viel Grips zu, aber das machte sie nicht weniger gefährlich. Sobald ich auch nur einen Hauch nachlässig wurde, würden sie es sofort ausnutzen und dann war mein Leben wirklich keinen Pfifferling mehr wert.

"Ich glaube, jetzt haben wir genug gequatscht. Kommst du jetzt freiwillig mit?", versuchte sich Mart als harter Bursche.

"Nein", blieb ich stur und spannte die Muskeln.

Ehe die Beiden begriffen was geschah, kam bereits Action in mich. Blitzschnell stieß ich meinen 45er vor und rammte Eddy den Lauf in die Magengrube. Während er sich zusammen krümmte, knallte ich Mart meine Linke auf die Nase. Aufschreiend taumelte er zurück.

Eddy, der sich inzwischen halbwegs erholt hatte, wollte zum Gegenangriff übergehen. Schnell vereitelte ich seine Absicht, indem ich ihm meine Füße vor die Brust stieß. Gleich darauf schwang ich mich vom Hocker und zog Eddy den Lauf meiner 45er über den Schädel.

Diesem Schlag hielt er nicht mehr stand. Laut polterte er auf das Linoleum und blieb benommen liegen, während Mart noch immer stöhnend beide Hände auf seine Nase preßte.

Marta handelte schnell und reichte mir einige Schnüre. Damit stapfte ich auf den wimmernden Gangster zu und stieß ihm meinen 45er in die Rippen. Das ließ ihn schnell seinen Schmerz vergessen. Aus haßerfüllten Augen starrte er mich an.

"Verpacke mal deinen Kumpel. Aber richtig schön fest, sonst wird er von der Post nicht angenommen", knurrte ich drohend und reichte ihm ein paar der Stricke.

Mart machte sich zähneknirschend an die Arbeit. Als er Eddy gefesselt hatte, durfte er sich auf den Boden legen, damit ich ihn ebenfalls verpacken konnte. Ich überzeugte mich noch, daß Eddy schön fest verschnürt war, ehe ich beruhigt aufatmen konnte.

Erst jetzt wurde mir wieder die Geräuschkulisse bewußt. Ich hatte an Martas Gäste gar nicht mehr gedacht. Keiner hatte den Versuch unternommen, mir zu helfen. Sie hatten nur schweigend auf ihren Stühlen gesessen und zugesehen, wer gewinnen würde. Erst jetzt, da alles erledigt war, kam wieder Leben in die Gesellschaft. Die meisten zahlten schnell und verdrückten sich ins Freie. Sie wollten mit der ganzen Sache nichts zu tun haben. Einige wenige klatschten Beifall, andere widmeten sich wieder ihren unterbrochenen Gesprächen.

"Wie zwei Rouladen. Fertig zum Abtransport. Fehlt nur noch der Adreßaufkleber", grinste Marta. "Wo willst du sie hinschicken?"

"Wie wäre es mit dem Nordpol? Da können sie keinen Schaden mehr anrichten. Vielleicht werden sie ja bei den Eskimos auf die Speisekarte gesetzt", lachte ich, als ich mir die beiden Supergangster so ansah.

"Ich glaube nicht, daß die so scharf auf zähes Fleisch sind. Kompliment, Alain."

"Danke. Tut mir leid, wenn ich dir dadurch ein paar Gäste vergrault habe."

Marta winkte nur ab. "Ich habe inzwischen die Cops angerufen. Sie werden gleich hier sein und die beiden abholen."

Dies veranlaßte weitere Gäste dazu, zu zahlen und schnell die Snackbar zu verlassen. Nur eine Handvoll Stammkunden blieben sitzen und kümmerten sich nicht weiter um das Geschehen.

Ich nickte dankbar und ging vor Mart in die Hocke. "Ich denke, du könntest mir einiges erzählen, oder?"

"Du kannst mich mal!", fauchte Mart und spuckte mir vor die Füße.

Ich richtete mich wieder auf und zuckte mit den Schultern: "Wie du willst. Dann werden sich eben die Cops mit dir befassen. Die werden dann schon erfahren, inwieweit du in alles verwickelt bist. Doch ich fürchte, da kommt noch einiges auf dich zu. Und wenn dir die Cops auch noch die Sache mit meinen Eltern nachweisen können, dann bist du sowieso geliefert."

"Das war ich nicht. Das waren To...", kam es auch schon spontan.

"Tony und wer noch?", vollendete ich, bekam aber keine Antwort mehr, nur einen vernichtenden Blick.

Kurz darauf wurde es im Lokal wieder lebhaft. Eine Streifenbesatzung stürmte herein, gefolgt von zwei Zivilisten, die sich als FBI-Agenten auswiesen. Etwas verdutzt sahen sie auf die gefesselten Gangster. Mart und Eddy, der inzwischen auch wieder wußte, wo er war, wollten die Chance nutzen und begannen auch schon heftig zu protestieren. Sie wären harmlose Gäste gewesen und von mir einfach überfallen worden.

Marta kam ihnen schnell dazwischen und erklärte, was sich wirklich zugetragen hatte. Weitere Cops kamen und die letzten noch verbliebenen Gäste wurden nun auch noch befragt. Schließlich tauchten auch noch Stone und Caron auf, und wollten wissen, was los gewesen sei.

"Wir haben dir doch gesagt, du sollst dich von ihnen fernhalten", belehrte mich Stone streng.

"Tut mir leid, aber das ging nicht mehr. Als ich sie entdeckte standen sie schon vor der Tür. Ich hätte mich nicht mehr unbemerkt davonschleichen können", verteidigte ich mich.

Caron ließ sich von seinen Kollegen in Kurzform über die Sachlage informieren. Selbst Stone sah nun ein, daß ich wirklich unschuldig war und keineswegs gegen die Abmachung verstoßen hatte.

Ich durfte ebenfalls noch meine Aussage machen und endlich glaubte man mir, daß Eddy und Mart die bösen Buben waren. Die Beiden wurden entfesselt und mit richtigen Handschellen versehen abgeführt.

Langsam leerte sich das Lokal wieder und auch die letzten Gäste zahlten nun und gingen.

"G-men, eine Frage", wandte ich mich an Stone und Caron. "In welchem Hospital liegen meine Eltern?"

"Sie sind in Sicherheit. Mach dir um sie keine Sorgen", antwortete Caron ausweichend.

"Ich würde sie gerne besuchen. Also, wo liegen sie?"

"Damit würdest du aber gegen eine unserer Auflagen verstoßen."

"Was heißt das?"

"Das heißt, daß die Gangster damit rechnen, daß du genau dort auftauchst und dir vor dem Hospital auflauern. Du kämst nicht mal zur Anmeldung. Zudem ist dort jetzt sowieso keine Besuchszeit. - Komm morgen mittag zu uns, dann wird dich ein Kollege dorthin begleiten und dafür sorgen, daß du sicher zu deinen Eltern und später aus dem Hospital auch wieder heraus kommst. Einverstanden?"

Mir blieb nichts anderes übrig, als mein Okay dazu zu geben und mich in Geduld zu üben.

Caron und Stone musterten mich nachdenklich. "Vielleicht wäre es doch besser, wenn wir dich erst mal irgendwo sicher unterbringen. Wer weiß, was sich Jackos als nächstes einfallen läßt, um dich zu bekommen", überlegte Stone.

Ich schüttelte auch sofort den Kopf: "Ich habe mich an unsere Abmachung gehalten und das werde ich auch weiterhin. Ich bin kein Kleinkind mehr. Ich kann selbst auf mich aufpassen. Das habe ich Ihnen ja wohl eben erst bewiesen."

"Und was wirst du jetzt tun? Wo willst du hin? Nach Hause kannst du nicht, da sie dich dort sicherlich ebenfalls schon erwarten. Das ist dir ja wohl klar, oder? Und, daß du knapp bei Kasse bist, hast du uns auch schon mitgeteilt. Eine einkommensträchtige Arbeit hast du auch nicht. Wie willst du so über die Runden kommen und wo willst du leben, bis wir Jackos aus dem Verkehr gezogen haben?", gab Caron zu bedenken.

"Das überlege ich mir noch. Da findet sich sicher was", versuchte ich sie zu überzeugen, obwohl ich zugeben muß, daß ich darüber noch gar nicht nachgedacht hatte.

"Ich werde mich um ihn kümmern. Er kann vorerst bei mir und meinem Mann wohnen. Ich denke, da ist er sicher genug. Zudem könnte ich hier in der Snackbar eine Hilfe gut gebrauchen", schaltete sich Marta ein.

Stone und Caron wechselten einen Blick und nickten schließlich. "In Ordnung, aber denke an unsere Abmachung. Halte dich von Jackos und seinen Leuten fern."

"Ja", seufzte ich und konnte diese ständigen Ermahnungen nicht mehr hören. Erleichtert sah ich den G-men nach, als sie endlich gingen. "Danke für deine Hilfe, Marta. Ich fürchte, die hätten mich wirklich mitgenommen. Und herzlichen Glückwunsch, du hast soeben einen neuen Angestellten bekommen, sofern dein Angebot ernst gemeint war."

Marta mußte lachen. "Natürlich war es ernst gemeint. Wenn du willst, kannst du sofort anfangen. Seit 3 Minuten ist hier geschlossen und es muß noch alles für den nächsten Tag vorbereitet werden."

Ich begann sofort, räumte die Tische ab und spülte die Gläser, während sich Marta um die Küche kümmerte. Eine viertel Stunde später war dann Feierabend. Marta sperrte das Lokal ab und nahm mich mit zu sich nach Hause, wo ich in ihrem hübschen Domizil im Gästezimmer übernachten durfte. Doch so sicher, wie das auch alles schien, irgendwie ahnte ich, daß diese Sicherheit sehr trügerisch war.

## 4. Mai 1969; 11 Uhr Vormittags

**M**arta hatte mich ausschlafen lassen und so war es bereits fast 11 Uhr mittags, als ich erwachte. Längst hatte sie ihr Bistro wieder geöffnet und da ich ihr dort helfen sollte, war es wohl doch Zeit, aufzustehen und sich auf den Weg dorthin zu machen. Federal Attorney Curtis war ebenfalls schon unterwegs. Ich war somit ganz alleine im Haus.

Während ich duschte, überlegte ich, ob ich noch schnell zu Hause vorbei fahren konnte, um mir frische Kleidung zu holen. Ich brauchte ja Wäsche zum Wechseln und neue kaufen, dafür fehlte mir das Geld.

Allerdings hatten mir die G-men auch gesagt, daß Jackos' Männer vor meiner Wohnungstür standen und dort auf mich warteten. Und denen wollte ich lieber nicht begegnen. Zumindest nicht auf diese Art.

Vielleicht konnte mir Phil ja mit ein paar Kleidungsstücken aushelfen. Er hatte in etwa meine Größe und würde sicherlich am Nachmittag in die Snackbar kommen. Dort wollte ich ihn fragen. Bis dahin mußte es auch mit den Sachen gehen, die ich am Tag zuvor schon getragen hatte. Selbst wenn sie bei meinem Zusammentreffen mit den G-men auf dem Dach etwas in Mitleidenschaft gezogen wurden und nicht mehr sehr ordentlich aussahen.

Als ich frisch geduscht ins Zimmer zurückkam, zog ich mich schnell an, schob meine Waffe in das Holster und schnappte meine Jacke vom Stuhl. Während ich das Zimmer verließ und die Tür hinter mir zuzog schaute ich in meiner Hosentasche nach, ob ich noch genug Kleingeld für die U-Bahn hatte.

Im nächsten Augenblick prallte ich erschrocken zurück.

Ricky stand breit grinsend mitten im Flur. Die muskelbepackten Arme siegessicher vor der Brust verschränkt. Schräg hinter ihm erkannte ich Greg, der mich mit abfallendem Blick musterte. Der Revolver in seiner Hand zeigte mir, daß es besser war, jetzt keine zu hastige Bewegung zu machen.

Ich hatte keine Ahnung, wie sie unbemerkt hereingekommen waren, doch es war auch zu spät, jetzt darüber nachzudenken.

Daß Greg hier auftauchen würde, damit hatte ich nicht gerechnet. Daß er auch noch Ricky mitgebracht hatte, machte die beiden zu einem unbesiegbaren Doppel. Zwar stand Rickys Muskelkraft in keinem Vergleich zu seinem Intelligenzquotienten. Bei ihm sah man die Abstammung vom Affen noch ganz deutlich, und wäre er alleine gekommen, dann wäre er nicht wirklich ein Gegner gewesen. Doch mit Greg im Rücken, war hier für mich Endstation. Denn Greg ließ sich nicht so leicht bluffen.

"Du begreifst schnell, Kleiner", kam es von Greg, als ich vorsichtig die Hände vom Körper abspreizte, um zu zeigen, daß ich keine Waffe ziehen würde.

"Jackos hat Sehnsucht nach dir", fuhr er fort.

Ich nickte nur und überlegte verzweifelt, wie ich hier wohl möglichst heil entkommen konnte. Vielleicht gelang es mir mit einem Hechtsprung erst mal aus der

Schußlinie zu kommen und Zeit zu gewinnen. Meine Waffe hatte ich ja bei mir. Ein gezielter Schuß und ich wäre erst mal Greg los. Ricky würde ich dann auch noch erwischen.

"Versuche es nicht mal", warnte mich Greg, der anscheinend meine Gedanken lesen konnte.

Während er mich mit seiner Waffe in Schach hielt, kam Ricky siegessicher auf mich zu. Ich kam nicht mal dazu, ihn irgendwie außer Gefecht zu setzen. Nicht, weil alles zu schnell ging, sondern weil sie mir absolut keine Chance ließen auch nur irgend etwas zu versuchen.

Hart wurde ich gepackt und gegen die Wand geschleudert. Mit einem Satz war Ricky wieder bei mir und entwaffnete mich, ehe ich zu einer Reaktion fähig war. Mit einem weiteren Griff verdrehte er mir den Arm auf dem Rücken und drückte mich zu Boden. Er stemmte seine ganzen zwei Zentner auf mich und erdrückte mich fast.

"Ihr kommt hier nicht raus", stöhnte ich gequetscht. "Die G-men stehen draussen und wenn ihr mir irgend etwas antut, dann wandert ihr auf den Stuhl. Köstliche Vorstellung, oder?"

"Der Bluff zieht nicht", höhnte Greg von oben herab.

"Und was macht dich da so sicher?" Es mußte einfach funktionieren, denn sonst war ich echt geliefert.

Greg zog ein Walkie-Talkie aus der Tasche. Der Beweis, daß er und Ricky nicht alleine hier waren. Irgend jemand stand noch vor der Tür, behielt die Straße im Auge und würde sofort bekannt gegeben, wenn irgendwo ein Cop oder ein FBI Agent auftauchte.

"Du siehst, Marechal, du hast schon verloren. Kein Mensch weiß, daß wir hier sind. Kein Mensch wird uns daran hindern, dich mitzunehmen."

Verdammt. Wieso hatten mich die G-men auch nicht mit Mikrophon ausgestattet? Die hatten doch so etwas. Die konnten das doch. Dann hätte ich jetzt wenigstens noch eine winzige Chance oder könnte doch darauf hoffen, daß wenigstens Jackos überführt werden konnte.

Und wieso war Ted abgehauen? Gerade jetzt hätte ich ihn gebraucht. Gerade ...
Ted ...

"Ganz so aussichtslos ist meine Situation gar nicht", versuchte ich aufzutrumpfen. "Mein Kollege ist noch in der Küche und der hat mit Sicherheit schon die Cops gerufen."

Mein Bluff ging auch diesmal ins Leere. Greg lachte kalt auf. "Da bist du etwas falsch gewickelt, Junge. Deinen Kollegen haben wir heute Nacht schon eingesackt. Der wartet längst bei unserem Boß. Ich fürchte, ihm geht es momentan nicht sehr gut. Er heißt doch: 'Ted Richards', oder?"

Nein, die hatten Ted nicht. Das konnte einfach nicht sein. Die G-men hatten mir gesagt, daß er abgehauen war.

"Du kannst mir viel erzählen, aber das nicht." Die Situation war wirklich paradox. Ich lag bäuchlings auf dem Fußboden und bekam kaum Luft, weil es sich

Ricky auf mir bequem gemacht hatte und er noch immer damit beschäftigt war, mir den Arm auszukugeln, und Greg stand neben mir und debattierte mit mir über meine Chancen, heil aus der Sache herauszukommen.

"Du glaubst mir nicht?"

"Nein. Weil Ted noch vor 10 Minuten in der Küche war. An deiner Stelle würde ich mit Ricky und den Pinguinen, die angeblich noch draußen warten, ganz schnell das Weite suchen."

Greg grinte überheblich. "Tony hat sich deinen 'Kollegen' heute morgen gegen 2 Uhr geschnappt, als er gerade auf dem Weg zu Federal Attorney Curtis war. Eigentlich wollten wir dich erwischen, aber hinter dir fuhren die G-men her. Also hat sich Tony deinen Kumpel geschnappt. Du hast weder eine Verstärkung vor der Tür, noch die Chance, daß die Cops in naher Zukunft hier auftauchen."

Verflucht. Die G-men und selbst Marta hatten mich angelogen. Wieso hatten sie behauptet, daß sich Ted verkrümelt hätte? Wieso hatten sie nicht einfach die Wahrheit gesagt?

Eigentlich brauchte ich darüber gar nicht erst nachzudenken. Die Antwort lag klar auf der Hand. Mein Dickschädel hätte alles dran gesetzt, Ted aus den Händen Jackos zu befreien und das wollten die FBI Agenten verhindern. Sie hofften vermutlich darauf, daß sie ihn selbst befreit hätten, bis ich von der Entführung erfuhr.

"Jackos weiß, daß er dran ist, sobald er Ted oder mir ein Haar krümmt, das ist ihm ja wohl klar, oder?", versuchte ich es weiter.

"Sicher. Ganz so dumm ist der Boß auch nicht. Keine Angst, er will sich nur etwas mit dir unterhalten. Es liegt ganz an dir, wie diese Unterhaltung ausfällt."

Das sich Greg überhaupt so viel Zeit für Erklärungen ließ, konnte eigentlich nur daran liegen, daß er mich lebend zu Jackos bringen sollte und da die Gangster damit rechnen mußten, daß ich wider Erwarten doch von den G-men irgendwie beschattet wurde, konnte das weiterhin nur bedeuten, daß Jackos wirklich nur reden wollte. Er würde sich sicher nicht selbst in die Nesseln setzen, indem er mich auf so offensichtliche Weise aus dem Weg räumte.

Ein Funken Hoffnung keimte in mir auf, der jedoch sofort wieder zunichte gemacht wurde, als Greg im nächsten Augenblick eine aufgezogene Spritze aus der Tasche zog und sich zu mir hinab beugte.

Ich lüge, wenn ich sage, daß ich keine Angst hatte. Ich hatte Todesangst und war einer Panik nahe. Am liebsten wäre ich laut schreiend davon gerannt. Doch das ging ja nicht, da Ricky mich noch immer mit seinem Gewicht erdrückte und Greg mir auch schon die Nadel ins Fleisch jagte.

## 4. Mai 1969; Irgendwo in Manhattan

Ich weiß nicht, wie ich aus dem Haus und in den Wagen kam. Irgendwann glaubte ich, verschwommen Burt hinter dem Steuer zu erkennen. Ricky und Greg hatten sich neben mich in den Fond gequetscht, meine Hände waren mit Stricken hinter dem Rücken gefesselt. Ich hatte kein Gefühl mehr darin. Ob es nun an den zu strammen Fesseln lag, oder an meinem Allgemeinzustand, das konnte ich nicht abschätzen. Ich befand mich sowieso mehr neben, als bei mir und war zu keinem klaren Gedanken fähig. Vielleicht war es in diesem Augenblick auch besser so.

Mein Schicksal war besiegelt, Hilfe kaum zu erhoffen. Und der Gedanke, noch vor meinem 21. Geburtstag unter der Erde zu landen, war auch kaum tröstlich.

Ich wollte mir auch lieber nicht ausmalen, auf welche Weise ich von dieser Erde abtreten würde. Es gab unzählige Möglichkeiten und da Jackos sicherlich recht zornig auf mich war, würde er es vermutlich nicht auf die schnelle Art erledigen. Eine Kugel in den Kopf und Ende, soviel 'Herz' traute ich Jackos dann doch nicht zu. Er würde es mit Sicherheit reichlich auskosten wollen.

Doch was konnte ich tun, um dem zu entgehen? Nichts. Absolut nichts. Ich konnte es mir nur selbst noch schwerer machen, indem ich diesen Gangstern meine Angst zeigen würde, die sicherlich kam, wenn es soweit war.

Meine Eltern waren beide katholisch und so wurde ich auch erzogen. Zwar besuchte ich nicht unbedingt die Kirche, aber der Glaube an Gott und das ewige Leben war tief in mir verwurzelt. Weshalb also in einem solchen Augenblick nicht auf den Glauben zurückgreifen?

Nein, ich betete nicht. Dazu war es zu spät und selbst Gott hätte mir in diesem Moment nicht helfen können. Dazu bedurfte es schon eines Wunders. Vielleicht die Hoffnung darauf, daß Jackos im richtigen Moment vom Blitz getroffen würde oder sich die Erde auftat und ihn verschlang. Zumindest bei letzterem wäre er gut aufgehoben und ich war mir sicher, daß er dort irgendwann auch einmal landen würde. Die Hölle schien genau der richtige Ort für ihn.

Und genau das war es, woran ich in diesem absurden Augenblick dämmriger Gleichgültigkeit, eingehüllt von irrwitzigen Phantasien und kurzen Momenten realistischen Durchblicks, dachte.

Ich war kein schlechter Mensch, hatte anderen geholfen und niemandem ein Leid zugefügt - außer mir vielleicht. Weshalb sollte ich nicht in den 'Himmel' kommen und von dort aus zusehen können, wie Jackos am Ende beim Satan landen und bis in alle Ewigkeit in der Hölle schmoren würde? Irgendwie mußte die Gerechtigkeit doch siegen. Und irgendwie war der Gedanke daran tröstlich.

Greg, Ricky und Burt unterhielten sich und lachten, während ich immer wieder in eine Art Halbschlaf sank oder meine Phantasie mir vorgaukelte bereits auf einer Wolke zu sitzen und von dort aus einen Blick in die Hölle, auf die stumme Zwietracht zwischen Satan und Jackos werfen zu können.

Die Hölle sah sogar richtig robust aus. Umgeben von einer hohen Mauer, war sie nur durch ein schmiedeeisernes Tor zu passieren, hinter dem sich ein zweiter Zaun mit einem weiteren Tor befand. Weshalb Satan jedoch diesen zweiten Zaun mit Starkstrom, anstatt mit seiner Feuersbrunst sicherte, verstand ich zu diesem Zeitpunkt nicht.

Sehr unsanft wurde ich in die Realität zurückgeholt, als mich Ricky aus dem Wagen ins Freie zerrte.

Die Hölle entpuppte sich als zweistöckiges Backsteingebäude, welches von einer Rasenfläche und den beschriebenen Zäunen umgeben war. Das Haus sah aus, wie ein überdimensionaler Würfel, mit schmalen, hohen Fenstern, die im Erdgeschoß vergittert waren.

Das ganze Anwesen wirkte fast wie ein Gefängnis. Ein Ausbrechen war hier sicher genauso schwierig wie ein unbemerktes Eindringen.

Hart stieß mich Ricky die eine Stufe zum Eingang hinauf und gegen die massive Holztür. Meine Beine glaubten sich anscheinend noch immer auf dieser Wolke und knickten unter mir weg.

Greg und Burt grinsten schadenfroh und zerrten mich in den Hausflur. Ein weiterer Stoß und ich landete im Livingroom. Direkt vor den Füßen Satans.

Grob packte mich Burt am Kragen und zog mich auf die Beine. Daß mir dabei die Luft etwas knapp wurde, störte ihn nicht.

Aus Satan wurde Jackos und dieser funkelte mich zornig an: "Hör zu, du - du - du ..."

"Teewurst", half ihm Ricky.

"Von mir aus, auch das. Was glaubst du eigentlich, wer du bist? Was hast du mit meinen Männern gemacht? Was wurde aus Eddy und Mart? Rede du Laus, bevor ich dich zerquetsche."

"Ich habe ihnen nur gezeigt, was ich für ein gefährlicher Bursche bin. Das ist alles", gab ich zu und hatte Mühe, meine Zunge richtig zu koordinieren.

"Erzähle doch keine Lügen. Meine Männer sind nicht so doof, daß sie sich von solchen Würstchen wie dir fertig machen lassen. Du hattest Helfer, gib's zu."

Ich blieb ihm diese Antwort schuldig.

Jackos Augen funkelten wütend. "Wo sind sie?"

"Ich brauche keine Helfer, um mit solchen zwei Knalltüten fertig zu werden."

Als Antwort bekam ich von Greg die Faust in den Magen gerammt. Ich kippte nach vorne und stöhnte gequält auf.

Burt zog mich wieder nach oben. "Gib keine frechen Antworten, Junge. Wir können noch ganz anders."

"Ja, euch an wehrlosen jungen Mädchen vergreifen. Das habt ihr drauf", murmelte ich schwach.

"Du wanderst auf sehr dünnem Eis, Marechal, und riskierst ganz umsonst eine dicke Lippe. Werde endlich vernünftig und rede, dann hast du es schnell hinter dir", versuchte es Greg.

"Ich riskiere gar nichts. Ihr werdet mich nicht umlegen, weil ihr euch sonst euer eigenes Grab schaufelt. Ihr habt Richards und mich hier und die G-men wissen davon. Sie wissen, daß ihr Caren umgelegt habt. Zumindest ist Jackos für ihren Tod verantwortlich. Und wenn ihr Richards oder mir auch nur ein Haar krümmt, dann seid ihr dran. Dann werden euch auch die besten Rechtsanwälte von Caraldi nicht mehr raushelfen können. Im Gegenteil, wenn ihr weiter irgendwelchen Mist macht, werdet ihr für Caraldi zur Gefahr und ich kann mir nicht vorstellen, daß er darüber sehr begeistert sein wird." Wenigstens einen Trumpf hatte ich im Ärmel.

"Du verdammter Mistkerl", knurrte Jackos und kam drohend auf mich zu. "Die Sache mit deiner Freundin geht auf das Konto von Eddy und Mart. Sie haben die Kleine entführt, nicht ich."

Wieder gaben meine Beine unter mir nach. Ich war noch immer nicht ganz bei mir. "Aber du hast ihnen den Befehl dazu gegeben. Du hast sie heroinsüchtig spritzen und auf den Strich stellen lassen. Für dich mußte sie anschaffen gehen und von dir kam auch der Befehl, Caren umzulegen. Aus diesem Grunde ist Caraldi auch so sauer auf dich."

"Sie sollte nicht sterben. Sie sollte nur eine Abreibung bekommen. Tony und Greg haben sie sich etwas vorgenommen, ehe sie ihr das Heroin spritzten. Sie sollte wieder süchtig werden, dann wäre sie freiwillig zu mir zurückgekommen. Daß sie vor den Truck fiel war ein Unfall. Glaube mir, ich war genauso erschrocken, als ich von ihrem Tod erfuhr. Und daß Caraldi sauer auf mich ist, habe ich dir zu verdanken. Du hast angefangen, dich in seine ..."

"Jackos!", kam es plötzlich von der Tür her. Tony stand dort und sah Jackos scharf an. "Verdammt, halte endlich die Klappe. - Habt ihr diesen Bastard wenigstens schon durchsucht?"

Jackos verstummte tatsächlich. Sein Blick flitzte von Tony zu mir, dann weiter zu Greg und Ricky. Seine Augen funkelten. "Durchsucht diesen Mistkerl", knurrte er, mit unterdrückter Wut.

Greg und Burt machten sich sofort an die Arbeit und tasteten mich ab.

Selbst durch den Nebel vor meinen Augen bekam ich mit, daß sie tatsächlich fündig wurden. Ich war sehr überrascht, als sie kurz darauf ein kleines elektronisches Gerät mit einer winzigen Antenne unter dem Kragen meiner Jacke hervor zogen.

Ich gebe zu, ich war im ersten Augenblick etwas verärgert darüber, daß mich die G-men die ganze Zeit über bespitzelt hatten. Vermutlich schon, seit ich den Tag zuvor in ihrem Knast gesessen hatte und sie mich abends gehen ließen. Im Glauben, daß sie meinen Vorschlag abgelehnt hätten.

Doch im nächsten Moment wurde mir klar, was das für mich überhaupt bedeutete. Nicht nur der Triumph darüber, daß mein Vorschlag doch Zustimmung gefunden hatte. Es gab wieder Hoffnung. Egal um welche Art von Elektronik es sich auch handelte, entweder hatten sie Jackos Geständnis mit angehört, oder sie konnten mich genau orten. Irgendwie hoffte ich auf beides.

Ich konnte mir ein schwaches Auflachen nicht verkneifen. Egal wie das hier auch endete, Jackos würde überführt werden können.

In Jackos kochte es, als er das Gerät sah. "Du miese Ratte. Du willst uns in eine

Falle locken. Du elende Laus. Dich mache ich fertig", zischte er und knallte das Gerät auf den Fußboden. Mit Wucht stemmte er seinen Fuß darauf und zerdrückte es.

"In diese Falle hast du dich selbst gelockt. In dem Augenblick, als du mich auf deine Abschußliste gesetzt hast. Dein Gespräch mit Tony haben wir auf Band und dieses liegt bereits bei den G-men. Es ist alles drauf. Dein Geständnis, für Carens Tod verantwortlich zu sein, dein Auftrag, Angela zu bearbeiten. Alles. Und genau seit diesem Zeitpunkt sind die G-men ständig in meiner Nähe und passen auf, daß mir nichts geschieht. Du sitzt in der Patsche und kommst da nicht mehr raus." Ich hatte irgendwie die irrationale Hoffnung, daß dieses Gerät noch immer funktionierte und Daten an die G-men übertrug. Die Hoffnung, vor den Ohren des FBI ein Geständnis zu bekommen.

Jackos lief rot an vor Wut und sah Satan wieder verteufelt ähnlich. Mit einem Satz war er bei mir und donnerte mir seine Faust vor die Brust.

Mir blieb die Luft weg. Das Bild vor meinen Augen verschwamm. Jackos' Faust bohrte sich bereits wieder in meine Magengrube, ehe ich richtig Luft geholt hatte. Als er auch noch sein Knie hoch riß, knickte ich aufschreiend zusammen.

Das Wasser schoß mir in die Augen und der Schmerz lähmte mich. Meine Beine gaben endgültig unter mir nach und wilde Übelkeit wütete in meinem Magen. Wie eine Stoffpuppe hing ich in Burts Griffen und wünschte mich zurück auf meine Wolke.

Jackos holte bereits erneut aus. Seine Faust bohrte sich in meine Eingeweide. Ich mußte würgen und spuckte ihm direkt vor die Füße.

Zum nächsten Schlag kam er nicht mehr.

Wie angewurzelt blieb seine Faust vor mir in der Luft hängen. Schritte näherten sich von der Tür und ein Mann bog um die Ecke. Nur verzerrt nahm ich ihn noch wahr. Dafür erkannte ich seine Stimme, obwohl ich sie nur zwei- oder dreimal gehört hatte. Sein harter italienischer Unterton war unverkennbar.
Caraldi.

Wo er so plötzlich herkam, wußte ich nicht.

"Stop", sagte er in scharfem Befehlston. Sein Blick glitt von Jackos zu mir und blieb dort hängen. "Du bist also der kleine Bastard, der uns so viele Schwierigkeiten gemacht hat", stellte er fest.

Ich hustete an zuviel Magensäure. "Die Schwierigkeiten machen Sie sich selbst, Caraldi."

"Wie darf ich das verstehen? Dir ist doch wohl klar, daß du hier nicht mehr lebend heraus kommst?"

"Sehen Sie, genau das meine ich", würgte ich keuchend hervor und wies mit einem schwachen Nicken auf die Überreste des elektronischen FBI-Spielzeugs.

Caraldi kniff die Augen zusammen und warf einen kurzen Blick zu Jackos, der verlegen den Kopf senkte.

"Daß die G-men draußen sind, weiß ich inzwischen ebenfalls. Doch sie werden nichts gegen mich unternehmen können. Zum einen wissen sie gar nicht, daß ich hier bin. Zum anderen darfst du nicht vergessen, daß ich ein einflußreicher Mann bin. Es ist bereits jemand verständigt, der die Agenten am Eingreifen hindern wird. Selbst das allmächtige FBI wird gegen diesen Beschluß nichts unternehmen können", blieb der Gangster ungerührt.

"Wenn Sie sich da nur nicht irren. Die G-men lassen sich nicht bestechen und der Chef des FBI erst recht nicht. Wenn hier ein falsches Spiel gespielt wird, sitzt Ihr einflußreicher Mann ganz schnell neben Ihnen in einer Zelle. Dann können Sie über Ihre Fehler nachdenken. Kein Anwalt der Welt wird Sie mehr aus diesem Mist herausholen können. Sie landen auf dem Stuhl, Caraldi. Der Mord an Caren, der Überfall auf meine Eltern, die Entführung meines Kollegen Ted Richards und der Auftrag, mich umzulegen gehen zwar nicht direkt auf Ihr Konto, aber die Vermutung liegt nahe, daß die Befehle letzten Endes doch von Ihnen kamen. Und wenn die G-men meinen Kollegen hier finden, ist der Ofen sowieso aus. Sie sind dran, Caraldi. Und Jackos und alle die hier im Haus sind, gleich mit", erklärte ich krächzend und wurde noch immer von den Schmerzen im Leib gequält.

Caraldi grinste, "Junge, du bist falsch aufgelegt. Das Haus hier gehört nicht mir. Ich wollte Jackos besuchen und bin in die ganze Sache durch Zufall hinein geraten. Ich habe damit nichts zu tun. Daß deine Freundin starb ist nicht mein Verdienst. Niemand wird mir das Gegenteil beweisen können. Zudem haben wir noch einen Trumpf im Ärmel, für den Fall, daß mein Mann tatsächlich nicht durchkommen sollte. Wir haben zwei Geiseln, die uns alle Türen öffnen werden. Dich und Richards. Außerdem lagern hier im Keller einige Kisten Dynamit. Du siehst, du hast das Spiel jetzt schon verloren. Die G-men sind machtlos. Sie werden sich zurückhalten und zusehen müssen, wie wir mit dir und Richards verschwinden."

"Sie können mich in die Luft jagen oder abknallen. Sie sind dran, Caraldi. Entweder jagen Sie sich gleich mit in die Luft, oder die G-men schnappen Sie."

"Das laß mal meine Sorge sein. Darum brauchst du dich nicht mehr zu kümmern. Du bist schneller tot, als du denkst. Du ...", weiter kam er nicht.

Schlagartig verloschen im ganzen Haus sämtliche Lichter. Da eine dicke Wolkenschicht den Himmel bedeckt und dafür gesorgt hatte, daß selbst am hellichten Tag die Straßenlampen für ausreichend Helligkeit sorgen mußten, kam man sich in Jackos Burg fast so vor, als sei die Nacht bereits hereingebrochen. Sofort war es finster und totenstill. Caraldi schien sogar das Atmen zu vergessen.

"Verdammt, was ist das?", schrie Jackos in aufsteigender Angst.

"Das sind die G-men, du Weichling. Die haben den Strom abgeschaltet, um unbeschadet deine Burg stürmen zu können", erklärte Caraldi ruhig.

"Das haben wir gleich, Boß", knurrte Tony und zerrte mich hinter sich her, während Greg und Ricky bereits nach Kerzen suchten, um wenigstens etwas Helligkeit in das dämmrige Zwielicht zu bringen.

Tony schleifte mich quer über den Flur auf den Eingang zu. Unsanft stieß er mich voran, ehe er die Tür öffnete.

Die G-men enterten gerade das Höllentor. Scharfschützen hatten sich auf der Mauer postiert und zielten auf die Eingangstür.

Tony benutzte mich als Schutzschild und drückte mir seine Waffe gegen die Schläfe.

"Kommt noch einen Schritt näher und der Junge hat ein Loch im Schädel", rief er laut.

Ein starker Scheinwerfer schwenkte herum, blendete uns und leuchtete die dunkle Türöffnung aus, in der wir standen. Ich kniff die Augen zusammen und blinzelte in das grelle Licht.

"Was wollt Ihr?", hörte ich Caron fragen.

"Ihr sollt verschwinden. Wir haben zwei Geiseln, die für eure Fehler zahlen werden. Zudem lagern hier einige Kilo Sprengstoff. Wenn wir die zünden, fliegt im Umkreis von 200 Yard alles in die Luft", drohte Tony.

Caraldi hielt sich hinter dem Türblatt verborgen und lauschte gespannt.

"Sie sagten etwas von zwei Geiseln. Wer ist die Zweite?", kam es wieder von Caron.

"Ted Richards. Er wird, wie Marechal, sterben, wenn ihr nicht abrückt."

Ich schwankte leicht, da meine Beine mein Gewicht noch immer nicht tragen wollten. Tony faßte sofort fester zu und hielt mich eng an sich gepreßt.

"Wo ist Richards jetzt? Ich möchte ihn sehen, bevor ich eine Entscheidung treffen kann", forderte Caron.

"Ihr habt Marechal gesehen. Das muß euch genügen", brüllte Tony.

"Erst zeigen Sie uns Richards. Danach können wir über Ihre Forderungen reden", blieb Caron stur.

"Sag ihnen, daß sie Richards haben können, wenn sie abrücken. Marechal bleibt bei uns. Der reicht uns als Geisel", wisperte Caraldi hinter dem Türblatt hervor.

Tony fuhr zu ihm herum. "Boß, das ist Wahnsinn. Wir brauchen Richards. Die G-men lassen uns sonst nie abziehen."

Es war meine Chance. Vielleicht meine einzige. Tony war abgelenkt. Für einen winzigen Augenblick konzentrierte er sich auf Caraldi. Ich mußte es versuchen. So schnell es mein Zustand zuließ, warf ich mich herum und trat Tony so fest ich konnte gegen das Schienbein.

Er schrie auf und stolperte zur Seite.

Verzweifelt versuchte ich mich aus seinem Griff zu winden, doch er hielt eisern fest und noch immer hatte er seinen Revolver in der Hand.

Alles ging so schnell, daß die G-men gar nicht begriffen, was überhaupt geschah.

Tony senkte die Mündung um einige Inch und krümmte den Finger. Ein harter Schlag traf mich am Oberschenkel und fegte mich von den Füßen, auf denen ich mich mit Mühe bis dahin gerade so gehalten hatte. Der Schmerz raste durch meinen Körper. Ich brüllte auf und landete hart auf dem Fußboden.

Reaktionsschnell warf Caraldi die Tür zu.

Sofort krallten sich ein paar Hände in meinen Kragen und zerrten mich wieder hoch. Einen weiteren Schrei konnte ich nicht unterdrücken, als der Schmerz sich dadurch noch verstärkte. Mein rechtes Bein war steif. Die kleinste Bewegung ließ mich aufstöhnen.

Tony hielt mich wieder eisern fest. Ich konnte mich kaum auf den Beinen halten.

Caraldi fluchte laut. "Tony, verdammt, konntest du nicht besser aufpassen? Das wäre beinahe schief gegangen. Die G-men hätten das Haus gestürmt, wenn sie schneller geschaltet hätten."

"Dieser verfluchte Bastard. Ich knall' ihn ab", schimpfte Tony und setzte mir seine Waffe an die Schläfe.

"Bist du verrückt? Wir brauchen ihn noch", fuhr Caraldi auch sofort dazwischen.

Tony schluckte seinen Ärger hinunter und ließ die Waffe sinken. "Boß, was Sie da vorhaben ist Wahnsinn. Wir können Richards nicht ausliefern. Wir brauchen ihn als Geisel", verteidigte er sich.

"Greg, Burt, geht hinunter und holt den anderen Schnüffler hoch. Jackos, hast du eine Flüstertüte im Haus?", wandte sich Caraldi an die anderen.

Jackos schüttelte den Kopf.

Caraldi kam auf mich zu und zerrte mich zu sich.

Ich stöhnte gequält auf. Ein Feuer schien sich in meinem Bein auszubreiten. Es knickte unter mir weg. Caraldi hielt mich eisern fest, preßte mich vor sich und riß die Tür auf.

Die G-men waren bereits in den Vorgarten eingedrungen und wollten gerade den Eingang in Angriff nehmen. Als sie mich sahen, blieben sie sofort stehen.

Kraftlos hing ich in Caraldis Griff. Meine Beine zitterten und ich spürte, wie meine noch vorhandenen Lebensgeister mit jedem Tropfen Blut den ich verlor aus meinem Körper wichen.

"Hört zu, G-men. Ihr seht, daß Marechal noch atmet. Also versucht keine linken Dinger. Schwingt eure Hufe über den Zaun und dampft ab. Für euer Verständnis bekommt ihr Richards. Marechal bleibt bei uns. Solltet ihr irgendwelche Dummheiten machen, wäre es schade um den Jungen", sagte Caraldi scharf und machte damit seinen größten Fehler. Denn jetzt konnte er sich nicht mehr als unbeteiligter Gast ausgeben. Jetzt hatte er sich selbst sein bestes Alibi zerstört.

"Marechal braucht einen Arzt. Er ist verletzt", kam es von Caron zurück.

Er stand höchstens zwei Yards von uns entfernt. Entdecken konnte ich ihn jedoch nicht. Ich vermutete, daß er sich hinter einem der Pkws verborgen hatte, die direkt vor der Eingangstür standen.

Caraldi lachte auf. Es wirkte sehr gekünstelt. Zweifellos wußte er, daß es dem Ende entgegen ging und er sich nur noch mehr in die Nesseln setzen konnte.

"Der Kerl simuliert nur. Der hat kaum etwas abbekommen. Ich wette, der ist putzmunter. Also laßt eure schlauen Sprüche und zieht ab." Caraldis Worte waren maßlose Übertreibung, denn mir ging es immer schlechter. Nebel verschleierten meinen Blick. Schwer hing ich in seinem Griff und gönnte es ihm, daß er wegen mir derart ins Schwitzen geriet. Aber vielleicht bildete ich mir das auch nur ein und er schwitzte lediglich wegen seiner ausweglosen Situation so, in die er sich selbst gebracht hatte. "Wir geben euch fünf Minuten. Wenn ihr bis dahin nicht verschwunden seid, stirbt Richards. Noch lebt er. Die Zeit läuft", rief Caraldi, bemüht, eiskalt zu klingen. Doch zumindest mich konnte er damit nicht täuschen.

"Was habt ihr mit Marechal vor?", wollte Caron wissen.

Die Nebel vor meinen Augen verdichteten sich, obwohl mich das natürlich ebenfalls interessierte. Ich spitzte die Ohren.

"Das werdet ihr noch rechtzeitig genug erfahren", hörte ich Caraldi noch sagen, dann schaltete sich mein Bewußtsein aus.

## 4. Mai 1969; 3 Uhr mittags

Die Schußwunde hatte aufgehört zu bluten und die starken Schmerzen waren verschwunden. Vielleicht war das typisch für Schußverletzungen, vielleicht lag es aber auch an meinem immer noch benebelten Allgemeinzustand.

Die Kerle hatten mich im Wohnzimmer auf den Fußboden gestoßen und liegen lassen. Es war ihnen vermutlich ganz recht, daß ich immer wieder kurzzeitig die Besinnung verlor. So konnte ich wenigstens keine Dummheiten machen.

Irgendwann entdeckte ich Ted. Er saß in einer Ecke auf dem Boden. Weit genug von mir entfernt.

Mein Kollege sah übel aus. Sie mußten ihn ziemlich durch die Mangel gedreht haben. Doch er schien bei Kräften. Sein Gesicht wirkte verkniffen, als er mich besorgt musterte. Seine Hände hatte man vor dem Körper gefesselt. Die Stricke schnitten tief ins Fleisch ein. Er selbst war zusätzlich noch mit Handschellen an einem Heizungsrohr gesichert.

"Ihr wollt den Jungen unbedingt elend verrecken lassen, oder? Was seid ihr nur für Barbaren. Ich würde nicht mal einen räudigen Hund so behandeln."

"Halt's Maul!", wurde Ted angefaucht.

"Wollt ihr ihm nicht wenigstens einen Notverband anlegen, wenn ihr schon keinen Arzt erlaubt?", stieß Ted gepreßt hervor.

Burt sah mich abfallend an: "Nein!"

"Kann ich mir die Wunde dann wenigstens einmal ansehen?", blieb Ted stur.

Burt kniff die Augen zusammen und überlegte: "Okay, aber nur ansehen, mehr nich'."

Vom Tisch angelte er einen Schlüssel und befreite Ted vom Heizungsrohr. Dann riß er ihn in die Höhe und verpaßte ihm einen Stoß, daß Ted quer über mich stolperte.

Ich schrie unterdrückt auf, ob des intensiven Schmerzes, der vom Bein ausgehend durch meinen ganzen Körper jagte.

Ted warf mir einen aufmunternden Blick zu und besah sich die Wunde, die durch die Mißhandlung wieder aufgeplatzt war.

"Ein paar Inch weiter rüber und du hättest Probleme Nachwuchs zu zeugen. Aber keine Angst, sieht schlimmer aus, als es ist", sagte er schließlich und bekam von Burt auch gleich die Rechnung dafür.

Er rammte ihm die Faust in die Rippen. "Ich sagte ansehen. Von Quatschen war keine Rede." Vor lauter Freude trat er mir auch noch kurz gegen den Schuh, daß ich erneut aufstöhnte.

Nebel ballten sich wieder vor meinen Augen und die Ohnmacht wollte mich erneut übermannen. Kalter Schweiß stand auf meiner Stirn und das Zittern, das durch meinen Körper lief, ließ sich nicht unterdrücken. Ich war nur noch halb bei mir und bekam von dem, was um mich herum ablief, kaum noch etwas mit.

Irgendwann registrierte ich dann, daß Ted am Telefon stand und mit jemandem sprach. Tony hatte sich hinter ihm aufgebaut und ihm die Waffe ins Genick gedrückt. "... gut, Marechal weniger. Ich durfte mir die Verletzung kurz ansehen. Sie scheint nicht so schlimm, aber er hat verhältnismäßig viel Blut verloren und die Kerle sorgen dafür, daß die Wunde immer wieder aufplatzt. Er braucht einen Arzt", sagte Ted gerade und lauschte. "Im Augenblick noch, doch er hält bestimmt nicht mehr lange durch. Entweder ist es der Schock oder es sind die Drogen, die sie ihm gespritzt haben. Er baut immer mehr ab. - - - 6 oder 7. Ich ..." Der Hörer wurde ihm von Jackos aus der Hand gerissen.

"Seid ihr nun zufrieden? Lange genug habt ihr ja jetzt gequatscht. Was ist jetzt?", bellte dieser nun in den Hörer. Er lauschte kurz und lief vor Wut rot an, "Ihr spinnt. Entweder zieht ihr Leine oder der Erste wird dran glauben", schrie er und warf den Hörer auf die Gabel, daß es laut scheppert. Wütend fuhr er herum und funkelte mich an: "Die Greifer wollen, daß sich ein Arzt um dieses Stinktier kümmert. Die glauben, daß sie uns verscheißern können. Marechal verreckt elend, wie eine kleine Laus und wenn die G-men nicht abziehen, können sie den Kadaver des anderen gleich mit aus dem Vorgarten räumen."

Caraldi sah auf und kniff die Augen zusammen: "Jackos, du bist ein Idiot. Nicht nur, daß du uns alle in diese Scheißsituation gebracht hast. Jetzt verlierst du auch noch den Kopf, weil ein paar G-men vor der Tür stehen. Setz dich endlich auf deinen Hintern und halte die Schnauze. Ich kann dein dummes Gerede nicht mehr hören. Wenn du hier noch einmal das ganze Haus zusammenschreist, wirst du der erste sein, dessen Kadaver im Vorgarten landet. Kapiert?"

Jackos schnappte ein paarmal nach Luft, wurde etwas blaß und ließ sich resignierend in einen Sessel plumpsen.

Ich gönnte ihm diesen Anpfiff und konnte mir ein schadenfrohes Grinsen nicht verkneifen.

Doch zur Freude bestand eigentlich überhaupt kein Grund. Denn Caraldi behielt auch weiterhin seinen klaren Kopf.

"Burt, Greg, bringt die Beiden rüber und holt aus dem Keller zwei Stangen Dynamit. Wir werden den Bullen mal zeigen, daß wir keinen Spaß verstehen. Tony, du behältst die Straße im Auge. Lionel, Ricky, ihr geht nach hinten und beobachtet die Rückfront. Jackos, du holst die Munition von oben", gab er schnell und präzise Anweisungen.

Wo Lionel auf einmal herkam, wußte ich nicht. Vielleicht hatte er zuvor als Aufpasser für Ted fungiert. Vielleicht hatte ich ihn auch einfach nur übersehen.

Er, Ricky und Jackos verschwanden. Greg baute sich vor Ted auf und schwenkte mit seinem 44er vor ihm herum. Burt grapschte ungeniert nach meinem Kragen, riß mich mit einem Ruck in die Höhe und schleifte mich hinter sich her.

Ein stechender Schmerz raste vom Bein herauf und nur mühsam konnte ich einen Schrei unterdrücken. Der Sauerstoff wurde mir verdammt knapp, da mir das Hemd die Kehle zuschnürte. Burt ließ mir nicht einmal die Chance, auf die Füße zu kommen.

Während Tony sich, gehässig grinsend, neben dem Fenster aufbaute, wurden Ted und ich in einem Schlafraum abgeladen.

Neben dem Schrank ließ mich Burt los und stupste mir noch einmal seine Fußspitze in die Magengrube. Ich krümmte mich stöhnend zusammen. Die Ohnmacht rückte wieder ein Stück näher.

Ted hatte man zur Sicherheit mit weiteren Stricken gefesselt. Zusammengeschnürt lag er neben der Kommode und konnte sich kaum rühren. Nervös sah er zu mir herüber: "He Kleiner, Kopf hoch. Die G-men holen uns schon hier raus. Ich habe mit Tanner gesprochen. Die setzen nicht leichtfertig unser Leben aufs Spiel. - Wie geht es dir?"

"Beschissen", stöhnte ich schwer atmend. "Ted, wir müssen hier raus. Wir können nicht warten, bis den G-men etwas eingefallen ist. Diese Verbrecher wollen Dynamit hochgehen lassen. Du weißt, was dann hier los ist. Wir müssen sie aufhalten", sagte ich leise und geschwächt.

Ted lächelte bitter, "Prima Idee. Verrate mir nur, wie du das Meisterstück abziehen willst? Du kannst dich kaum auf den Beinen halten, geschweige denn, einen Schritt vorwärts bewegen und im Augenblick kann ich auch keine großen Sprünge machen."

"Red keinen Mist. Versuche lieber, die Fesseln loszuwerden. Hast du ein Feuerzeug oder so was?"

Ted seufzte und schüttelte den Kopf: "Nein. Die haben mir alles abgenommen."

Ich ließ meinen Blick schweifen und mußte grinsen: "Du hast einen äußerst günstigen Platz. Auf der Kommode liegt eine Nagelschere. - Zumindest sieht es wie eine aus. Wenn du da dran kommst, kannst du damit vielleicht die Fesseln durchsäbeln."

Ted versuchte sich in die Höhe zu schieben. Er nickte erfreut, als er die Schere sah. Allerdings dauerte es noch etwas, bis er sie zwischen den Fingern hatte.

Aufseufzend ließ er sich auf dem Boden nieder und machte sich an die Arbeit.

Schweiß bildete sich auf seiner Stirn. Immer wieder hielt er kurz inne und lauschte nach draußen. Noch war alles ruhig.

Endlich hatte er es geschafft. Mit einem Ruck sprengte er seine Fesseln und war im nächsten Moment bei mir, um auch mich zu entfesseln.

Erleichtert massierte ich mir die Handgelenke. Meine Finger kribbelten, als das Blut wieder hinein floß. Ich bewegte sie etwas, um den Blutkreislauf schneller in Schwung zu bekommen.

Ted sah mich nachdenklich an und schüttelte dann den Kopf: "Kleiner, das schaffen wir nicht. Das hältst du nicht durch. Wir müssen nicht nur ins Wohnzimmer gelangen, sondern auch noch sieben Mann ausschalten, ehe sie uns umlegen können. Du kommst nicht mal bis zur Wohnzimmertür. Sieh dich doch mal an."

"Ich kann mich auch hinterher noch im Spiegel betrachten. Dazu haben wir jetzt keine Zeit. Hilf mir mal hoch", stieß ich hervor und biß die Zähne zusammen.

Ich mußte es einfach schaffen - selbst wenn alles in mir dagegen sprach.

Erschrocken sahen wir zur Tür, als Jackos einen wilden Fluch ausstieß, der durch das ganze Haus gellte.

"Stell dich tot", zischte Ted und kickte die Überreste der Stricke unter das Bett.

Mit einem Satz war er bei der Tür.

Zur selben Sekunde wurde diese aufgerissen.

Ich stellte mich bewußtlos und rührte mich nicht. Durch die Lidspalten beobachtete ich die Szene.

Ricky stieß einen Fluch aus, als sich Ted auf ihn stürzte. Ich wäre Ted zu gerne zu Hilfe gekommen, doch das wäre Selbstmord gewesen. Soviel war selbst mir klar. In meinem derzeitigen Zustand wäre ich nicht mal richtig auf die Beine gekommen, ehe mich Ricky schon ausgeschaltet hätte. Ted mußte es alleine schaffen.

Verbissen rangen die beiden miteinander, bis Lionel hinzu sprang und dem Kampf ein jähes Ende machte. Mein Kollege wurde aus dem Zimmer gebracht. Um mich kümmerten sie sich gar nicht. Ricky warf mir lediglich einen flüchtigen Blick zu.

Kaum hatte sich die Tür wieder geschlossen, schob ich mich auch schon mühsam in die Höhe.

Das Wasser schoß mir in die Augen. Ich preßte die Rechte auf die Wunde und mußte hart die Zähne zusammenbeißen. Als ich endlich stand, wurde mir schwindlig und die Nebel verschleierten wieder meinen Blick.

Ich lehnte mich gegen die Schranktür, atmete tief durch und versuchte Kräfte zu sammeln. Meine Beine zitterten jedoch gefährlich und die Schmerzen im Oberschenkel nahmen auch nicht wirklich ab.

Als der Schwindel endlich nachließ, wischte ich mir den Schweiß von der Stirn und schob mich langsam zur Tür vor. Mein Blick fiel auf eine Stelle des Fußbodens. Ich mußte grinsen.

Bei dem Kampf mit Ted mußte Ricky seine Waffe verloren haben. Sie lag, halb von der Kommode verdeckt, auf dem Teppich.

Ich bückte mich schwerfällig und sammelte das Exemplar ein. Sofort untersuchte ich die Waffe. Alle acht Kammern der Trommel waren voll. Ich schob die Waffe in den Hosenbund und warf einen Blick auf die Wunde. Sie blutete schon wieder stark.

Meine Finger zitterten, als ich ein Taschentuch hervorholte und mir mit zusammengebissenen Zähnen und unter Zuhilfenahme einer Krawatte, die ich in einer Schublade der Kommode fand, einen Druckverband anlegte. Das Schönste war noch, als der Schmerz langsam nachließ und in ein schwaches Pochen überging.

Ich schob mich wieder zur Tür vor und lauschte. Es war nichts zu hören.

Vorsichtig drehte ich den Knauf und zog die Tür einen Spalt weit auf.

Eine Petroleumlampe flackerte neben der Haustür und beleuchtete notdürftig den fensterlosen Flur. Die Tür zum Keller stand sperrangelweit offen, die zum Wohnzimmer war lediglich beigezogen.

Caraldi hatte gerade das Wort, " ... verpacken und rausstellen. Das gibt ein hübsches Feuerwerk und die G-men können sehen, was wir mit Geiseln machen, wenn man sich nicht an unsere Forderungen hält."

Ich preßte die Kiefer zusammen. Wollten die vielleicht Sprengstoff im Vorgarten hochgehen lassen? Ich hatte keine Zeit mehr, darüber nachzudenken. Ich mußte handeln.

Den Schmerz im Bein ignorierend, schob ich mich zur Wohnzimmertür vor und drückte mich dort gegen die Wand. Ich mußte erst wieder zu Atem kommen. Der kalte Schweiß, der mir von der Stirn tropfte, brannte in den Augen. Schwindel überfiel mich und ließ das Bild verschwimmen. Ich schloß die Augen, versuchte ruhig und gleichmässig zu atmen. Das Blut rauschte in meinen Ohren. Ich mußte mich zusammen reisen, durfte jetzt nicht schlapp machen, sonst war alles verloren. Durch das Rauschen in den Ohren und den Geräuschen aus dem Wohnzimmer hörte ich ein lautes Ticken.

Arbeiteten die mit einem Zeitzünder? Kaum vorstellbar, da die Umstände dafür einfach zu abwegig waren. Zeitzünder wären nur logisch, wenn man eine Bombe Zeit verzögert explodieren lassen wollte. Aber nicht, wenn man, wie Caraldi und Jackos, einen sofortigen Effekt anstrebte.

Ich öffnete die Augen und sah mich um. Das Ticken kam von einer großen Standuhr, die mir gegenüber die Flurwand schmückte. Ihre Zeiger zeigten bereits fast 8 Uhr abends an. Zeit, dem Treiben hier endlich ein Ende zu bereiten.

Ich faßte den Revolver fester und schob mich in den Türrahmen.

Caraldi hatte sich vor Ted aufgebaut und grinste gehässig, während Tony ihn in Schach hielt. Sie hatten Ted einige Dynamitstangen an die Kleidung geklebt und wollten ihn als lebende Bombe gegen die FBI Agenten benutzen. Mir war gar nicht gut.

Jackos saß wieder in seinem Sessel und war ganz zufrieden mit dieser Situation. Das war ganz nach seinem Geschmack. Lionel und Ricky lehnten an der Wand und musterten Ted neugierig. Von Greg und Burt war nichts zu sehen, sie mußten sich demnach noch immer im Keller aufhalten. Vermutlich um weiteren Sprengstoff herauf zu holen.

Ich atmete noch einmal tief durch, faßte die Waffe mit beiden Händen und ließ den Hahn einrasten.

Das metallische Klacken klang überlaut. Die ganze Mannschaft fuhr zu mir herum.

"Laßt die Kanonen fallen oder Caraldi hat 'ne Kugel im Kopf", knurrte ich schwer atmend.

Sie dachten gar nicht daran. Hielten mich vermutlich aufgrund meines Zustandes für nicht fähig zu schießen.

Tony riß seine Waffe herum.

Zum weiteren Nachdenken hatte ich keine Zeit mehr. Auch nicht darüber, daß es das erste Mal war, daß ich meine Waffe tatsächlich mit der Absicht zu treffen auf einen Menschen richtete. Ich schwenkte den Revolver um einige Inch und zog durch. Tony stieß einen Schrei aus und kippte zur Seite.

Sofort visierte ich ein neues Ziel an. Ricky leistete Tony auf dem Fußboden Gesellschaft. Er rührte sich nicht mehr.

Caraldi brachte sich mit einem Satz hinter dem Sessel in Sicherheit. Jackos hockte noch immer da und schien am Polster festgewachsen.

Ted warf sich nach vorne und rollte auf mich zu. Er fürchtete, doch noch von einer verirrten Kugel erwischt zu werden. Die Folgen wären fatal gewesen. Er mußte so schnell wie möglich von dem Sprengstoff befreit werden.

Lionel ließ seinen Revolver freiwillig stecken und streckte die Arme gegen die Decke. Mit einem Hechtsprung, den man ihm gar nicht zutraute, erwachte Jackos aus seiner Erstarrung und warf er sich hinter das Sofa.

Ted lag vor mir und wand sich. Angst und Hoffnung mischten sich in seinem Blick. Von Jackos oder Caraldi war im Augenblick nichts zu sehen.

"Alles okay, bei dir?", fragte ich Ted kurz und ließ Lionel nicht aus dem Visier.

Der Kollege nickte und schob sich langsam in die Höhe.

Während ich mit der Rechten zitternd auf Lionel zielte, löste ich mit der Linken Teds Fesseln.

In diesem Augenblick schob sich Caraldis Hand hinter dem Sessel hervor. Die Mündung seiner Waffe zielte auf Ted, der noch immer das Dynamit am Körper hatte. Gleich darauf tauchte auch noch Caraldis Kopf und ein Teil seines Oberkörpers auf.

Ich stieß Ted zur Seite, packte den Revolver wieder mit beiden Händen und krümmte den Finger.

Caraldi hatte in der selben Sekunde abgedrückt. Doch während seine Kugel zwischen Ted und mir hindurch jagte und Holzsplitter hinter mir aus der Standuhr spritzten, ging er mit einem Aufschrei zu Boden und rührte sich nicht mehr.

Lionel stand noch immer am selben Fleck und streckte die Hände gegen die Decke. Ted riß sich erst einmal das Dynamit vom Körper, dann fingerte er Lionels Waffe aus dessen Halfter und übernahm schnell das Kommando.

Er drückte Jackos wieder in den Sessel zurück und nahm ihm eine 32er Pistole ab. Weshalb Jackos diese nicht benutzt hatte, kann ich nicht sagen. Seit ich mit entsicherter Waffe im Wohnzimmer aufgetaucht war, war nicht mehr als eine Minute vergangen. Vielleicht wurde Jackos von der neuen Situation einfach überrumpelt und dachte gar nicht an sie. Vielleicht zeigte es aber auch einfach nur, daß er doch nicht der harte Gangster war, der er immer vorgab zu sein.

Nachdem Ted ihn und Lionel gefesselt hatte, kümmerte er sich um die Verletzten.

Ich lehnte mich schwer atmend gegen den Rahmen und wischte mir mit der Linken den Schweiß aus dem Gesicht.

Wieder überfiel mich ein Schwindelanfall und ein leichtes Zittern fuhr mir durch die Knochen. Ich wußte, daß ich mich nicht mehr lange auf den Beinen halten konnte. Der hohe Blutverlust, die Anstrengung, die Schmerzen, diese verdammten Drogen, die sie mir injiziert hatten. Das alles brachte meinen Kreislauf durcheinander. Ich ließ die Waffe sinken und atmete tief durch.

Gleich darauf riß ich sie jedoch wieder nach oben. Schleichende Schritte kamen die Kellertreppe herauf. Mir fielen wieder Greg und Burt ein. Der Lärm mußte sie angelockt haben.

Ich visierte die Kellertür an und spannte den Hahn. Ich wollte den beiden einen heißen Empfang bereiten, auch wenn es mir immer schwerer fiel, die Waffe ruhig zu halten.

Die Gestalt, die sich nun vorsichtig durch diese Tür schob, war weder Greg noch Burt. Es war Stone. Unsere Blicke trafen sich und ich sah die Erleichterung auf seinem Gesicht.

Caron tauchte hinter ihm auf und ich visierte noch immer die Tür an.

Stone war mit einem Satz bei mir und nahm mir vorsichtig die Waffe aus der Hand.

"Das wurde auch Zeit", sagte ich schwach. "Wo kommen Sie her?"

"Durch den Keller. Vom Nachbarhaus gab es einen Verbindungsgang, den wir erst freilegen mußten. Alles okay, bei dir?", erkundigte sich Stone kurz, während Caron bereits ins Wohnzimmer stürmte.

Mit einem Blick hatte er die Situation erfaßt und zog eine Augenbraue in die Höhe. Dann kümmerte er sich um die Verletzten und forderte über Walkie Talkie die Sanitäter an.

Ich spürte wieder die Schwäche in den Knochen.

Stone warf ebenfalls einen Blick ins Wohnzimmer und sah mich dann verblüfft an: "Warst du das?"

Ich konnte nur noch nicken. Im nächsten Augenblick gaben meine Beine endgültig unter mir nach. Ich sackte Stone direkt in die Arme, der mich hastig auffing. Ich spürte noch, wie er mich vorsichtig auf den Fußboden legte, dann wurde mir schwarz vor Augen und eine tiefe Bewußtlosigkeit nahm mich gefangen.

## 5. Mai 1969; 1 Uhr morgens

**A**ls ich wieder zu mir kam, lag ich in einem weißen Bett. Mein Oberschenkel war in dicke Verbände eingewickelt.

Caron und Stone standen neben mir und hatten mein Erwachen abgewartet. "Na, wie geht es dir?"

"Ich lebe noch", antwortete ich nur schwach.

"Du hast ganz schön aufgeräumt. Zwei Mann liegen mit Schußverletzungen im Polizeihospital und erholen sich gerade. Jackos und den Rest seiner Bande konnten wir festnehmen. Bei Caraldi kam leider jede Hilfe zu spät. Deine Kugel hat bei ihm Herz und Lunge durchschlagen. Er war schon tot, als wir eintrafen", erklärte Stone.

Ich nickte kurz und preßte die Kiefer zusammen: "Also habe ich den Mann getötet, der euch zum großen Boß hätte führen können. Damit ist die Verbindung wieder unterbrochen. Tut mir echt leid, aber er wollte Ted ..." Es war ein sonderbares Gefühl. Nicht nur, daß ich den G-men diese Chance genommen hatte. Bei meiner Ausbildung hatte ich nur auf Puppen und Zielscheiben geschossen, aber nie auf einen lebenden Menschen. Als ich dann bei Jackos in diese Situation kam, hatte ich keine Zeit darüber nachzudenken, daß durch meine Kugel vielleicht jemand sterben konnte. Ich hatte handeln müssen und das schnell. Denn die Gangster hätten mir keine weitere Chance gegeben. Erst jetzt konnte ich darüber nachdenken, daß ich auf Menschen geschossen, sie verletzt und einen sogar getötet hatte.

"Ist schon gut. Richards hat uns inzwischen alles erzählt. Du hast eindeutig aus Notwehr heraus gehandelt", versuchte mich Caron zu beruhigen.

Doch das einzige, was mich wirklich beruhigte, war die Tatsache, daß es ein Gangster war, der durch meine Kugel ums Leben kam. Ein Mann, der ohne Skrupel viele Menschenleben ausgelöscht hatte. "Ich nehme an, Jackos kann euch kaum etwas über Caraldis Boß sagen."

Stone schüttelte den Kopf: "Er konnte nur gegen Caraldi aussagen. Er wollte sich als Kronzeuge zur Verfügung stellen, doch der Antrag wurde abgelehnt. Jackos hat zuviel Dreck am Stecken, zudem kann Caraldi nicht mehr belangt werden. Jackos wird vermutlich auf dem heißen Stuhl landen. Diesmal kann er sich nicht mehr herauswinden. Wir sind aber trotzdem froh, daß du ein so guter Schütze bist, denn sonst hätte es sicher mehr Tote gegeben."

"Was ist mit der Presse? Sie wird euch jetzt sicher zerreißen."

"Vermutlich. Schließlich haben wir leichtfertig dein Leben aufs Spiel gesetzt", erklärte Caron. "Aber es war unsere einzige Chance an Jackos heranzukommen. Auch wenn wir dich damit eigentlich schützen wollten, haben wir doch dein Leben riskiert. Unsere Aufgabe wäre es gewesen, dich in Schutzhaft zu nehmen, bis die Gefahr vorüber ist, oder doch zumindest sofort einzugreifen, als dich die Gangster bei Federal Attorney Curtis überfielen."

"Blödsinn. Ihr habt es doch versucht und einen wirklichen Grund, mich festzuhalten, hattet ihr ja auch nicht. Soll euch mal jemand das Gegenteil beweisen.

Was den Überfall bei Curtis betrifft ... Was die Presse nicht weiß, macht sie nicht heiß. Und eine Anklage gegen mich, wegen chronischer Dummheit wird erst gar nicht erhoben, da ich A: noch unter das Jugendschutzgesetz falle und B: euch einen großen Fisch geliefert habe. Die Presse hat ein gefundenes Fressen, ihr seid aus dem Schneider und ich bekomme eine gute Kritik. So was wirkt sich sehr gut aufs Geschäft aus."

Caron sah mich lauernd an: "Augenblick, Marechal. Hattest du mir nicht etwas versprochen? Soviel ich weiß, wolltest du einen anständigen Beruf ergreifen."

Ich nickte und grinste schwach: "Sicher und daran halte ich mich auch. Ich melde mich jetzt erst mal bei den Marines und werde dort meinen Militärdienst ableisten. Die haben mir nämlich vor drei Tagen geschrieben. Und anschließend mache ich eine eigene Detektei auf. Denn Privatdetektiv ist ein anständiger Beruf. Ich könnte ja auch Gangster werden, doch damit würde ich ein Versprechen brechen."

"Okay, von mir aus. Aber werde erst einmal erwachsen", lächelte Caron.

"Bin ich das immer noch nicht."

"Noch nicht ganz. Aber eine Frage, weshalb sollte irgend jemand eine Anklage gegen dich erheben? Du hast dich an unsere Auflagen gehalten und das dich die Gangster bei Curtis überfielen, war nicht deine Schuld. Also welche Anklage meinst du?"

"Na Sie wissen schon. Die Verbrechen von letzter Nacht ... vorletzter, um genau zu sein", erklärte ich.

Caron fuhr sich nachdenklich über die Stirn. "Welche Verbrechen? Uns wurde nichts gemeldet. Fred, weißt du etwas davon?"

Stone schüttelte ebenfalls den Kopf: "Das hat sich inzwischen geklärt. Aufgrund der ganzen Ereignisse kommst du mit einer schlichten Verwarnung davon und mußt nicht mal eine Strafe bezahlen."

Caron griff schließlich in sein Jackett und fischte einen Briefumschlag hervor, "Das hier ist vom Federal Attorney. Mit den besten Glückwünschen. Er kommt dich in den nächsten Tagen besuchen."

Neugierig riß ich den Umschlag auf und betrachtete mir verständnislos den Scheck, den ich in der Hand hielt. Er war über 3000 Dollar ausgeschrieben.

"Was ist das?"

"Die Belohnung, für die Ergreifung von Jackos und seiner Bande. Hat dir Mr. Curtis nicht gesagt, daß eine Belohnung ausgesetzt war?", lächelte Caron verschmitzt.

Ich war ehrlich erstaunt und schüttelte den Kopf. Doch noch etwas fiel mir ein: "Was ist eigentlich mit den Fotos, die Sie von mir geschossen haben? Das vom Stonewall Inn und das von diesem Buchladen? Kann ich die haben?"

Caron und Stone wechselten einen Blick und sahen mich verständnislos an. "Was willst du mit den Fotos?"

"Nur sichergehen, daß sie nicht wieder mit einem Stempel versehen in einer Schublade bei den Bildern anderer Homosexueller verschwinden. Ich bin sicher, ihr habt da ein extra Register dafür."

"Das heißt, du zählst dich doch dazu?"

"Nein, und ich finde es reichlich diskriminierend, auf eine solche Weise in irgendwelchen FBI Akten zu landen. Ihr wißt, daß das illegal ist und ihr kein Recht dazu habt, auf diese Weise in die Privatsphäre unbescholtener Bürger einzudringen."

Caron schüttelte seufzend den Kopf: "Es ist unsere Pflicht für die innere Sicherheit zu sorgen. Die Leute, die heute noch auf eher harmlose Weise das Gesetz brechen, können morgen bereits Terroranschläge verüben. Deshalb ist unser Vorgehen keineswegs illegal, sondern dient dem Schutz der Bevölkerung."

"Das ist doch Quatsch. Homosexuelle sind vielleicht krank, aber sie sind doch keine Terroristen. Ihr solltet euch lieber um die wirklichen Verbrecher kümmern, anstatt euch mit Banalitäten die Zeit zu vertreiben."

Stone lachte auf. "Und du willst uns erzählen, daß du nicht zu dieser Sorte Mensch gehörst?"

"Nur weil ich ihre Sexpraktiken respektiere heißt das noch lange nicht, daß ich zu ihnen gehöre. Ich akzeptiere auch eure Arbeit und bin trotzdem kein FBI Agent."

Dies sahen selbst Stone und Caron ein und nickten schließlich. "Okay, du bekommst deine Bilder. Wir glauben dir ja, daß du nicht zu ihnen gehörst. Du hast unserem Kollegen auch schon deutlich genug erklärt, weshalb du in diesem Buchladen und vor dem Stonewall Inn warst. Er hat bereits einen entsprechenden Eintrag in der Akte gemacht, der dich als nicht zugehörig einstuft. Du bist somit frei von sämtlichen Vorwürfen."

Was wollte ich mehr?

Mein Schicksal, so unerwartet es auch gekommen war und mich diesen Weg einschlagen ließ, bescherte es mir doch in den nächsten Tagen eine sehr gute Presse. Selbst wenn mein Name aus Sicherheitsgründen nicht genannt wurde, da das FBI und die Oberstaatsanwaltschaft einen Racheakt der restlichen Mafiamitglieder befürchtete.

Ted Richards schloß seine Detektei in New York City. Ihn zog es nach Westen. Er wollte in Kalifornien einen Neuanfang wagen. Dort hatte er es nicht mit Mobstern zu tun.

Jack beendete seine Ausbildung und begann nun als FBI Agent in New York City.

Als ich aufbrach, um meinen Dienst bei den Marines anzutreten, erreichte die Anti-Vietnam-Bewegung ihren Höhepunkt. Das Verteidigungsministerium geriet immer mehr unter Druck. In allen Städten der USA fanden Demonstrationen gegen den Krieg statt.

Doch das war nicht das Einzige. Auch die Schwulenbewegung begehrte auf. Zum ersten Mal setzten sich homosexuell Orientierte öffentlich zur Wehr, nachdem die Polizei zum wiederholten Male Razzien in bekannten Schwulenlokalen, wie dem "Stonewall Inn" durchgeführt hatte.

Es standen einige Veränderungen an, als ich New York den Rücken kehrte, um meinen Militärdienst abzuleisten.

Die Zeit war hart, doch ich lernte dort einiges, was ich auch für meine Zukunft wunderbar verwenden konnte. Vor allen Dingen lernte ich, nicht blindlings loszustürmen, sondern mit Bedacht vorzugehen. Eine wichtige Lektion, wenn man im Sumpf der Großstadt und vor allem bei meinem angestrebten Beruf überleben will.

Doch noch etwas brachte meine Militärzeit mit sich. Ich lernte Timothy McLancer kennen und lieben. Er hatte sich für mehrere Jahre verpflichtet und seinen Militärdienst fast beendet, als wir uns eines Tages über den Weg liefen. Wir sahen uns an und fühlten uns beide zueinander hingezogen. Anfangs versuchte ich ihm auszuweichen und meine Gefühle, wie gewohnt, zu ignorieren.

Doch lange ging es nicht und irgendwann geschah es dann doch, daß wir uns näher kamen. Heimlich, ohne das es jemand mitbekam.

Timothy war so anders, als ich mir Schwule immer vorgestellt hatte. Er war weder auffällig, noch weibisch, noch schrill. Seine Stimme war tief und mit einem beruhigend Klang. Sein Körperbau ganz normal männlich, gut durchtrainiert und auf seiner Brust wuchs ein kleiner Flaum Haare. Auch hatte er sich weder die Beine rasiert, noch die Zehennägel lackiert. Er sah nicht anders aus als meine Freunde oder die Kameraden in der Kaserne. Er wirkte normal und kein bisschen verrückt. Auch bewegte er sich nicht anders, als andere normale Männer. Es war mir fast unverständlich, wie gerade er schwul sein konnte. Und doch war er es.

Meine erste sexuelle Erfahrung mit ihm machte ich ausserhalb der Kaserne, weit ab jeglicher Zivilisation. Auf einer Lichtung, wo uns niemand so schnell entdecken konnte. Wir wußten beide, es ist verboten, es ist krank. Wir riskierten nicht nur unseren Ruf, unsere Zukunft, sondern auch eine Zwangseinweisung in die Psychiatrie und eine Gefängnisstrafe - ich war ja noch immer keine 21.

Timothy sah mir an, daß ich Angst hatte und daß es für mich das erste Mal war, daß ich mit einem Mann intim wurde. Ich schämte mich für meine Gefühle. Für meine Erregung, für meine verbotenen Wünsche. Doch ich war begierig darauf, es zu erleben. Timothy nahm mir die Angst.

Ihn zu sehen, zu schmecken, zu berühren war sehr erregend, beinahe schon berauschend. Fast automatisch zog ich Vergleiche zwischen ihm und Caren. Doch da gab es keinen Vergleich. Weil die Zärtlichkeit mit ihm so grundverschieden war, zu meinen Erfahrungen mit Caren. Es war nicht Sex im herkömmlichen Sinne, wie man ihn sich zwischen zwei Männern im allgemeinen vorstellt. Wir beliessen es bei gegenseitigem Streicheln und erkunden. Doch selbst das war schon unglaublich befriedigend, zärtlich und prickelnd und machte Lust auf mehr.

Wir trafen uns noch ein paar mal, erkundeten und liebkosten uns gegenseitig, bis die Beziehung dann im Sand verlief, weil er ins zivile Leben zurück kehrte. Zeit zum Liebeskummer hatte ich keine, die harte Ausbildung forderte viel von mir und ließ überflüssige oder gar quälende Gedanken erst gar nicht aufkommen.

Für mich hatte ich sowieso schon meine Ausrede gefunden. Es war schließlich lange her, daß ich mit einem Partner zusammen war. Caren war bisher meine einzige Intimfreundin und hier in der Kaserne gab es keine Frauen. Ich bin schließlich auch nur ein Mann, mit ganz normalen Bedürfnissen. Somit hatten Timothy und ich unsere Bedürfnisse auf eben diese Art gestillt. Mehr war nicht und es gab keinen Grund, sich weitere Gedanken darüber zu machen. Timothy war genauso wenig geisteskrank, wie ich.

Nach Beendigung meiner Militärausbildung, wurde ich nach Übersee abkommandiert und mußte dort ein ganzes Jahr lang Lebensmittel, Verbandzeug und Medikamente an unsere Truppen in Vietnam verteilen.

Als ich dann endlich nach New York zurück kam, hatte man das Gesetz, welches Homosexuelle diskriminiert weiter liberalisiert. Die Alterschutzgrenze ist von 21 auf 18 Jahre herabgesetzt. Allerdings sind Anal- und Oralverkehr zwischen zwei Männern noch immer verboten. Und das gilt für jedes Alter. Zwischen Mann und Frau ist diese Art von Sex jedoch ohne Einschränkung erlaubt, sofern die Agierenden nicht unter den Jugendschutz fallen.

Doch das betrifft mich ja nicht, denn ich bin ja nicht homosexuell veranlagt. Hier in New York gibt es Mädchen genug und wenn ich die richtige finde, kehren sicher auch meine Träume in normale Bahnen zurück und ich werde eine ganz normale gesunde Beziehung zu einer Frau haben. Zumindest rede ich mir das ein.

Jackos, Tony und Greg sind inzwischen auf dem elektrischen Stuhl gestorben. Sie haben ihre Strafe für Carens Tod bekommen. Die restlichen Gangmitglieder, dürfen für jeweils 15 Jahre bis lebenslänglich gesiebte Luft atmen. Während ich direkt wieder in meinen Beruf einsteigen konnte. Von meinem Ziel, als Privatdetektiv die ganze Gangsterbrut auszuräuchern, hat mich der Militärdienst nicht abbringen können. Dieses Ziel habe ich nie aus den Augen verloren.

Daß meine Eltern noch immer dagegen sind, stört mich nicht mehr. Sie werden es eines Tages schon akzeptieren. Zudem bin ich jetzt volljährig.

Mein Dad vermittelte mir schweren Herzens ein Appartement in der East 61$^{st}$ Street, im elften Stockwerk. Er weiß, daß er mich von meinem Weg doch nicht mehr abbringen kann und er versteht es sogar, daß ich mich so entschieden habe.

Dank des Geldes, welches mein Vater für mich angelegt hat und das im Laufe der Jahre auf eine ordentliche Summe angewachsen ist, konnte ich das Appartement wenigstens anzahlen. Mein Vater bürgte für mich bei der Bank und so stand der Hypothek nichts im Wege. Nun habe ich meine eigene Detektei und in der hauseigenen Garage einen festen Stellplatz, für einen Pkw, den ich noch gar nicht besitze.

Dafür ließ der erste Klient nicht lange auf sich warten. Im Vergleich zu Jackos und Caraldi war es jedoch ein Kinderspiel. Ich sollte einen verschwundenen Ehemann wiederfinden. Nichts aufregendes, aber es brachte immerhin Geld und der erfolgreiche Abschluß des Falles auch eine gute Werbung.

Es sprach sich herum, daß ich zwar jung, aber deswegen nicht minder gut als meine älteren Kollegen bin und so brauche ich über mangelnde Aufträge nicht zu klagen.

Allerdings ist mir auch eines bewußt: ich habe zwar Jackos auf den Stuhl gebracht und Caraldi ausgeschaltet. Aber, wie die FBI Agenten schon sagten, diese beiden waren nicht der große Boß. Und das dieser nicht gerade zu meinen besten Freunden zählt, versteht sich von selbst.

Ich weiß, daß ich irgendwann auf ihn stoßen werde, und daß es dann sehr heiß hergehen kann. Doch ich bin gewappnet.

Glaube ich jedenfalls.


**Ende**


*August 1987, überarbeitet 1999 - Mai 2002*

162

## Erklärungen:

[1] Der erste schwule Buchladen nach dem Krieg, der **"Oscar Wilde Memorial Bookstore"**, wird 1968 in New York eröffnet.

[2] Im Juni 1969 wird in der Bar **"Stonewall Inn"** in der New Yorker **Christopher Street** wieder mal eine Polizeirazzia durchgeführt. Doch dieses Mal wehren sich die Schwulen, Lesben und Transen. Es kommt zu regelrechten Straßenschlachten mit der Polizei. Das Ende der hingenommenen Unterdrückung ist ein Wendepunkt in der amerikanischen Schwulengeschichte. Seitdem wird dieses Ereignis in den USA jedes Jahr mit den Gay-Pride-Parades gefeiert, die das neue Selbstbewußtsein demonstrieren und bestärken sollen.
Seit 1979 wird dieses Ereignis auch in Deutschland als **Christopher Street Day** veranstaltet, um an jene denkwürdige Bewegung zu erinnern, aber auch, um sich zu zeigen und um gleiche Rechte zu kämpfen.

*Quelle: www.gaystation.de*

*Vorschau*

## Band 2: *"Mord in Miami Beach"*

Ein Mord, ein deutsches Pärchen, ein wunderschönes Opfer, der Mob
- und ich mitten drin.
Unter der Sonne Floridas mußte ich nicht nur gegen einen Polizisten
ermitteln, sondern auch noch das Opfer vor den Zugriffen der Mafia
schützen.

## Band 3: *"Schnee für Mars Hill"*

Der Erfolg, einen Drogenkurier geschnappt zu haben, währte nur
kurz. Denn seine 'Kollegen' lockten mich in eine eisige Falle und
spritzten mich süchtig. Abhängig von der härtesten Droge der Welt
irrte ich durch die weiße Einöde. Ständig den Tod im Nacken.